UN MORT
(ET UN STRUDEL AUX POMMES)

UN VOYAGE EUROPÉEN – LIVRE 2

BLAKE PIERCE

Blake Pierce

Blake Pierce a été couronné meilleur auteur d'après USA Today pour son bestseller Les Enquêtes de RILEY PAIGE – dix-sept tomes (à suivre). Blake Pierce est également l'auteur de la Série Mystère MACKENZIE WHITE - quatorze tomes ; Les Enquêtes d'AVERY BLACK - six tomes ; Les Enquêtes de KERI LOCKE - cinq tomes ; la Série Mystère LES ORIGINES DE RILEY PAIGE - six tomes ; la Série Mystère KATE WISE - sept tomes ; la Série Thriller Psychologique CHLOE FINE - six tomes ; la Série Thriller Psychologique JESSIE HUNT - quatorze tomes (à suivre) ; la Série Thriller Psychologique FILLE AU PAIR - trois tomes ; la Série Mystère Les Enquêtes de ZOE PRIME - quatre tomes (à suivre) ; la nouvelle Série Mystère ADÈLE SHARP - six tomes (à suivre) ; la nouvelle Série Cozy Mystery UN VOYAGE EUROPÉEN - six tomes (à suivre) et son tout nouveau thriller à suspense LAURA FROST FBI.

Lecteur passionné, fan de thrillers et romans à suspense depuis son plus jeune âge, Blake adore vous lire, rendez-vous sur www.blakepierceauthor.com – Restons en contact !

CHAPITRE UN

Une voix stridente fit sursauter London Rose.

« London ! »

Elle savait que cette voix-là n'augurait jamais rien de bon.

Elle venait de passer un agréable moment à regarder l'instructeur de fitness, Amir, donner un cours d'aquagym sur le pont ouvert Rondo de leur élégante embarcation fluviale. Les passagers s'étaient visiblement bien amusés, beaucoup avaient remercié London pour l'organisation du cours de ce matin, lui procurant le sentiment du devoir accompli.

La piscine au revêtement bleu construite au-dessus du pont était trop petite pour des activités nautiques d'envergure comme par exemple faire des longueurs, mais elle était parfaite pour piquer une tête et se rafraîchir, jouer à divers jeux ou s'adonner à ce genre de cours en petit groupe. Grâce au plein air, à la chaleur du soleil et aux passagers heureux, le voyage de Györ à Vienne du *Nachtmusik* démarrait sous les meilleurs auspices.

La voix tranchante retentit de nouveau.

« London ! Il y a un problème ! »

C'était Amy Blassingame, la réceptionniste à bord du *Nachtmusik*, leur yacht spécialisé dans les croisières fluviales.

Voilà son passe-temps favori, m'attirer des problèmes, songea London.

Elle se retourna pour dévisager sa collègue d'un air anxieux. Amy faisait quelques centimètres de moins que London, qui mesurait presque un mètre soixante-dix. Elle était également un peu plus corpulente. Avec son casque lisse de courts cheveux foncés, elle pouvait avoir une allure quasiment militaire lorsqu'elle entreprenait de se charger d'un problème.

À peine si la réceptionniste prit la peine de dissimuler le mince sourire sur ses lèvres.

« Vous allez être obligée de vous débarrasser de ce chien » annonça Amy.

London devint brusquement inquiète.

1

« C'est faux » dit-elle. « Cette question a déjà été réglée, je le sais. »

Du moins était-ce ce qu'elle croyait. Elle avait obtenu la permission de garder Sir Reggie avec elle suite au décès de son ancienne propriétaire.

« Je crains que vous ne vous trompiez » dit Amy. « Un passager s'est plaint. Il occupe la cabine 108, celle juste à côté de la vôtre. Les aboiements de votre chien l'ont dérangé. »

Amy croisa les bras et secoua la tête.

« Oh London » dit-elle. « Vous auriez dû vous douter que ça ne marcherait pas. Ce n'est pas possible de garder un chien à bord de ce bateau, je vous avais prévenue. Vous auriez mieux fait de m'écouter. »

London réprima l'envie urgente de lui rétorquer, « *Vous ne m'avez jamais rien dit de tel.* »

En effet, jamais elles n'avaient abordé cette question.

Mais quoi d'étonnant si Amy se réjouissait de l'infortune de London. Pas plus tard que la veille, London avait, à elle seule, quasiment résolu le mystère de la mort d'une passagère ainsi que la disparition d'une précieuse tabatière ancienne. Son travail de détective amateur, complètement improvisé, avait permis l'arrestation du coupable par la police de Győr.

Amy ressentait toujours une honte cuisante d'avoir eu le béguin pour l'homme responsable de tout ceci – ou du moins pour l'un des nombreux personnages qu'il avait incarné. Elle l'avait même invité à monter à bord. Amy s'était complètement fait avoir par l'un des déguisements du malfaiteur.

C'est London qui avait révélé son erreur au grand jour lors de la résolution du crime.

De toute façon, Amy et moi n'avons jamais été en très bon termes depuis le début du voyage.

« Que comptez-vous faire ? » demanda Amy.

« Je ne sais pas » dit London.

« Souhaitez-vous que je vous aide ? »

C'est bien la dernière chose dont j'ai besoin, faillit dire London.

« Non, je suis sûre que vous avez d'autres choses à faire » dit-elle à la place.

« Vous devez vous débarrassez de ce chien, cela va de soi » répéta Amy.

« Nous verrons » lui répondit London, peinant à trouver une autre alternative.

Amy s'éloigna et London jeta un nouveau coup d'œil à la piscine. Les participants au cours d'aquagym passaient manifestement un bon moment. Il en allait de même pour les quelques passagers qui se tenaient au bastingage et admiraient le beau Danube bleu, dont chacune des rives était bordée de luxuriantes collines boisées.

Elle était heureuse de les voir aussi contents. Beaucoup trop d'événements dramatiques avaient déjà eu lieu ces derniers jours, à commencer par le mystérieux décès de Mme Klimowski. Le bateau avait alors grouillé de policiers et l'enquête avait retardé d'un jour entier leur appareillage pour Vienne. Toute cette affaire avait mis les nerfs de chacun à rude épreuve. London savait qu'une lourde tâche l'attendait encore avant que leur excursion ne retrouve son ambiance légère et insouciante, tel qu'il seyait à une croisière fluviale européenne.

Mais que faire de Sir Reggie ? s'interrogea London en se détournant pour se rendre à l'ascenseur. Elle pourrait sûrement le laisser aux services animaliers à leur arrivée à Vienne mais…

Non, je ne peux pas faire ça, réalisa-t-elle.

Impossible.

Il doit forcément exister une autre solution.

Parvenue au dernier niveau du navire, le pont Allegro, London sortit de l'ascenseur. Les cabines 'traditionnelles' y étaient les moins chères à bord. Elles étaient néanmoins très confortables et décorées avec un goût exquis. London avait été surprise et ravie qu'on lui attribue l'une d'elles. Quand elle avait accepté cet emploi, elle n'avait pas eu conscience au début que son poste de chargée d'animation jouissait d'une certaine importance.

De toute évidence, le bateau tout entier était considérablement plus chic que n'importe lequel des gigantesques navires de croisière sur lesquels London avait travaillé auparavant. Le *Nachtmusik* était conçu d'après le même style bas que les autres bateaux fluviaux mais en plus petit, avec un style plus perfectionné. Il pouvait voguer là où d'autres étaient incapables d'aller. En fait, il ressemblait beaucoup à un yacht de grande dimension.

Le silence régnait quand elle s'aventura dans la coursive. Mais dès qu'elle eut atteint sa cabine, elle entendit des jappements. Elle ouvrit la porte et se retrouva face au minuscule chien à l'allure d'ourson.

Reggie cessa d'aboyer et resta assis à sa place en levant la tête vers elle. Comme la plupart des Yorkshire Terrier, il mesurait moins de vingt centimètres au garrot mais avait une personnalité débordante.

« Reggie, il faut que tu arrêtes de faire tout ce bruit » murmura London. « Tu vas nous attirer de sérieux problèmes. »

Reggie sortit en trottinant dans la coursive et agita la queue, tout excité. London le souleva dans ses bras en agitant un doigt vers lui.

« Je comprends » dit-elle. « Tu n'aimes pas qu'on te laisse seul ici. Tu voudrais m'accompagner partout. Je le voudrais aussi pour tout dire parce que j'apprécie vraiment ta compagnie sauf que… »

Elle sentit sa gorge se nouer tandis qu'elle poursuivait.

« Mon travail m'attend. Je ne peux pas t'avoir avec moi tout le temps partout où je vais. De plus, c'est ici que tu as ta nourriture et tes toilettes. Impossible que je revienne sans cesse courir ici afin que tu puisses entrer ou sortir. »

Reggie poussa un gémissement résigné tandis que London le ramenait à l'intérieur de la cabine. Elle resta plantée à le regarder et lui fit de même avec une expression de regret quasi humaine.

London se sentit envahie par la pitié.

Il mérite mieux que ça, se dit-elle.

Sa vie n'avait guère été joyeuse au temps où Mme Klimowski s'occupait de lui. Étant donné qu'il pesait moins de cinq kilos, cette femme le transportait partout avec elle dans une sacoche en cuir extrêmement inconfortable. Maintenant qu'il en était délivré, il était naturel qu'il ait envie de plus de liberté – ainsi que de compagnie humaine.

La gorge de London se serra encore plus.

Non seulement Sir Reggie était adorable et intelligent mais il avait fait preuve d'un grand héroïsme. Ses talents d'enquêteur avaient presque valu ceux de London, elle-même manifestant, contre toute attente, un vrai talent de détective. Il avait identifié le tueur avec un aboiement bruyant puis s'était courageusement lancé à sa poursuite quand celui-ci avait tenté de s'échapper.

Sa bravoure avait presque failli le tuer. Saisissant l'homme en fuite par la jambe de son pantalon sur la passerelle du bateau, il l'avait fait trébucher pour que la police puisse l'arrêter. Ce faisant, il s'était retrouvé à l'eau et London avait plongé pour le sauver.

Elle avait vraiment été à deux doigts de le perdre. Ses yeux s'embuaient à présent au souvenir de son apparence, l'air inerte et misérable sur la rive, son pelage encore long, trempé d'eau et de boue, ses petites pattes en l'air. Elle se souvint aussi de son soupir de soulagement lorsqu'il avait toussé pour recracher de l'eau et recommencer à respirer.

« J'arrangerai ça d'une façon ou d'une autre » lui dit London. « Sois sage en attendant. »

Elle le renferma dans sa cabine et au moins ne se remit-il pas immédiatement à aboyer. Mais elle savait très bien que ce silence n'allait pas durer.

En attendant, elle devait s'entretenir avec son voisin en colère.

Elle connaissait son nom grâce au registre des passagers, Stanley Tedrow, cabine 108. Cependant elle ne parvenait pas à se rappeler de quoi il avait l'air. Il n'avait incontestablement participé à aucune visite guidée à Györ ou Budapest ni à toute autre activité dont elle avait été témoin. Elle se demanda ce qu'il avait fait pendant le voyage jusqu'à présent.

S'efforçant d'adopter une attitude aussi digne que possible, London lissa son uniforme et passa ses doigts dans ses cheveux auburn courts et ébouriffés.

Elle se dirigea ensuite vers la cabine 108 et frappa à la porte.

Mais que vais-je donc lui dire ? se demanda-t-elle.

CHAPITRE DEUX

« Qui est-ce ? » grogna une voix grave et rauque lorsque London frappa à la porte.

« London Rose, la chargée d'animation » dit-elle.

Elle entendit grommeler puis la porte s'ouvrit. Un vieil homme petit et voûté, avec un nez en bec d'aigle et au regard fuyant se tenait devant elle, l'air furieux. Il était en pyjama et robe de chambre, chaussé de pantoufles.

« Je présume que vous venez à cause de ce chien dans la cabine d'à-côté » dit Tedrow.

London acquiesça.

« Avez-vous parlé à ses propriétaires de tout le raffut qu'il fait ? » demanda-t-il.

London ravala péniblement sa salive.

« Euh, Monsieur Tedrow – c'est *moi* qui m'occupe de ce chien. »

« Vous ? » dit Tedrow.

« Oui, voyez-vous, je… eh bien, ma propre cabine est à côté et depuis le décès de Mme Klimowski, il n'y avait personne d'autre pour se charger de lui. »

« Quelqu'un est décédé ? » dit Tedrow avec étonnement.

London était stupéfaite. Cet homme s'était-il isolé dans sa cabine au point de n'avoir aucune idée des événements des derniers jours ? N'avait-il même pas lu la lettre qu'elle avait écrite informant les passagers de la mort de Mme Klimowski – celle qu'elle avait déposée dans les boîtes aux lettres de tous les passagers ?

Il semble que non, réalisa-t-elle.

Il ne faisait visiblement preuve d'aucune curiosité non plus.

« Eh bien, je suppose que ce ne sont pas mes affaires » dit-il avec un haussement d'épaules. « Ce qui compte à présent, c'est que vous fassiez quelque chose au sujet de ce chien. »

« Monsieur Tedrow, Sir Reggie n'est qu'un tout petit chien. Est-il vraiment trop bruyant pour vous ? Une fois qu'il se sera habitué, je suis sûre qu'il ne protestera plus autant. Je vais l'amener ici et vous le présenter. Je suis certaine que vous allez l'apprécier. »

« J'ai besoin de paix et de tranquillité » insista Tedrow. « Pourquoi aboie-t-il d'ailleurs ? »

« Il aime la compagnie des gens. Ainsi que courir partout. Seulement je ne peux pas toujours l'emmener avec moi. Je suis obligée de le laisser dans ma cabine parfois. »

« Pourquoi ? »

London fut abasourdie par la brusquerie de la question.

« Peut-on lui reprocher de ne pas vouloir être enfermé de cette façon ? » ajouta Tedrow. « Pourquoi ne le laissez-vous pas déambuler à sa guise sur le bateau ? »

London s'apprêtait à lui expliquer que Reggie avait besoin d'avoir accès à sa nourriture et ses toilettes quand cette interrogation lui vint tout à coup.

Oui, pourquoi ne pas le laisser déambuler à sa guise sur le bateau ?

Peut-être existait-il bel et bien un moyen de faire ça.

« Je vais voir ce que je peux faire » dit-elle.

« C'est ça » dit Tedrow. « Tant que ce chien ferme son clapet, je serai satisfait. Peu m'importe qui occupe la cabine d'à-côté. »

Il s'assit à son bureau face à un ordinateur hors d'âge, visiblement anxieux de reprendre son travail, quel qu'il soit.

London jeta un œil tout autour de la pièce. Comme la majorité des cabines du pont Allegro, celle-ci était presque identique à la sienne.

Elles n'étaient pas aussi luxueuses ou spacieuses que les cabines des niveaux supérieurs mais restaient beaucoup plus agréables que les chambres exigües et sans fenêtre qu'elle avait partagées avec d'autres employées du temps où elle travaillait comme hôtesse sur des bateaux de croisière océaniques. Alors que sa cabine était joliment décorée dans une gamme bleu et gris pâle, celle de M. Tedrow arborait des tons d'ocre et de brun. L'ordinateur et une petite imprimante occupaient presque tout l'espace de sa petite table tandis que quelques livres étaient éparpillés sur son grand lit.

La chambre était charmante. London était malgré tout préoccupée par la solitude de celui qui l'occupait.

« Euh, Monsieur Tedrow – est-ce que tout va bien ? En dehors du chien, je veux dire ? »

« Pourquoi cette question ? » demanda-t-il sans détourner les yeux de son écran.

London déglutit péniblement.

« Eh bien, en tant que chargée d'animation à bord, je dois m'assurer que tous les passagers du *Nachtmusik* sont entièrement satisfaits. »

« Ne vous inquiétez pas, je le suis » grommela Tedrow. « Ou du moins je le serai quand vous aurez fait quelque chose au sujet de ce chien. »

London lui lança un regard intrigué tandis qu'il gardait les yeux rivés sur son ordinateur.

Il n'a pourtant pas l'air particulièrement heureux, songea-t-elle.

Elle se dit que c'était à elle de le faire sortir de sa réserve, de le faire parler un peu.

« Comment avez-vous trouvé Györ ? » demanda-t-elle.

« Pourquoi, parce que nous nous sommes arrêtés là ? »

London écarquilla les yeux de stupéfaction.

« Oui » dit-elle. « Nous l'avons tout juste quitté hier soir. »

« Je m'étais bien aperçu que le bateau était quasiment resté à l'arrêt depuis notre départ de Budapest mais j'avais plus ou moins tout oublié de notre itinéraire. Je m'en soucie assez peu, pour vous dire la vérité. »

Qu'est-ce qui vous importe alors ? se demanda London.

Elle tâcha de dissimuler son inquiétude derrière son sourire le plus professionnel.

« J'espère au moins que vous avez profité des avantages du *Nachtmusik.* »

« Avantages ? » demanda-t-il comme s'il ne comprenait pas le terme.

« Vous savez, les équipements, les divers services, les activités. »

« Comme ? »

London le regarda, de plus en plus inquiète – et intriguée.

« Eh bien, sûrement êtes-vous allé au restaurant Habsbourg, en haut, sur le pont Romanze. Il y a aussi la piscine et les activités de plein air sur le pont Rondo. Ainsi que le Salon Amadeus sur le pont Menuetto. Saviez-vous que nous y avons ajouté une sorte de casino... »

« Désolé, ça ne m'intéresse pas » dit Tedrow avec un vague signe de la main, les yeux toujours fixés sur son ordinateur.

London était déroutée. Monsieur Tedrow avait bien dû explorer le bateau au moins une fois depuis le début du voyage. Mais alors depuis quand...

Est-il au moins sorti de sa cabine ?

Elle remarqua qu'un plateau contenant les reliefs d'un petit-déjeuner se trouvait également sur sa table de travail. Peut-être s'était-il fait livrer tous ses repas depuis leur départ de Budapest. London comprit brusquement qu'un passager *pouvait* rester enfermé dans sa propre cabine tout au long de leur croisière sur le Danube.

Mais pour quelle raison ferait-on cela ?

N'était-ce pas son devoir d'essayer de raisonner ce passager afin qu'il sorte un peu ?

Monsieur Tedrow ayant visiblement un caractère difficile, elle comprit qu'elle devrait faire preuve de finesse pour le persuader de sortir.

« Monsieur Tedrow, puis-je vous demander… »

Tedrow grogna comme si elle le dérangeait.

London continua, « Qu'avez-vous le plus apprécié jusqu'à présent pendant votre séjour ? »

« L'intimité » dit-il en fronçant les sourcils vers elle. « La majeure partie du temps du moins. Et la tranquillité – enfin, quand j'ai été capable d'en obtenir. »

« Et ? »

Il désigna la fenêtre en hauteur qui était ouverte.

« Le bon air de la mer » dit-il.

London plissa les yeux avec perplexité. Elle n'avait aucun doute que Monsieur Tedrow était parfaitement au courant que le *Nachtmusik* effectuait une croisière fluviale, qu'en conséquence leur bateau ne s'était à aucun moment retrouvé en mer depuis leur départ de Budapest.

Il dit juste cela pour m'embêter, se dit-elle.

Elle était bien décidée à ne pas se laisser faire.

« Monsieur Tedrow… » commença-t-elle.

« Si vous ne m'en voulez pas, Mademoiselle Si Sociable, j'aimerais à nouveau profiter de ma propre compagnie. »

Il gardait toujours ses yeux rivés à son écran d'ordinateur.

« Contentez-vous de faire quelque chose concernant ce chien, d'accord ? » grommela-t-il en tapotant des doigts sur la table.

« Très bien, Monsieur Tedrow » dit London en quittant la pièce.

Elle referma la porte derrière elle et resta dans la coursive, essayant de réfléchir à l'étrange visite qu'elle venait de faire. Elle se rappela de ce qu'il avait dit.

« *Ne vous inquiétez pas, je le suis* » lorsqu'elle lui avait demandé s'il était satisfait.

9

Se pouvait-il qu'il ait été sincère en dépit de son ton grognon ? Était-il possible que Monsieur Tedrow apprécie réellement la croisière à sa façon bien spécifique ? Peut-être, songea London, même si elle se demanda s'il n'aurait pas tout autant profité en restant chez lui.

Elle se rappela aussitôt la devise de sa profession.

« Il se peut parfois qu'il ait tort mais le client a toujours raison. »

Son rôle n'était certainement pas de changer Monsieur Tedrow s'il préférait la solitude. C'était son choix après tout. Elle ne pouvait pas réellement l'entraîner dehors, hurlant et battant des pieds, afin qu'il prenne part aux jeux, aux passe-temps et activités du luxueux bateau de croisière.

Sans compter que London avait pour l'instant un souci plus urgent. Elle revint dans sa cabine où elle fut accueillie avec enthousiasme par Reggie.

« J'ai une idée » dit-elle. « Toi et moi avons une course à faire. »

Elle attacha sa laisse à son collier et ajouta, «Je vais essayer d'arranger les choses pour nous deux. Mais tu dois te comporter comme un parfait petit gentleman, être aussi adorable que possible. Tu en es capable, pas vrai ? »

Sir Reggie jappa faiblement comme pour acquiescer. Elle le mena dans la coursive et il trottina devant elle jusqu'à l'ascenseur. Ils le prirent pour remonter au pont ouvert Rondo.

Dès qu'ils eurent fait un pas dehors, London fut surprise d'entendre une légère salve d'applaudissements. Les joueurs de palet avaient cessé de jouer et manifestaient leur plaisir de voir Sir Reggie.

Comme intimidé par cet accueil chaleureux, Sir Reggie bondit dans les bras de London.

« Le voilà – notre héros ! » s'exclama une femme.

« Le valeureux Sir Reggie ! » s'écria un homme.

Une autre se mit à rire. « Nous respirons tous mieux depuis que nous savons que Sir Reggie est ici à notre rescousse ! »

Les passagers commencèrent à se regrouper autour de lui même si le pauvre Reggie ne comprenait rien à toute cette agitation. Ce qui n'était pas le cas de London. La veille, la nouvelle de son comportement courageux s'était répandue à bord et il était désormais presque une célébrité sur le *Nachtmusik*.

«Va falloir t'y habituer, mon vieux » lui murmura-t-elle en lui grattant la tête. « Te voilà devenu célèbre. »

10

Elle ne put s'empêcher de ressentir un certain amusement en constatant qu'elle ne recevait aucune félicitation similaire alors que c'était elle qui avait résolu le mystérieux décès de Mme Klimowski.

Peut-être que si j'étais aussi petite et adorable…

Elle se dit néanmoins qu'il valait mieux que les gens continuent de la considérer en tant que London Rose, la chargée d'animation, plutôt que comme une détective intrépide. Cela lui facilitait un peu la tâche.

London était en tout cas soulagée de l'accueil réservé à Sir Reggie. Quoi qu'il puisse arriver, on ne le chasserait pas du *Nachtmusik*. Grâce à sa popularité, toute tentative visant à se débarrasser de lui provoquerait un gigantesque tollé à bord.

De même, si elle n'était *pas* en mesure de garder Reggie dans sa propre cabine, d'autres personnes se feraient une joie de prendre soin de lui…

London se sentit brusquement alarmée à cette idée.

Non, se dit-elle.

Ce chien m'appartient désormais.

Il n'est à personne d'autre.

Il faut que mon plan fonctionne, songea-t-elle. *Il le faut.*

CHAPITRE TROIS

Être au centre de l'attention plaisait sans doute à Sir Reggie mais London n'ignorait pas qu'elle devait continuer d'aller de l'avant. Son travail était exigeant et lui laissait peu de temps pour s'occuper de ses soucis personnels. Il fallait qu'elle résolve ce problème immédiatement, qu'elle ne soit plus sans cesse inquiète à l'idée de perdre son chien.

Reggie toujours dans ses bras, elle l'emporta loin de ses admirateurs et se rendit à la passerelle vitrée surplombant le pont Rondo. Elle en gravit les marches et frappa à la porte.

Comme elle s'y attendait, elle fut accueillie par le corpulent Capitaine Spencer Hays, un Anglais dont la moustache de morse dissimula à grand peine le plaisir qu'il éprouva à son arrivée.

« Mais voilà London Rose ! Quelle agréable surprise ! Entrez, entrez ! »

London réalisa qu'elle n'avait jamais été sur la passerelle du *Nachtmusik* auparavant. La vue y était grandiose. L'officier en chef, un Français d'origine africaine, Jean-Louis Berville, supervisait les trois membres d'équipage qui pour l'heure manœuvraient une batterie entière de commandes informatisées tout en surveillant le fleuve devant eux.

London fut chanceuse pour une fois. Le capitaine recevait justement un autre visiteur – le responsable de la maintenance, le dégingandé Archie Behnke. Le jeune et blond mécanicien était très doué pour bricoler n'importe quoi avec toutes sortes de choses.

Exactement la personne que je désirais voir, songea-t-elle.

Le capitaine écarquilla les yeux en voyant Sir Reggie.

« Bon Dieu ! Mais qu'est-ce que ? Avons-nous un autre animal à bord ? »

London rit de la méprise du capitaine.

« Non, c'est bien Sir Reggie » dit-elle.

« Mais quelle métamorphose ! On le reconnaît à peine ! Que lui est-il donc arrivé ? »

Le Capitaine Hays n'avait vu Sir Reginald Taft qu'une seule fois auparavant, à l'époque où ses poils étaient encore assez longs pour balayer le sol. Le petit chien ressemblait alors à une drôle de perruque dotée d'yeux et d'une petite truffe noire. London songea qu'une pareille élégance aurait peut-être été de mise pour un ancien chien de concours mais cela ne lui avait jamais beaucoup plu. Reggie lui-même n'avait jamais paru très à l'aise de cette façon. Après qu'il eut presque failli se noyer, London l'avait emmené chez l'esthéticienne du *Nachtmusik* pour un shampoing et une transformation complète.

« Nous lui avons fait un nouveau look » expliqua London au capitaine. « Nous appelons ça la 'coupe toutou'. »

« Superbe ! » dit le Capitaine Hays. « Ça lui va rudement bien. »

« Il semble vraiment faire partie de l'équipage maintenant » ajouta Archie Behnke.

London rit puis aborda prudemment le sujet faisant l'objet de sa visite.

« Je l'ai gardé dans ma cabine jusqu'à présent » dit-elle. « Sauf que c'est loin d'être l'idéal. »

« Non ? » dit le capitaine.

« Je ne peux pas passer chaque minute avec lui » dit London. « Et il n'aime pas être enfermé tout seul. »

« Évidemment » dit le Capitaine Hays en hochant la tête d'un coup sec. « Il préfèrerait être dehors à traquer des voleurs de bijoux du monde entier. C'est gâcher son talent selon moi. Il a un travail important à accomplir ici, sur le *Nachtmusik*. Nous ne pouvons nous passer de lui. »

London fut soulagée d'entendre une si grande bienveillance dans la voix du capitaine. Le responsable de la maintenance prit la parole avant qu'elle ne puisse solliciter ce qu'elle avait en tête.

« J'ai l'impression que vous avez besoin d'une trappe pour chien » dit Archie.

London retint son souffle un instant. Voilà exactement ce qu'elle avait prévu de demander. Mais en obtiendrait-elle la permission ?

« Oui, je pense que c'est ce qu'il me faut » acquiesça London, légèrement tremblante.

Le capitaine fronça ses épais sourcils.

« Une trappe pour chien ? » demanda-t-il. « Pouvez-vous m'expliquer, je vous prie. »

Archie haussa les épaules.

« Oh, vous avez déjà dû en voir, j'en suis certain » dit-il. « C'est juste un trou carré dans une porte pour permettre à un chien d'entrer et sortir. Il y a un volet qu'on peut verrouiller la nuit. Pour un chien de la taille de Sir Reggie, les dimensions pourront être très réduites. »

« En voilà une excellente idée ! » s'exclama le capitaine.

London regarda tour à tour Archie et le capitaine. Voilà qui semblait presque trop beau pour être vrai.

« Pensez-vous que les passagers seront d'accord ? » demanda-t-elle.

Évidemment, London avait déjà l'impression de connaître la réponse. Elle espérait juste que le capitaine serait du même avis.

« Les passagers ? » dit-il. « Ils seront ravis qu'il soit en liberté. Le simple fait de le voir aussi intrépide et courageux leur procurera un sentiment de confiance et de sécurité. »

London fut heureuse en entendant cela même si elle se sentit obligée de mentionner encore un point.

« Ce qu'il y a, c'est que… comment puis-je… Je veux dire, dois-je obtenir la permission de… ? »

« D'une personne plus haut placée dans la hiérarchie ? » dit le capitaine avec un petit rire. « Oh, je ne le pense pas. Nous ne faisons qu'un trou dans une porte, rien de plus. Nous ne sommes pas en train de vouloir creuser une cavité béante dans la coque du bateau. En plus, vous êtes en très bons termes avec notre directeur. Je suis persuadé que vous avez son accord tacite pour prendre n'importe quelles mesures que vous estimerez nécessaires. Je pourrai l'en informer la prochaine fois que nous nous parlerons. Tout ira bien, c'est certain. »

London sourit. Elle était sûre que le capitaine avait raison. La veille, Jeremy Lapham, le directeur d'Epoch World Cruise Lines lui avait téléphoné des États-Unis après qu'elle eut résolu le mystérieux décès de Mme Klimowski.

« *Je vous fais tout mes compliments et vous adresse toutes mes félicitations* » avait-il dit.

Évidemment qu'une simple trappe pour chien ne le dérangerait en rien.

London sentit ses yeux s'embuer. Tout allait bien se passer. Elle pourrait garder son chien ! À partir de maintenant, Sir Reggie aurait une meilleure vie, il deviendrait son fidèle compagnon.

Archie se leva de sa chaise.

« Mes hommes et moi allons tout de suite nous charger de ça » dit-il. « Ça fait plaisir d'avoir quelque chose de simple et pas compliqué à faire après les demandes farfelues de certains passagers. »

« Vous recevez donc des demandes bizarres ? » demanda London.

Archie s'esclaffa.

« Oh, la plupart sont normales. Mais votre réceptionniste m'a parlé d'un type qui veut que je… enfin, peu importe. C'est impossible et c'est ce que je lui ai dit. »

Les paroles d'Archie rappelèrent quelque chose à London, comme si elle avait déjà entendu parler de ce grincheux personnage auparavant.

Elle tendit son passe à Archie, lui laissant l'accès à sa chambre afin qu'il puisse entreprendre sa tâche. Archie et elle quittèrent ensuite la passerelle et partirent chacun de leur côté.

Sir Reginald toujours sur ses talons, London emprunta l'escalier et descendit deux étages jusqu'au restaurant Habsbourg. La grande salle à l'avant du pont Romanze contenait plusieurs tables élégamment dressées de dimensions variées et agencées de différentes façons afin d'offrir le meilleur choix aux passagers. Les tables disposées près des grandes baies vitrées donnaient presque l'impression de manger à l'extérieur.

Sir Reggie pénétra avant elle dans le restaurant et reçut une autre salve d'applaudissements de la part des passagers qui prenaient leur petit-déjeuner plus tardivement. Certains se levèrent de table pour s'approcher du petit chien. Sir Reggie ne sembla plus inquiet cette fois et ne bondit pas dans les bras de London.

Il commence à apprécier toute l'attention qu'on lui porte, réalisa-t-elle.

Comme elle l'avait espéré, sa vieille amie Elsie Sloan était assise à une table en train de boire une tasse de café. Grande et blonde, elle était responsable du Salon Amadeus et prenait sa pause après avoir tout mis en place au bar avec son équipe. London et Reggie s'assirent chacun sur un siège à sa table. Elsie semblait plutôt amusée qu'on fasse tout un plat de lui.

« On te vole la vedette, mon chou » dit Elsie en riant. « C'est une vieille règle dans le monde du spectacle – ne jamais venir sur scène avec des enfants ou des animaux. »

Une voix familière ajouta, « Sir Reggie n'est pas un animal. C'est le gratin des agents de sécurité. »

London se tourna et vit Bryce Yeaton venir à leur table dans son uniforme immaculé de chef cuisinier. Elle était toujours heureuse en voyant son sourire chaleureux et trouvait également beaucoup de charme à ses yeux gris, son menton à fossette et sa barbe de trois jours.

Comme de nombreux membres d'équipage, le séduisant Australien cumulait plusieurs emplois. Il était à la fois le chef cuisinier et le secouriste à bord. Il avait contribué à sauver London et Sir Reggie de la noyade quand la police avait arrêté le fuyard pour le mettre en détention.

« Pardon, Reggie » dit Elsie au chien. « Préviens-moi si tu veux faire des heures supplémentaires comme videur. »

« Les clients seraient-il trop chahuteurs ? » demanda ironiquement London.

« Pas encore mais ça ne saurait tarder. »

London savait qu'Elsie plaisantait. Jusqu'à présent, la plupart des passagers semblaient plutôt contents de leur séjour. Il incombait évidemment à London que cela continue ainsi.

Pour le moment, elle était assez contente de ce qu'elle avait accompli jusque-là. Par exemple, elle avait suggéré la veille à Elsie d'installer une table de roulette dans le Salon Amadeus. Et ce matin, elle l'avait aidée avec son équipe à y mettre une table de blackjack. Une partie du bar se métamorphosait en casino improvisé et promettait de rencontrer beaucoup de succès.

« Qu'est-ce que je peux vous servir ce matin ? » demanda Bryce à London.

« Un café bien sûr. J'ai déjà pris mon petit-déjeuner, alors peut-être quelque chose de sucré pour l'accompagner. »

Bryce lui sourit, se montrant légèrement charmeur selon London, du moins l'espéra-t-elle.

« Puis-je vous conseiller le strudel aux pommes ? » dit-il. « Voilà qui me semble tout indiqué maintenant que nous nous dirigeons sur Vienne. »

« Va pour le strudel aux pommes » dit London.

« Ça vient tout de suite » dit Bryce. « Que voulez-vous pour déjeuner ? »

« Je vais peut-être devoir le sauter » dit London. « J'ai une journée extrêmement chargée qui m'attend. »

« Alors que dites-vous d'un sandwich ? »

« Ce serait parfait. »

Bryce sortit un mince sachet de sa poche dont il extirpa ce qui ressemblait à un petit biscuit.

« J'ai cuisiné quelque chose rien que pour toi, Sir Reggie » dit-il en tenant la friandise devant le chien. « Tu en veux ? »

Sir Reggie poussa un aboiement et Bryce lui jeta le biscuit. Le chien l'attrapa au vol et l'avala d'un coup.

Bryce sourit à London.

« Toujours prêt à satisfaire les passagers, quels qu'ils soient » dit-il.

London sentit son sourire s'élargir tandis qu'il regagnait ses cuisines.

Elsie se pencha en travers de la table et dit à London, « Détecterais-je de la romance dans l'air ? »

London leva les yeux au ciel.

« Elsie, quand apprendras-tu à te mêler de ce qui te regarde ? »

« Jamais. »

London réprima un soupir.

« C'est trop tôt pour le dire. En plus… »

« Ne me dis rien. Je sais. Tu as aussi des vues sur notre historien allemand. »

London se sentit rougir. Il est vrai que l'intelligent et sophistiqué Emil Waldmüller avait également retenu son attention. Lui aussi avait œuvré de son côté pour résoudre le mystère. Il pouvait être charmant aussi bien qu'étrangement déconcertant, et London ignorait encore ce qu'elle pensait réellement de lui.

« Je ne suis pas ici pour vivre une histoire d'amour » dit-elle à Elsie. « J'ai mon travail. »

« Les deux ne sont pas incompatibles » répliqua Elsie.

Avant que London ne puisse rétorquer, un homme s'avança à leur table. Il portait une casquette de marin, une chemise en soie colorée à col large qui débordait sur les revers de sa veste.

« Êtes-vous London Rose, notre chargée d'animation ? » demanda-t-il abruptement.

« Oui, que puis-je faire pour vous ? »

« Je m'appelle Kirby Oswinkle et j'ai une plainte à formuler. »

London ressentit un frisson d'appréhension. Rien qu'à son ton acide, elle savait déjà que sa réclamation n'aurait rien d'ordinaire.

Rappelle-toi, le client a toujours raison, se dit-elle.

CHAPITRE QUATRE

« *Kirby Oswinkle* » songea London, ruminant le nom dans sa tête.

La façon arrogante dont l'homme avait prononcé son nom lui fit penser qu'elle aurait déjà dû connaître son identité.

Bien sûr, réalisa-t-elle.

Elle l'avait brièvement aperçu au moment de son embarcation sur le *Nachtmusik* à Budapest, et même s'il ne lui avait alors pas fait grande impression, elle se souvenait de sa casquette de marin.

Mais aussi qu'il n'avait guère été très courtois.

Elle avait entre temps mémorisé chaque nom sur le registre des passagers et savait que Kirby Oswinkle avait une suite sur le pont Menuetto – pas parmi les plus grandes mais fort confortable néanmoins.

« Que puis-je faire pour vous aider, Monsieur Oswinkle ? » demanda-t-elle.

« Vous devez le savoir » dit Oswinkle en croisant les bras. « J'en ai parlé à votre réceptionniste le deuxième jour après notre départ. Et rien n'a été fait pour régler le problème. »

London plissa les yeux pour réfléchir.

Quel problème ?

C'est alors qu'elle se souvint qu'Amy était venue la trouver l'avant-veille pour lui parler d'un passager ayant une 'petite réclamation' à faire.

« *Enfin, pas vraiment petite en ce qui le concerne* » avait ajouté Amy.

Elle se rappelait à présent. Elle était en outre quasiment certaine de savoir de qui le responsable de la maintenance avait voulu parler lorsqu'il avait évoqué ce passager avec sa requête impossible.

« Ah oui » dit London à Oswinkle. « Vous êtes préoccupé au sujet de la température de votre cabine. »

« Préoccupé ? » ricana Oswinkle. « Je crois avoir utilisé des termes un peu plus sérieux que ça. »

London acquiesça.

« Vous souhaitez que la température de votre cabine reste toujours à 25 degrés. »

« Qu'elle soit *constamment* à 25 degrés » dit Oswinkle. « Et j'insiste sur *la précision*, il ne doit pas y avoir une fraction de degré en moins ou en plus. »

Bryce revenait des cuisines. Il plaça un sac à emporter bien rempli ainsi qu'une assiette contenant une part de strudel aux pommes sur la table devant elle puis resta à écouter sans rien dire.

« Je suis sûre que la réceptionniste a fait de son mieux pour.... » commença London.

« Non, elle n'a *pas* fait de son mieux » l'interrompit-il. « Votre réceptionniste est venue dans ma cabine et a constaté elle-même le problème. Mais elle n'a rien fait ensuite. »

« Mais êtes-vous certain d'avoir des variations de température… ? »

Lui coupant encore la parole, Oswinkle sortit un thermomètre digital de sa poche.

« J'en ai la preuve. Je ne fais pas confiance aux thermostats pour me donner la température exacte. Ils sont trop approximatifs. C'est pour ça que j'ai mon thermomètre personnel. Il m'indique toutes les variations de température, même la plus infime. Et il y *a* des variations – parfois même jusqu'à un demi-degré ! »

Un demi-degré ! se dit London.

Pas étonnant qu'Archie Behnke ait dit à Amy que cette tâche en particulier était *'tout simplement irréalisable.'*

London remarqua brusquement que les passagers des tables voisines s'étaient rendu compte de l'attitude agitée d'Oswinkle. Certains le fixaient ouvertement du regard tandis que d'autres souriaient ou même se mettaient à glousser. Elle s'aperçut ensuite que Sir Reggie semblait tout aussi captivé. Assis sur la chaise à côté de London, le petit chien gardait la tête penché avec bienveillance, écoutant tout ce qu'il disait.

Les autres passagers semblaient trouver cette petite scène fort drôle, le chien en particulier.

London fut brusquement inquiète.

Si Monsieur Oswinkle s'en aperçoit…

London se leva pour lui parler en privé. « Est-ce en raison de, eh bien, de problèmes de santé ? » demanda-t-elle sur un ton qu'elle espérait apaisant.

Monsieur Oswinkle se redressa et répondit avec mauvaise humeur en haussant la voix.

« Il me semble que ma santé ne vous concerne en rien, jeune fille. J'ai *demandé* qu'on règle la température de ma cabine, voilà qui devrait suffire. »

Sir Reggie, toujours à l'écoute, hocha vigoureusement la tête comme s'il était entièrement d'accord.

Les autres passagers riaient franchement à présent. Un homme à une table toute proche prit la parole.

« On dirait que seul le chien vous prend au sérieux ici, Monsieur Oswinkle. »

London s'inquiéta en voyant le visage d'Oswinkle rougir de colère.

Il pointa Sir Reggie du doigt et cracha, « Cet animal se moque de moi ! »

Avant qu'elle ne puisse protester, Sir Reggie se recula brusquement puis enfouit sa tête contre sa patte, exactement comme s'il gémissait de honte.

La plupart de leurs voisins riaient désormais.

Oh non, se dit London.

Quel désastre.

Sir Reggie n'avait pas réellement eu l'intention de se moquer en adoptant un tel comportement, elle en était persuadée. Probablement avait-il appris ce genre de tours à un moment donné, sans doute bien avant que la tyrannique Mme Klimowski ne devienne sa propriétaire.

Oswinkle poussa un grognement de colère puis se tourna pour s'en aller.

London se précipita à sa suite, « Monsieur Oswinkle... »

Il se retourna.

« Nous ferons de notre mieux pour résoudre ce problème » dit-elle.

Oswinkle sortit son téléphone portable de sa poche.

« J'appelle immédiatement le responsable de la maintenance » dit-il. « Il est grand temps que je lui demande personnellement d'intervenir »

Il se détourna à nouveau puis quitta le restaurant d'un pas raide en pianotant sur son téléphone.

Soulagée que les personnes tout autour ne se soient pas mises à applaudir le petit numéro de Reggie, London alla se rasseoir.

Elle se pencha vers Reggie et murmura, « Il se peut que tu sois bien trop mignon pour notre bien à tous les deux. »

Il la regarda comme s'il ne pouvait envisager qu'une telle chose soit possible.

London accorda alors toute son attention au strudel aux pommes que Bryce lui avait apporté. Elle en prit une bouchée et la saveur dissipa toutes ses angoisses concernant ce passager tatillon et la température de sa cabine. La garniture était un parfait mélange de pommes cuites, de sucre et de cannelle – sucrée à point, ni trop, ni trop peu. Le gâteau lui-même était constitué de délicates et fines couches de pâte feuilletée. Tout comme le baklava que Bryce avait cuisiné pour elle peu auparavant, le dessert tout entier fondit délicieusement dans sa bouche.

« Um-m-m » dit-elle.

« Prenez votre temps pour le déguster » lui conseilla Bryce. « Ne jamais se précipiter quand quelque chose est aussi bon. »

Il sortit le sachet de friandises pour chien de sa poche.

« Je parie que Sir Reginald a de nombreux tours à son répertoire » dit-il en détachant de son collier la laisse du chien pour la tendre à London.

Sous l'œil attentif des autres passagers, Bryce prit quatre verres sur une table inoccupée et les disposa en rangée dans un espace de la salle à manger, les écartant d'environ cinquante centimètres l'un de l'autre. Il fit ensuite asseoir Sir Reginald à l'une des extrémités de la rangée de verres et alla lui-même se tenir à l'autre bout.

Tendant une friandise d'une main, il claqua des doigts de l'autre.

Aussitôt, Sir Reggie se faufila habilement de droite à gauche, serpentant entre les rangées de verres pour recevoir la friandise de Bryce tout au bout. Reggie et Bryce échangèrent leur place et répétèrent le même tour. Plusieurs passagers se mirent alors à applaudir.

Bryce se tint ensuite les jambes écartées et Sir Reginald se faufila sous lui plusieurs fois.

« Comment avez-vous fait pour lui apprendre ça aussi vite ? » demanda un passager.

« Je n'ai rien fait » dit Bryce. « Ce sont des tours plutôt basiques, il se peut qu'on les lui ait déjà appris. »

« Ou bien il est simplement très intelligent » suggéra Elsie.

« Possible » acquiesça London.

Sa remarquable intelligence l'avait beaucoup impressionnée au cours de ces derniers jours – en particulier à Győr, lorsqu'il lui avait fait suivre le même chemin que celui emprunté par Mme Klimowski peu avant sa mort. Il avait fait plus que sa part pour résoudre le mystère. Sans lui, peut-être seraient-ils encore coincés à Györ, à attendre en vain que la police retrouve l'assassin.

« Nous avons une nouvelle mascotte à bord, on dirait » fit remarquer Elsie.

« Oui, et bientôt il pourra mieux profiter du bateau » dit London. « Les hommes de la maintenance vont installer une trappe pour chien dans ma cabine. »

« Comme ça il pourra aller et venir à sa guise » dit Elsie. « Qu'est-ce que ça te fait ? »

« Que veux-tu dire ? » demanda London, légèrement intriguée.

« Eh bien, c'est un petit animal intrépide et indépendant. Il ne va plus vouloir te suivre partout. Il aura d'autres choses à faire, des lieux à explorer, des personnes à rencontrer et à divertir. »

London ressentit une pointe de mélancolie inattendue à cette idée.

« J'imagine que je n'aurai plus besoin de ça » dit-elle en fourrant la laisse dans son sac à main.

Le petit spectacle improvisé de Bryce et Sir Reggie finit par s'achever et tous deux saluèrent sous les applaudissements des passagers présents. Bryce retourna dans ses cuisines et Sir Reggie remonta d'un bond sur la chaise à côté de London.

« Alors comment est ton strudel aux pommes ? » demanda Elsie à London.

« Au-delà de la perfection » lui dit-elle. « Tu devrais goûter. »

Elle lui en tendit une bouchée au bout de sa fourchette. Elsie la prit et leva les yeux au ciel, en extase.

« Mmmm » ronronna-t-elle. « Je me demande si nous en mangerons d'aussi bon à Vienne. »

London se le demanda également – même si cela paraissait presque sacrilège car Vienne était réputé pour être un des hauts-lieux de la pâtisserie du monde occidental.

« Je commence à comprendre ce que tu trouves à Bryce » ajouta Elsie. « Je veux dire, c'est une chose qu'il soit agréable à regarder. Mais s'il continue à concocter de pareils desserts, moi aussi je vais finir par avoir le béguin pour lui. J'espère qu'avoir une rivale ne te dérange pas. »

London secoua la tête avec un sourire gêné.

« Tu es impossible » dit-elle.

« Oui, on me le dit souvent » dit Elsie en se levant de table. « Eh bien, je ferais mieux de retourner au salon. Que comptes-tu faire au sujet du problème de température de Monsieur Oswinkle ? »

London réprima un soupir.

« Voir ça avec lui évidemment. Je suppose qu'il a déjà téléphoné à Archie Behnke. Mais Archie m'a dit qu'on ne pouvait rien y faire. Si même lui ne peut rien arranger, alors je suis sûre que moi non plus. »

« J'espère que tu trouveras une solution » dit Elsie.

« Moi aussi. »

« Bonne chance. »

« Merci. »

Elsie sortit du restaurant.

London dégusta tranquillement la fin de son strudel et termina de boire son café avant de se lever de sa chaise. Elle baissa les yeux vers Sir Reggie toujours assis sur la chaise à côté d'elle.

« Je m'apprête à aller voir un passager grognon » dit-elle au chien. « Tu peux m'accompagner si ça te dit mais je crains que ça ne t'amuse pas beaucoup. C'est comme tu veux. »

Elle ressentit du soulagement quand Sir Reggie sauta à bas de sa chaise, visiblement content de se joindre à elle pour cette mission.

Ils quittèrent ensemble le restaurant et London lui dit, « Tu peux peut-être m'aider à m'occuper de Monsieur Oswinkle. Je ne sais vraiment pas quoi faire à son sujet. Cependant... »

Elle s'arrêta un instant puis ajouta, « Au moins il ne s'agit plus de résoudre un crime cette fois. »

Sir Reggie poussa un faible jappement hésitant.

« Je comprends ce que tu veux dire » répondit London tandis qu'ils descendaient l'escalier jusqu'au pont Menuetto. « Au moins, un meurtre peut être résolu. Alors qu'il est peut-être impossible de résoudre un problème comme celui de Monsieur Oswinkle. »

Cela l'agaçait plus qu'elle ne voulait l'admettre. Traiter ce problème paraissait tellement dérisoire après l'excitation, les défis intellectuels et même le danger de ces derniers jours. À présent qu'elle avait goûté au travail de détective, était-il possible que 'l'investigation' lui manque pour de bon ?

London continua de ruminer cette question tandis qu'elle et Sir Reggie arrivaient devant la chambre de Monsieur Oswinkle sur le pont Menuetto. La porte de sa suite était curieusement grande ouverte.

Et les mots qu'elle entendit depuis la coursive le furent davantage encore.

« Ce que vous me demandez va à l'encontre de la loi. »

CHAPITRE CINQ

London reconnut la voix d'Archie Behnke.

« Que peut-il bien vouloir dire par 'contre la loi ? » se demanda-t-elle.

Elle se dépêcha d'aller à la porte, la voix d'Archie toujours audible, « Voyez-vous, on peut dire qu'une cabine ressemble à un système thermodynamique. Cela signifie que nous devons faire face au deuxième principe de la thermodynamique… »

London stoppa là et s'appuya contre la porte en s'efforçant de ne pas éclater de rire.

À l'intérieur, Archie pointait le thermostat du doigt. Il semblait faire une sorte d'exposé scientifique à Kirby Oswinkle dont les yeux semblaient figés par la perplexité.

« Est-ce que vous me suivez jusque-là ? » demanda Archie à Monsieur Oswinkle.

Ce dernier acquiesça d'un air hésitant et Archie poursuivit.

« Ce deuxième principe nous explique que l'entropie augmentera tôt ou tard dans n'importe quel système. Cela veut dire que la température de votre cabine *refroidira* forcément si elle se trouve isolée d'un autre système, quel qu'il soit – autrement dit s'il n'y a pas d'interaction avec autre chose susceptible de modifier la température dans un sens ou dans l'autre. »

Oswinkle se gratta le menton. Il commençait à avoir l'air d'un animal traqué mais London n'avait aucunement envie d'interrompre Archie dans son exposé.

Puisqu'aucun des deux hommes ne semblaient avoir remarqué sa présence, elle en profita pour aller faire un tour dans la suite Bartok qu'elle n'avait jamais visitée. Comme toutes les suites du *Nachtmusik*, elle portait le nom d'un compositeur originaire de la région du Danube et était aussi décorée en conséquence. Un grand portrait de Béla Bartók, le musicien du dix-neuvième siècle, le visage sérieux et légèrement triste, était accroché au-dessus du lit.

Des partitions s'étalaient sur les murs ainsi que des images représentant la vie du compositeur, y compris des photographies de scènes villageoises au moment où Bartók avait parcouru l'Europe de l'Est pour collecter et enregistrer des chants paysans traditionnels. La cabine n'était pas aussi spacieuse que celle autrefois occupée par feu Mme Klimowski, mais elle était plutôt luxueuse et restait deux fois plus grande que celle de London.

Elle remarqua également le désordre qui y régnait. Des dizaines de petits cadeaux souvenir étaient éparpillées sur presque tous les meubles, provenant sans doute des lieux visités autrefois par Oswinkle. Il y avait une petite Tour Eiffel en cuivre, une figurine de 'Beefeater' devant la Tour de Londres, un minuscule rocher de Gibraltar en plastique et une Tour de Pise ainsi que de nombreux articles du même genre.

C'est un collectionneur, se dit London.

Ou plus vraisemblablement quelqu'un qui ne peut s'empêcher d'amasser. Et il emmène tout avec lui.

Archie poursuivait toujours son exposé.

« Maintenant, on peut essayer de maintenir un équilibre au sein de votre système thermodynamique – c'est-à-dire la température de votre chambre – en le faisant interagir avec d'autres systèmes, par exemple en y injectant de l'air chaud ou froid. Mais même dans ce cas, la température ne variera que très peu par rapport à son état normal, ne serait-ce qu'en raison du principe d'entropie. Si vous le voulez bien, je vais tenter de vous expliquer… »

Oswinkle fit un geste anxieux de la main.

« Non, non ! Je pense avoir compris » dit-il.

« Vraiment ? » dit Archie.

« Parfaitement, oui. »

« En êtes-vous sûr ? Sinon je serais heureux de recommencer depuis le début. »

« Selon vous, il est impossible de maintenir exactement la même température dans ma cabine. »

« Eh bien, vous vous en rapprochez quasiment grâce à notre système de réglage – il y a moins d'un degré de variation dans les deux sens. Ce qui est plutôt pas mal si l'on considère… »

Oswinkle eut l'air prêt à tout pour empêcher Archie de se remettre à parler.

« Inutile d'expliquer. Vraiment, j'ai compris, je vous assure. »

« Bien » dit Archie en serrant la main d'Oswinkle. « J'ai été très heureux de vous rendre visite, Monsieur Oswinkle. »

« Euh, pareil pour moi. »

London fit de son mieux pour dissimuler son amusement et dit, « Y a-t-il quoi que ce soit d'autre que nous puissions faire pour vous, Monsieur Oswinkle ? »

« Non, non, tout… tout va très bien pour le moment. »

« Eh bien, n'hésitez pas à venir nous voir si vous avez besoin d'autre chose » ajouta London.

« Je n'y manquerai pas. »

Quand Archie et London quittèrent la cabine et que la porte se referma derrière eux, elle ne put s'empêcher de rire.

« Vous avez géré la situation d'une façon fort intéressante, Archie » dit-elle.

« Je lui ai juste exposé les faits » répondit-il. « J'ai découvert à quel point les données scientifiques peuvent se révéler utiles face aux problèmes les plus tenaces – ainsi que les passagers les plus obstinés. Ils finissent tôt ou tard par entendre raison. J'aurais pu tenir comme ça encore un quart d'heure ou plus. »

« Je suis heureuse que ça n'ait pas été nécessaire » dit London.

« Moi aussi. Je me trouve rasoir moi-même parfois. » Puis il ajouta avec un visage innocent. « Mais c'est souvent efficace. »

London remarqua alors que Reggie ne se trouvait plus à côté d'elle.

« Où peut-il donc être allé ? » demanda-t-elle.

Archie s'esclaffa.

« À mon avis, il en a eu assez de m'écouter parler et il est parti de son côté. Comment lui en vouloir ? »

« Eh bien, d'accord, c'est juste que… »

Elle se tut.

C'est juste que quoi ? se demanda-t-elle en son for intérieur.

« Je ne m'en ferais pas trop pour notre héros si j'étais vous » dit Archie. « Après tout, vous êtes prête à le laisser déambuler partout sur le bateau. Je suis sûr qu'il est capable de se débrouiller tout seul. »

London n'en doutait pas. Ignorer où se trouvait Sir Reggie en cet instant lui faisait juste un peu bizarre.

Autant m'y habituer, songea-t-elle.

« Descendons dans votre cabine pour voir où en sont les gars avec la trappe » dit Archie.

Ils prirent l'escalier jusqu'au pont Allegro, où un bruyant tumulte les accueillit dès qu'ils eurent atteint la coursive. Deux des hommes d'Archie qui étaient chargés de la maintenance avaient sorti de ses gonds la porte de la cabine de London pour la déposer sur deux tréteaux. Plusieurs outils électriques étaient éparpillés tout autour et l'un des ouvriers maniait présentement une ponceuse électrique.

London se rendit compte qu'elle n'avait reçu aucune plainte au sujet du bruit. Elle se rappela qu'ils étaient en plein milieu de la journée. Les membres d'équipage ou les passagers occupant ce niveau devaient être ailleurs à se distraire ou travailler.

À l'exception bien entendu de son voisin le plus proche, le mystérieux Stanley Tedrow. Il était sûrement encore dans sa cabine, qu'il n'avait pas quittée de tout le voyage.

Pourquoi n'était-il pas sorti pour se plaindre du bruit ?

Les ouvriers venaient tout juste de finir d'assembler la trappe, une petite structure carrée avec un rabat en vinyle par-dessus. Ils aplanissaient l'ouverture qu'ils avaient découpée dans la porte de la cabine, où ils placeraient ensuite la petite trappe.

« Ils font du bon travail » dit London à Archie par-dessus le bruit. « On va finir par penser que ça a toujours fait partie de la porte principale. »

Archie acquiesça.

« Je vous rends ça » dit-il en lui tendant son passe. Il entreprit ensuite de faire quelques suggestions à ses ouvriers.

London jeta un œil dans la pièce et fut surprise en voyant Sir Reggie étendu de tout son long sur le lit, visiblement profondément endormi.

J'imagine qu'Archie avait raison, songea-t-elle.

Le chien avait dû finir par s'ennuyer dans la cabine d'Oswinkle et était revenu tout droit ici. Le vacarme ne semblait pas le déranger et lui-même ne faisait assurément aucun bruit.

Lorsque le vrombissement tonitruant de la ponceuse se poursuivit, London se dit qu'elle ferait mieux d'aller s'enquérir de Monsieur Tedrow. Ce projet de trappe avait été entrepris uniquement parce qu'il s'était plaint des aboiements du chien. Pourquoi le vacarme des ouvriers ne le dérangeait-il pas ?

Quand elle frappa à la porte de la cabine 108, elle distingua faiblement une voix à l'intérieur mais sans pouvoir comprendre ce que l'homme disait.

À son grand soulagement, le bruit de la perceuse s'arrêta enfin.

Elle rapprocha son oreille de la porte de Tedrow et frappa à nouveau.

Elle entendit encore une voix assourdie. Lui disait-il d'entrer ?

London essaya de tourner la poignée mais la porte était verrouillée.

« Monsieur Tedrow » appela-t-elle.

Elle colla son oreille à la porte. Cette fois, elle l'entendit s'exclamer avec anxiété.

« Détachez-moi, Monsieur. Vous n'avez pas le droit de me traiter comme ça. »

London se sentit aussitôt alarmée.

Il se passe quelque chose de grave là-dedans, se dit-elle.

Elle utilisa son passe pour déverrouiller et ouvrit la porte.

CHAPITRE SIX

London poussa la porte et se précipita à l'intérieur de la cabine. À sa grande surprise, personne n'était en train de persécuter son occupant. En fait, il ne semblait rien s'y passer du tout. Même s'il avait appelé avec l'air de se trouver en grande détresse, Monsieur Tedrow était assis à son bureau, le regard rivé à son écran d'ordinateur et ne paraissait pas avoir remarqué sa venue.

Il se mit à parler rudement, ses doigts pianotant toujours sur le clavier.

« Vous n'avez pas le droit de poser les mains sur moi ! Je suis une femme innocente ! »

Une femme innocente ? se demanda London.

C'est alors qu'elle comprit – il écrivait un dialogue. Ainsi que certains écrivains en ont l'habitude, il prononçait ses répliques à voix haute.

London se tint debout, un peu gênée. Stanley Tedrow était visiblement en plein travail, il rédigeait son livre. Ce qu'elle avait pris pour un appel au secours n'était rien d'autre que les paroles d'un de ses personnages.

« Veuillez m'excuser pour le bruit » dit-elle.

« Hein ? » dit Monsieur Tedrow.

Il se tourna alors vers elle, semblant la remarquer pour la première fois.

« Oh, c'est vous » dit-il. « Que voulez-vous ? »

« Je venais m'excuser pour le bruit. »

Monsieur Tedrow détourna les yeux de son ordinateur.

« Du bruit » dit-il. « Quel bruit ? »

London fut stupéfaite.

« Euh, on effectue des travaux dehors en ce moment » dit-elle.

« Je n'ai rien remarqué. »

Il semble bien que non, songea London.

« On est en train d'installer une trappe sur ma porte » expliqua-t-elle. « Mon chien pourra donc aller et venir à sa guise. Exactement ce que vous aviez suggéré. »

« Vraiment ? »

Il paraissait n'avoir aucune idée du rapport que tout cela pouvait bien avoir avec lui. London se demanda si elle ne ferait pas mieux de partir. Elle estima malgré tout qu'elle lui devait une explication.

« Vous vous êtes plaint des aboiements de mon chien » dit-elle.

« Ah oui, ça. »

« Ça ne se reproduira plus maintenant qu'il ne sera plus enfermé tout seul dans la cabine. »

« Parfait. »

Un instant, London ne sut quoi répondre. Elle se demanda à moitié si faire installer cette trappe n'avait pas été une perte de temps. Au fond, le bruit dérangeait-il vraiment Monsieur Tedrow ? Elle finit par se dire que c'était tout de même une bonne idée, ne serait-ce que pour le bien de Sir Reggie. La vie à bord du *Nachtmusik* lui serait désormais beaucoup plus agréable – sûrement aussi plus amusante.

Elle n'en restait pas moins inquiète pour son passager.

Comment ce vieux monsieur pouvait-il profiter de son temps en restant enfermé ainsi dans sa cabine ?

C'est peut-être lui qui aurait besoin d'une trappe, songea-t-elle, pince-sans-rire.

« Monsieur Tedrow, puis-je vous demander… »

« Oui ? »

« Ce que vous écrivez ? »

« Je ne peux pas en discuter. »

« Je comprends » dit London.

Mais alors qu'elle se tournait pour partir, il s'adressa de nouveau à elle d'un ton sec.

« Bon sang, vous ne laisserez pas tomber, hein ? Vous allez juste continuer à m'embêter jusqu'à ce que je vous dise tout. Très bien, si vous insistez, je vais vous expliquer. »

« Vous n'y êtes pas obligé » dit London.

« J'écris un livre » dit-il.

« Oh » fit London.

C'était l'évidence même. Mais London avait maintenant hâte de laisser ce sujet de côté et sortir de cette pièce.

« Ce sera un succès » dit Tedrow. « Un best-seller. Je vais devenir riche et célèbre grâce à lui. »

« C'est formidable » dit London, quelque peu nerveuse.

« Et maintenant, je suppose que vous voulez savoir de quoi ça parle ? » demanda-t-il.

Pas vraiment, songea London.

Mais voilà qui serait probablement grossier à lui dire ?

« C'est un roman policier » dit-il.

London écarquilla les yeux.

Un roman policier ?

Écrivait-il un roman sur ce qui était arrivé à Mme Klimowski ? Bien entendu, London savait que c'était impossible. Il était resté tout seul dans sa cabine, il ignorait même que le bateau avait fait escale à Györ et savait encore moins qu'une personne avait été tuée. Le fait qu'il soit en train de concocter une énigme de son invention n'était qu'une étrange coïncidence.

Il la fixa des yeux en silence avant de murmurer, « Vous n'imaginez pas à quel point il est difficile d'élaborer un meurtre. De semer des indices pour mon détective, créer une liste de suspects possibles, révéler qui est le meurtrier à la fin… »

Il hocha la tête et détourna les yeux pour se remettre à taper sur son clavier.

« Un de ces jours, vous pourrez dire à vos passagers que Stanley Tedrow a écrit son premier best-seller ici précisément, sur le *Nachtmusik*. Des personnes seront prêtes à payer un supplément rien que pour occuper la cabine où cela s'est passé. »

« C'est… c'est vraiment excitant. »

« Vous pouvez le dire. Mais si vous vous figurez que je vais vous dévoiler l'intrigue, vous avez tout faux. »

« Je comprends. »

« Vous pouvez m'implorer et insister autant que vous voudrez, je ne dirai rien. »

« Je comprends » répéta-t-elle, craignant qu'il ne s'apprête à lui raconter toute l'histoire dans ses moindres détails y compris les plus fastidieux. « Je dois partir maintenant. Bonne chance avec votre livre. »

« Je vous remercie. »

Au moment de quitter la pièce, elle remarqua qu'Archie et son équipe venaient de replacer la porte sur ses gonds et remettaient tout en ordre.

« Nous avons terminé » dit Archie. « Laissez-moi vous montrer comment ça marche. »

Il siffla et Sir Reginald surgit sans tarder par la trappe.

« Est-ce que notre travail te satisfait, mon vieux ? » lui demanda Archie.

Sir Reginald poussa un aboiement d'approbation puis repassa par la trappe pour retourner dans la cabine.

London remercia Archie et son équipe. Ils rassemblèrent leur outillage puis s'en allèrent.

Elle réalisa alors qu'elle commençait à avoir faim. Par chance, elle avait toujours le sac à emporter que Bryce lui avait donné au restaurant. Une longue liste de choses à faire l'attendait pour aujourd'hui mais le moment présent semblait tout aussi bien choisi qu'un autre pour prendre sa pause déjeuner.

Elle pensa retourner dans sa cabine pour déjeuner de son côté mais comme elle avait passé une bonne partie de la matinée à entrer et sortir ici et là, London se dit qu'elle avait besoin de prendre l'air. Elle était sur un bateau après tout, voguant sur l'un des fleuves les plus magnifiques du monde. Elle préféra donc prendre l'ascenseur pour monter au pont Rondo.

Quand London sortit sur le pont extérieur, elle fut brièvement surprise par le spectacle qui surgit sous ses yeux. Au lieu de forêts et de collines, le *Nachtmusik* était flanqué des deux côtés par une ville aux constructions tant anciennes que très modernes.

Bratislava, comprit-elle.

La capitale de la Slovaquie, une ville qui se trouvait également à mi-chemin entre les frontières hongroises et autrichiennes.

Un groupe de passagers rassemblé près du bastingage contemplait un pont immense à l'aspect singulier enjambant le Danube. Il semblait plutôt de guingois, avec une unique tour gigantesque à l'une de ses extrémités, d'où émergeait des câbles soutenant la longue et large travée. Comme de coutume, London avait fait quelques recherches et était prête à leur expliquer ce qu'ils avaient devant les yeux.

« Que pensez-vous du célèbre Pont UFO ? » leur demanda-t-elle en s'approchant du groupe.

« Le Pont UFO ? » demanda un passager.

« Est-ce vraiment son nom ? » dit un autre.

London rit.

« Eh bien, officiellement il s'appelle *Most SNP* ou Pont du Soulèvement National Slovaque. Mais vous pouvez constater pourquoi les habitants de Bratislava l'appellent le 'Pont UFO' ».

Elle le montra du doigt et les passagers s'exclamèrent pour marquer leur acquiescement. La structure arrondie perchée tout en haut de la tour s'élevait à presque cent mètres au-dessus du Danube et ressemblait vraiment à une sorte de soucoupe volante.

London expliqua, « Cette structure 'UFO' contient un restaurant ainsi qu'un observatoire. »

« C'est vraiment bizarre » fit remarquer une femme.

« Que cela ne vous détourne pas de certains des plus beaux sites de la ville » dit London en indiquant la rive. « Voici la cathédrale Saint-Martin de ce côté. Onze rois et reines de Hongrie y ont été couronnés entre 1563 et 1830. »

La grande cathédrale se distinguait majestueusement avec ses lignes gothiques simples et austères. Tandis que le bateau passait lentement sous le pont, quatre larges voies de circulation se profilaient haut au-dessus du *Nachtmusik*. London montra à nouveau la rive du doigt au moment où le navire émergea de sous le pont.

« Et là, vous pouvez apercevoir le Château de Bratislava » dit-elle.

Le château monumental avec ses murs d'un blanc de perle et des tours aux quatre coins se dressait au-dessus de la ville. Juché sur une colline, aussi haut que le *Most SNP*, son allure était imposante.

« Beaucoup de légendes circulent à son sujet » dit London au groupe. « Par exemple, il y a de cela fort longtemps, les habitants se réveillèrent un matin et découvrirent que le château avait entièrement été retourné ! Il semble qu'un géant appelé Klingsor, de Transylvanie, avait fait halte là et s'en était servi comme d'une table. La reine du château fit venir une sorcière à la rescousse qui jeta un sort et tout rentra dans l'ordre. »

London désigna l'aspect du château et ajouta, « Effectivement, peut-être aviez-vous déjà remarqué que le château ressemble à une table renversée avec ses quatre tours évoquant les pieds d'une table. »

Les passagers rirent en entendant cette histoire.

« Quoi qu'il en soit, bienvenue en Autriche ! » leur dit London d'un ton joyeux. « Nous quittons la Hongrie pour entrer dans un monde entièrement différent. J'espère que vous appréciez le temps passé ici. »

Le groupe remercia London de son bref exposé puis elle alla s'asseoir à une table dotée d'un large parasol pour y prendre son déjeuner. Elle ouvrit le sac que Bryce lui avait donné et y trouva un sandwich au thon constitué d'un pain grillé du type muffin anglais.

Peu commun, ce sandwich se dit-elle après en avoir croqué une délicieuse bouchée.

Mais naturellement, tout ce qui provenait des cuisines de Bryce n'avait jamais rien d'ordinaire. Elle ferma les yeux, essayant de deviner le mélange d'herbes et d'assaisonnements.

Du basilic, je crois... et du persil, des feuilles d'estragon... des zestes de citron...

Elle ne put deviner le reste. Elle sentit évidemment le goût de la mayonnaise mais aussi celui de la crème aigre, du gros sel, du poivre fraîchement moulu ainsi que de l'ail et de l'échalote émincés. Elle mangea lentement, profitant de sa pause tandis qu'ils laissaient la charmante ville de Bratislava derrière eux et qu'apparaissaient les magnifiques champs et collines de la campagne autrichienne.

London n'oubliait pas qu'elle ne pouvait s'attarder ici très longtemps. Elle termina son sandwich en vitesse, se leva et débarrassa la table. Avant de reprendre l'ascenseur, elle se retourna néanmoins pour admirer à nouveau le luxuriant paysage.

L'Autriche, songea-t-elle, brusquement émue.

Elle n'y était pas retournée depuis son enfance. L'Autriche n'en détenait pas moins une signification particulière pour elle. Elle portait en son sein des secrets personnels, peut-être même des fantômes intimes. L'un des plus grands mystères de sa vie trouvait sa source ici, en Autriche – un mystère qu'elle doutait pouvoir jamais résoudre.

N'y pense pas, se dit-elle.

Tu ne peux rien y faire.

CHAPITRE SEPT

London retint son souffle avec un mélange d'espoir et d'impatience.

J'espère que ça va bien se passer, songea-t-elle.

Tout le monde avait bien besoin de profiter d'un moment agréable. Certains passagers étaient encore sous le choc du décès de Mme Klimowski et perturbés du retard pris à Győr. London n'avait cessé d'aller et venir depuis la fin de sa pause déjeuner, veillant à les garder plaisamment occupés. Elle se dit que la plupart avaient réussi à laisser ces terribles événements derrière eux.

Quant à London, elle faisait en sorte d'être constamment occupée pour ne pas songer au mystère qu'elle devrait affronter une fois à Vienne. Elle avait aidé Elsie à finir de transformer une partie du Salon Amadeus en casino improvisé, avait organisé un quizz à destination de l'ensemble des passagers et s'était arrangée pour qu'Emil Waldmüller donne une conférence sur l'Autriche dans la bibliothèque du bateau.

Son projet le plus ambitieux avait consisté à former une petite chorale qui donnerait un spectacle au cours du dîner. Elle avait fait savoir à travers tout le bateau qu'elle recherchait des chanteurs expérimentés et un chef de cœur compétent capables de se produire sans instruments de musique pour les accompagner. Une fois le groupe mis en place, ils étaient partis ensemble pour répéter et London ignorait totalement de quoi cela aurait l'air. Ils n'avaient assurément disposé que de fort peu de temps pour se préparer.

Elle allait maintenant découvrir si cela avait ou non bien fonctionné. Le Restaurant Habsbourg était plein et le chef de cœur levait une main, s'apprêtant à mener sa chorale de huit chanteurs.

Lorsque résonnèrent les premiers mots de la chanson 'Edelweiss', London respira à nouveau. Les voix ravissantes et harmonieuses chantant la célèbre chanson n'auraient pu être plus agréables à écouter. Elle se fendit d'un large sourire en voyant que tous les convives dans la salle paraissaient également charmés.

Une belle façon de terminer cette longue et fatigante journée. En regardant les visages enchantés dans la salle, elle eut réellement l'impression d'avoir réussi quelque chose d'important.

Une femme assise à la table à côté de London poussa un soupir ravi.

« Quel plaisir d'écouter l'hymne national autrichien pendant que nous naviguons vers Vienne ! » dit-elle.

London frémit légèrement de la méprise de cette femme.

Elle se demanda un instant, *Dois-je lui dire ?*

Elle décida rapidement que oui.

« Mme Cubbage, 'Edelweiss' n'est pas réellement, je le crains, l'hymne national autrichien. »

La femme eut l'air interloqué, de même que l'ensemble des personnes présentes à la table.

« Oh, mais pourtant c'est *obligé* » dit une autre femme.

London sentit son humeur s'assombrir légèrement. Elle ne voulait décevoir personne et ne souhaitait pas non plus passer pour une madame-je-sais-tout.

Heureusement, avant qu'elle ne puisse ajouter quoi que ce soit d'autre, elle entendit une voix qu'elle connaissait bien, teintée d'accent allemand, à côté d'elle.

« London a raison, Madame. Permettez-moi de vous expliquer… »

London poussa un soupir de soulagement. Emil Waldmüller, l'historien à bord, était arrivé juste au bon moment pour tout éclairer.

« Avez-vous vu la comédie musicale *La Mélodie du Bonheur* ? » demanda Emil aux convives.

Tous répondirent par l'affirmative.

« Eh bien, » poursuivit Emil, « le compositeur Richard Rodgers et le parolier Oscar Hammerstein III ont écrit 'Edelweiss' tout spécialement pour ce film, qui est *américain*. La chanson est devenue tellement populaire que les gens en sont venus à croire de façon erronée qu'il s'agit d'un chant traditionnel *autrichien*. Mais le véritable hymne national du pays est *'Land der Berge, Land am Strome'*, ce qui en anglais signifie 'Pays des montagnes, Pays sur le fleuve ». La mélodie a été adaptée à partir d'un air de Wolfgang Amadeus Mozart. »

Avec un petit rire hautain, il ajouta, « Évidemment, je doute que vous entendiez la chorale le chanter ce soir puisque c'est en allemand. »

Les convives s'esclaffèrent à leur tour même si London soupçonna que leur amusement devait en partie provenir de l'attitude un tant soit peu pédante d'Emil. Elle se demanda s'il avait conscience de friser de temps à autre l'auto-caricature.

Peut-être se moque-t-il de lui-même quelquefois.

Ou peut-être pas. Jusqu'à présent, il ne l'avait pas frappée comme ayant un sens de l'humour particulièrement développé, même si son intelligence compensait ce manque selon elle. Cela ne faisait pas non plus de mal qu'il soit aussi séduisant, l'air très 'Grand Siècle', avec sa longue figure austère et ses épais cheveux noirs.

Je suppose qu'Elsie a vu juste, se dit-elle.

J'ai bel et bien un petit béguin pour lui. Mais peut-être aussi pour...

London coupa court au vagabondage de ses pensées, se rappelant ce qu'elle avait dit à Elsie.

« Je ne suis pas ici pour vivre une histoire d'amour. J'ai mon travail. »

Elle devait garder cela à l'esprit. Mais cela aurait néanmoins été plus facile si Emil avait été un tout petit peu moins charmant, sophistiqué et attirant.

Il continua de disserter sur *La Mélodie du Bonheur* face à son auditoire, affirmant qu'aucune chanson du film n'avait jamais été chantées par la véritable famille Trapp, que le scénario s'écartait à bien des égards de ce qui s'était réellement passé, que...

Étonnamment, les convives semblaient beaucoup goûter cette mini conférence. London fut forcée d'admettre qu'Emil pouvait être fort divertissant à sa manière. Ce n'était pas du tout comme l'exposé délibérément tortueux d'Archie Behnke sur le deuxième principe de la thermodynamique.

Les chanteurs entamèrent alors une autre chanson de *La Mélodie du Bonheur* – 'Climb Every Mountain'.

London sentit sa gorge se serrer d'émotion. Elle connaissait cette chanson aérienne et exaltante depuis son enfance, et celle-ci réveilla également ses craintes au sujet de leur arrivée prochaine en Autriche...

Ne pleure pas, se dit-elle.

Évite simplement d'y penser.

Elle avait bien travaillé aujourd'hui, il était l'heure de se détendre, pas de se laisser envahir par ses sentiments. Elle décida d'aller faire un tour au Salon Amadeus pour voir comment Elsie se débrouillait et peut-être aussi prendre un verre.

London prit l'ascenseur pour monter d'un niveau puis se rendit dans le large espace ouvert à l'avant du pont Menuetto. Elle ne fut pas surprise en voyant le salon empli de monde et très animé, bourdonnant de joyeux bavardages. Un long comptoir s'étendait à l'autre bout de la pièce tandis que plusieurs tables et sièges ainsi que des plantes en pot étaient diversement disposés çà et là pour permettre à chacun de bavarder par petit groupe. Le petit casino qu'Elsie et elle avait installé se trouvait de l'autre côté et plusieurs passagers enthousiastes s'étaient rassemblés autour de la table de roulette.

Elle entendit la voix d'Elsie s'écrier d'une table près du bar.

« Hé, London ! Viens-là ! Il faut que tu voies ça ! »

Elle s'avança vers Elsie et une poignée d'autres personnes réunies autour d'une petite table qu'on avait poussée contre un mur.

Amy Blassingame était présente un verre à la main et paraissait même avenante et détendue. London vit que les autres personnes présentes étaient des passagers. Rudy et Tina Fiore étaient de jeunes mariés en lune de miel. Steve et Carol Weaver, un couple d'âge mur dont la fille venait de partir à l'université. Ils effectuaient cette croisière en guise de seconde lune de miel. La femme trapue habillée de façon si stricte s'appelait Letitia Hartzer.

« Regardez ce que nous avons là » dit Elsie en faisant un geste vers des objets posés sur la table. « Notre propre petite chorale. »

London vit tout un groupe de petites poupées en position verticale représentant les musiciens. Revêtues de magnifiques costumes brodés de différentes couleurs, elles semblaient appartenir à un ensemble. L'une jouait du violon, une autre de la contrebasse, une de la clarinette, une autre de la batterie et la dernière de la trompette.

« Comme c'est mignon ! » dit London. « Ça vient d'où ? »

Tina Fiore répondit, « Rudy et moi avons acheté le violoniste et le joueur de batterie à un petit stand de souvenirs à Györ. »

« Un endroit parfait où faire du shopping » ajouta Letizia Hartzer. « J'y ai acheté le trompettiste également. »

Carol Weaver dit, « Et Steve et moi avons pris le joueur de contrebasse et le clarinettiste exactement dans la même boutique. »

Elsie dit en souriant, « Tous les cinq étaient là en train de prendre un verre quand ils ont réalisé que les petites poupées qu'ils ont achetées font partie du même ensemble. Ils sont chacun retournés les chercher dans leur chambre pour revenir me les montrer. Alors naturellement, j'ai trouvé que ça ferait très joli ici. On peut laisser l'ensemble sur cette table quelques temps. »

« Dommage qu'il n'y ait pas de chef d'orchestre » fit remarquer Amy.

« Oh mais il en existe un ! » dit Letitia Hartzer. « Quand j'ai acheté le trompettiste au stand, il y avait aussi un monsieur du bateau. C'est lui qui a acheté le chef d'orchestre. »

Amy écarquilla les yeux avec intérêt. »

« Oh ! Vous rappelez-vous qui c'était ? »

« Oui, il s'est présenté à moi. Il s'appelle Kirby quelque chose… Je crois que son nom de famille commence par un O. »

Amy et London se regardèrent d'un air interloqué.

« Kirby Oswinkle ? » demanda Amy à Letitia.

« C'est ça, c'était son nom ! Pas de doute ! Et regardez, le voilà ! » dit Letitia. « Il est juste là, assis au bar ! »

Kirby Oswinkle était effectivement assis là, sa casquette de marin sur la tête, entouré de part et d'autre par des tabourets vides.

« Hé, j'ai une idée » dit Steve Weaver. « Pourquoi ne pas lui demander s'il veut bien partager son chef d'orchestre pour notre petite exposition ? »

London hésita. Apparemment, soit Oswinkle s'était donné beaucoup de mal pour être assis tout seul, soit personne n'avait voulu rester à côté de lui très longtemps.

« Je n'ai pas l'impression qu'il soit du genre à partager » murmura Amy.

London acquiesça silencieusement. Se rappelant le monceau de babioles qu'elle avait vu dans sa cabine, elle n'était pas surprise qu'il ait acheté l'une des poupées musiciennes. Il avait donc une chose en commun avec les autres passagers. Voilà qui l'aiderait peut-être à lui rendre son séjour plus agréable.

« Allons-y et tentons le coup » dit London à Elsie et Amy.

Cette dernière croisa les bras et secoua la tête.

« Oh non, pas moi » dit-elle. « Après tout le mal qu'il m'a donné au sujet de la température de sa cabine, ne comptez pas sur moi. »

« Je croyais que cela était réglé » lui dit London.

« Il n'empêche que cet homme s'est montré plutôt malpoli avec moi. Mais allez-y toutes les deux, si ça vous chante. »

London comprit la nécessité de rappeler à Amy son rôle sur le bateau, sans oublier qui était la patronne.

« Amy, nous travaillons toutes les trois pour satisfaire au mieux les passagers – vous tout autant qu'Elsie et moi » dit-elle. « Alors venez vous rendre utile. »

Amy poussa un grognement mécontent mais suivit London et Elsie en direction d'Oswinkle. Elsie alla derrière le bar et sourit à l'homme devant elle pendant que London et Amy s'approchaient de lui.

« Comment allez-vous ce soir, Monsieur Oswinkle ? » lui demanda London d'un ton réservé.

« Ça peut aller, je suppose » grommela-t-il en remuant le contenu de son verre avec un bâtonnet à cocktail. Il fit un geste vers Elsie et ajouta, « Le martini que prépare votre barmaid est buvable, en tout cas. »

Le voilà au moins satisfait de quelque chose, songea London.

Elsie montra du doigt le groupe autour de la table avec les poupées musiciennes.

« Dites, nous venons d'apprendre que vous aviez acheté l'une de ces petites poupées » dit-elle.

« Et alors ? » répliqua Oswinkle.

London ajouta, « Ces personnes là-bas se demandent si vous accepteriez de partager la vôtre pour leur petite exposition. »

Oswinkle plissa les yeux avec curiosité vers le groupe.

London poussa Amy du coude.

« Je suis sûre qu'ils aimeraient faire votre connaissance » intervint Amy.

« Je ne suis pas certain… » murmura Oswinkle.

« Que diriez-vous d'un autre verre ? Offert par la maison » ajouta Elsie.

Oswinkle la regarda comme si elle ne parlait pas vraiment sérieusement.

Il est tenté, néanmoins, se dit London.

Il finit par s'exprimer.

« Il ne s'agit que d'un prêt, n'est-ce pas ? La poupée, je veux dire. On me la rendra à la fin du voyage, pas vrai ? »

« Bien entendu » lui assura London.

Oswinkle dévisagea tour à tour les trois femmes puis acquiesça.

« Je vais la chercher dans ma cabine. Je reviens tout de suite. »

Il termina son verre, se leva et quitta le salon.

« Pour l'instant tout va bien » dit Elsie en commençant à préparer un autre martini.

« Voilà qui devrait l'inciter à se mêler aux autres » dit London. « Ça pourrait même lui plaire, qui sait. »

« J'espère juste que cela ne se retournera pas contre nous » ajouta Amy.

Amy raconta alors à Elsie comment Oswinkle avait insisté pour sa cabine reste toujours à température constante.

« Eh bien, moi qui le prenais juste pour un client grognon ordinaire » dit Elsie.

« Mais Archie Behnke s'est chargé du problème » dit London.

Amy parut surprise. « Archie m'a dit qu'il était impossible de régler la température comme la voudrait Oswinkle. Qu'est-ce qui vous fait penser que tout a été arrangé ? »

« Parce que Archie lui a fait tout un exposé sur la thermodynamique » dit London.

« La thermodynamique ? » interrogea Amy.

« Il fallait être là pour comprendre. Mais je pense que Monsieur Oswinkle ne nous posera plus problème à ce sujet. »

Elsie brandit le verre contenant le martini qu'elle venait de concocter. « Eh bien, voilà qui l'adoucira peut-être »

« Espérons-le » dit London.

Pendant ce temps, les autres passagers étaient retournés aux grandes tables pour le dîner et bavardaient amicalement. Elsie posa le martini devant une place vide tandis que London les informait que Monsieur Oswinkle était parti chercher la poupée chef d'orchestre puis qu'il se joindrait à eux.

« Le voilà » dit Amy avec un sourire.

Mais Oswinkle revenait précipitamment dans le salon, agitant les bras avec agitation.

« Il y a un voleur à bord ! » s'exclama-t-il.

CHAPITRE HUIT

London étouffa un soupir de découragement

Quoi encore ? se demanda-t-elle.

Kirby Oswinkle traversait le salon en trombe en se dirigeant vers elle, agitant toujours frénétiquement les bras, le visage rouge de colère.

Elle sentit qu'on la poussait du coude et tourna la tête vers Amy qui était assise à côté d'elle.

« Rappelez-vous que c'était votre idée de vouloir le faire participer, pas la mienne » persifla Amy. « Je ne veux être mêlée à rien de tout ça. »

Les cinq passagers qui avaient apporté leurs poupées musiciennes au salon se contentèrent de regarder Oswinkle arriver à leur table.

« Pourquoi tout le monde sourit-il ? » demanda-t-il, la voix rauque de colère. « S'agit-il d'une plaisanterie ? »

« Veuillez m'excuser, lui dit London, « mais je ne comprends pas ce que vous voulez dire. »

Amy prit la parole avec une politesse exagérée.

« Pourquoi ne pas vous asseoir avec les autres ? » dit-elle. « Je suis sûre que nous pouvons parler de tout cela calmement. »

Elsie intervint, « Regardez, nous vous avons même apporté votre martini. »

« Je n'ai pas envie de martini » dit Oswinkle en faisant les cent pas d'un air furieux. « C'est une explication que je veux ».

« Et nous serons ravis de vous la fournir si nous le pouvons » dit London avec calme. « Je vous en prie, dites-nous ce qui vous tracasse »

« Elle n'était nulle part » bafouilla-t-il. « J'ai cherché partout. »

London écarquilla les yeux.

« Voulez-vous dire… ? » dit-elle.

« Je veux dire qu'elle a été volée ! Quand je suis retourné chercher mon magnifique petit chef d'orchestre, il avait disparu. »

London et Amy échangèrent des regards confus.

« En êtes-vous certain ? » demanda Amy.

« Vous imaginez-vous que j'ignore ce qu'il y a dans ma propre cabine ? » dit Oswinkle. « Elle était à sa place ce matin et maintenant elle n'y est plus. »

« C'est juste que vous avez *tellement* de choses... » commença Amy.

« Et je connais l'emplacement exact de chaque objet. Le chef d'orchestre s'est volatilisé. On l'a volé. Il n'y pas d'autre explication. »

London en doutait fortement.

« Mais qui a fait ça selon vous ? » demanda-t-elle.

« Ce serait peut-être à *vous* de *me* l'apprendre » rétorqua-t-il. « Je ne laisse entrer dans ma cabine que les personnes qui ont quelque chose à y faire. Depuis que nous avons quitté Budapest, deux femmes de chambre sont venues faire le ménage et changer mes draps de lit... »

Amy l'interrompit abruptement.

« Dites donc, j'espère que vous n'accusez personne de mon équipe. »

Oswinkle poussa un petit ricanement méprisant.

« En tout cas, je n'accuse aucun de ces passagers. » Il fit un geste de la main en direction des convives présents à la table. « Aucun d'eux n'a posé un pied dans ma cabine. » Puis, l'air quelque peu indécis, il bredouilla, « Enfin pour ce que j'en sais. Avec toute cette pagaille à bord, comment voulez-vous que je s ache qui doit-on accuser ? »

London vit qu'Amy était à présent fâchée. Elle-même réprima son irritation grandissante et dit sur un ton aussi agréable que possible, « Je vous en prie, Monsieur Oswinkle, réfléchissez. *Pourquoi* quiconque volerait un tel objet ? »

« Pourquoi les gens volent-ils pour commencer ? »

« Mais vous ne pensez sûrement pas qu'un membre de l'équipage... » répliqua Amy d'un ton sec.

« Que suis-je censé croire ? Des membres de l'équipage n'ont cessé de grouiller tout autour de ma cabine depuis notre départ – vous y compris, ainsi que Mademoiselle Rose et cet homme de la maintenance, Monsieur Behnke. »

« Nous ne somme pas venus 'grouiller' sans raison » dit Amy, la voix désormais tremblante d'une rage contenue. « Nous sommes venus dans votre cabine parce que vous vous plaigniez de la température. Et nous avons fait tout ce que nous pouvions pour vous aider. »

« Huh ! Vous n'avez rien fait du tout ! »

Amy posa ses mains sur ses hanches et se pencha vers lui.

« Peut-être parce que nous pouvions *rien* faire. Votre requête était simplement... »

Amy s'interrompit d'elle-même.

« Était quoi ? » demanda Oswinkle.

« Elle était *excessive* » finit par dire Amy.

London se sentit brusquement alarmée. Elle voyait bien qu'Amy avait conscience de son erreur. Mais elle avait parlé et ne pouvait plus retirer ce qu'elle avait dit.

« Qu'est-ce qui est excessif, d'après vous ? » La voix d'Oswinkle devenait de plus en plus stridente.

« Rien du tout » dit Amy, essayant de faire marche arrière. « Simplement je suis persuadée qu'aucun membre de l'équipage n'a volé votre petit jouet. »

« Mon petit jouet ! » s'écria Oswinkle. « Il s'agit d'une œuvre d'art, pour votre gouverne. Une pièce de collection, un exemplaire de l'artisanat local. »

« Appelez ça comme vous voulez. Mais si vous retournez dans votre cabine et recherchez plus attentivement… »

« Je l'ai fouillée de fond en comble. »

Amy ne put s'empêcher de soupirer.

« Allons, Monsieur Oswinkle. Vous n'êtes parti d'ici que quelques minutes. Vous n'avez pas pu chercher aussi minutieusement. Je devrais peut-être vous accompagner et vous aider à chercher. »

« Hum ! Vous croyez que j'aie envie que toute ma collection disparaisse ? Non merci ! »

Il lança un doigt accusateur en l'air tout en regardant London et Amy d'un œil furieux.

« Je tirerai tout cela au clair, soyez-en sûres ! Et il y aura des répercussions ! »

Avant que quiconque puisse répondre, Kirby Oswinkle fit volte-face et sortit d'un pas raide.

Les clients du bar, en particulier ceux ayant apporté les poupées musiciennes, le regardèrent tous quitter le salon.

Elsie murmura à London, « Il est encore plus grognon que je ne le pensais », avant de s'empresser de regagner sa place habituelle derrière le comptoir.

London se tourna vers le groupe assis à la table et vit que leurs expressions allaient de l'amusement à un léger saisissement.

« Veuillez m'excuser pour ce désagrément » leur dit-elle.

« Je suis sûre que tout finira par s'arranger » dit Carol Weaver en souriant.

« Je le pense aussi » dit London, même si elle en doutait. « Quoi qu'il en soit, je trouve qu'exposer l'ensemble de vos musiciens est réellement une excellente idée. Voilà qui fait vraiment un charmant agencement. »

Le groupe remercia London du compliment avant de se mettre à bavarder les uns avec les autres. Comme ils paraissaient tous contents de retourner à leurs verres et leurs conversations, London se tourna vers Amy et l'entraîna à part.

« Amy, vous avez dit que sa requête était 'excessive'. »

« Et alors, c'était bien le cas. »

« Là n'est pas la question. Il ne faut jamais dire une chose pareille aux passagers. Vous devriez le savoir. » London s'arrêta un instant avant d'ajouter, « Un client peut parfois se tromper, il n'empêche qu'il a toujours raison. »

« Ce qui signifie ? » demanda Amy.

« C'est la devise de London » dit Elsie.

« Huh » grogna Amy. « Voilà une règle parfaitement raisonnable lorsqu'on a affaire à des gens sains d'esprit. Mais elle ne vaut plus grand chose lorsqu'on doit traiter avec des fous comme Kirby Oswinkle. »

Il n'est pas fou, faillit dire London.

Même s'il paraissait plutôt l'être en ce moment.

« Je laisse tomber » dit Amy avec humeur. « La journée a été longue et j'ai besoin d'une bonne nuit de sommeil. »

Elle sortit du salon en laissant London debout près du bar.

« Alors que comptes-tu faire à présent ? » lui demanda Elsie.

London se rapprocha et s'appuya à la surface polie du comptoir en considérant la question. Devait-elle aller tout droit dans la cabine d'Oswinkle et s'excuser ? Elle ne pensait pas que cela améliorerait quoi que ce soit, du moins pour l'instant. En tout cas, cela ne résoudrait pas le problème de la poupée musicienne prétendument disparue. Il serait probablement offensé si elle venait voir comment il allait.

« Je pense que Monsieur Oswinkle aussi bien que moi-même ferions mieux d'attendre demain matin » répondit London. « La nuit porte conseil. Peut-être ne sera-t-il plus aussi bouleversé. Et ce sera peut-être pareil pour *moi*. »

« Tu crois vraiment qu'on lui a volé son petit chef d'orchestre ? »

« C'est fort peu probable » dit London. « Il faudrait que tu voies toutes les babioles du monde entier qu'il a accumulées. Il est

46

probablement mal rangé quelque part là-dedans. Il me laissera peut-être l'aider à le rechercher demain.

Même si j'en doute, se dit-elle.

« Que dis-tu d'un verre pour te détendre ? » demanda Elsie en faisant un geste vers la table. « Il y a un martini intact juste là sur cette table. Ou je peux te préparer ta boisson favorite – un Manhattan, si je me souviens bien. »

« Merci mais je passe mon tour » dit London. « Il se fait tard et une longue journée m'attend demain. »

Elle quitta le salon et prit l'ascenseur pour descendre au pont Allegro.

Elle se sentit saisie d'une nouvelle vague d'inquiétude en marchant dans la coursive menant à sa cabine. Elle ouvrit la porte, alluma la lumière et poussa un soupir de soulagement en voyant Sir Reggie profondément endormi sur le lit. Elle verrouilla la trappe de la porte, alla inspecter sa nourriture et remplit à nouveau son bol d'eau. Elle était contente que les toilettes du chien soient autonettoyantes. Sir Reggie était réellement un colocataire indépendant, qui ne réclamait que peu de soins.

Elle s'assit à côté de lui et lui grattouilla doucement la tête.

« Qu'as-tu fait ce soir, mon vieux ? » demanda-t-elle. « Tu es resté à l'intérieur ou tu t'es servi de ta nouvelle porte pour sortir faire la fête ? »

Sir Reggie répondit par un soupir à moitié assoupi.

« Eh bien, j'espère que ta soirée a été meilleure que la mienne. »

London prit une douche bien chaude, mit sa chemise de nuit et se prépara pour la nuit. Avant de se mettre au lit, elle tira les rideaux de sa fenêtre en hauteur et regarda à l'extérieur. Il faisait très sombre dehors, il n'y avait pas grand chose à voir – seulement quelques lumières ici et là. Le *Nachtmusik* naviguait apparemment à travers des collines et des forêts, et non près d'une ville ou d'un village.

Mais elle savait que le lendemain, elle s'éveillerait devant une vue fort différente.

« Vienne » murmura-t-elle à voix haute.

Comme si on lui répondait, elle entendit son portable vibrer sur sa table de nuit.

London soupira en se demandant s'il s'agissait d'une nouvelle complainte.

Kirby Oswinkle lui téléphonait-il, encore plus furieux que tout à l'heure ?

Elle vit qu'il s'agissait d'un appel longue distance avec un numéro inconnu. Elle songea à laisser l'appel atterrir sur sa boîte vocale.

Peu importe ce que c'est, autant y faire face maintenant, décida-t-elle finalement.

Elle décrocha et fut surprise d'entendre une agréable voix de ténor chanter doucement…

« Edelweiss, Edelweiss… »

La voix continua, c'était si troublant d'entendre la chanson interprétée par la chorale dans le Restaurant Habsbourg peu de temps auparavant.

Mais c'était une voix qu'elle connaissait bien.

CHAPITRE NEUF

London s'assit au bord du lit, quelque peu ébranlée.

« Salut Papa » dit-elle.

« Salut mon cœur » répondit son père.

Elle s'efforça de retrouver depuis combien de temps elle ne l'avait pas eu au téléphone.

Plusieurs mois, sans doute.

Et cela faisait au moins un an qu'ils ne s'étaient pas vus réellement. Ce n'était pas par manque d'intérêt l'un pour l'autre – ils avaient toujours été liés émotionnellement, c'est juste que leurs chemins ne croisaient plus très souvent désormais.

« Je… je n'ai pas reconnu ton numéro » dit-elle.

« Oh, ça. J'ai perdu mon portable il y a deux ou trois jours – tu sais comme j'ai l'habitude de tout égarer. Je te téléphone à partir d'un appareil flambant neuf. »

« Où *es*-tu ? » demanda London.

Son père étant steward, elle savait qu'il pouvait se trouver n'importe où dans le monde actuellement.

« Je fais escale à Tokyo » dit-il.

London regarda la pendule et fit un rapide calcul dans sa tête.

« Il est onze du soir ici » dit-elle. « Donc six heures du matin de ton côté. »

« Eh bien, j'ai toujours été un lève-tôt. Ça fait partie du métier. Tu le sais aussi bien que n'importe qui. »

Je le sais effectivement, songea London.

Elle et Tia, sa grande sœur, avaient passé leur enfance à voyager partout dans le monde avec leurs parents qui travaillaient tous deux comme agents de bord.

Mais tout de même…

« C'est une drôle d'heure pour téléphoner » dit London.

« Ça ne te fait pas plaisir de m'entendre ? »

« Oh Papa, je suis *toujours* heureuse d'avoir de tes nouvelles. Tu le sais. C'est juste que… »

Elle se tut. Elle avait du mal à ordonner ses pensées. Elle s'aperçut qu'elle ne lui avait rien raconté de son nouveau travail à bord du

49

Nachtmusik. On lui avait proposé le poste inopinément quelques jours plus tôt et elle n'avait pas eu l'occasion de lui en parler. Mais il reprit la parole avant qu'elle n'ait le temps de lui expliquer.

« Comment est l'Autriche ? »

London frémit à nouveau d'étonnement.

« Comment es-tu au courant… ? »

« Hé, je sais tout. N'est-ce pas ce que je te dis toujours ? »

« Oui, mais… »

« As-tu aimé mon interprétation de 'Edelweiss' ? Plutôt adéquat maintenant que tu es en Autriche, hein ? »

« Oui, mais… »

« Hé, tu savais que 'Edelweiss' n'est *pas* l'hymne national autrichien ? »

« Tu me l'as dit une centaine de fois. Mais Papa… »

« Et que la famille de chanteurs Trapp n'a jamais chanté aucun des morceaux de *La Mélodie du Bonheur* ? »

« Oui, tu me l'as dit aussi mais… »

« Oui ? »

« Comment sais-tu où je suis ? »

« Oh, ça. J'ai appelé ta sœur hier. Aux dernières nouvelles, tu étais censée habiter chez elle en ce moment, entre deux croisières sur l'océan. J'ai donc pensé que je pourrais vous parler à toutes les deux – ainsi qu'à mes petits-enfants. Mais Tia m'a dit que tu avais obtenu un nouveau boulot dans l'entreprise où tu travailles déjà, cette fois à bord d'un bateau qui effectue des croisières fluviales. J'ai cherché sur Internet et j'ai vu qu'il s'appelle le *Nachtmusik*. Ce nom a vraiment retenu mon attention. Je suis sûr que tu te souviens… »

Il se tut mais London savait ce qu'il voulait dire.

« Oui, Maman nous jouait ce morceau au piano – *Eine Kleine Nachtmusik* de Mozart. »

Elle pouvait encore se rappeler l'expression radieuse sur le visage de sa mère à chaque fois qu'elle le jouait. London avait ressenti une très forte émotion en apprenant le nom du bateau.

« Le navire a l'air très chouette d'après les photos » poursuivit son père. « Joliment conçu également – long et bas comme la majorité des bateaux de rivière mais plus petit et aussi… plus élégant, je crois qu'on peut dire ça… que les autres que j'ai pu voir. Combien y a-t-il de passagers à bord ? »

« Environ une centaine » dit London.

« Oh, ça doit vraiment te changer de ces gigantesques bateaux de croisière où tu travaillais auparavant. »

« C'est sûr. J'ai davantage de responsabilités mais j'en viens à mieux connaître les passagers. Ça commence réellement à me plaire. »

Son père ajouta, « J'ai aussi regardé votre itinéraire – tu sais comme je suis curieux – et j'ai découvert que vous étiez arrivé à Vienne hier. Alors je t'ai simplement appelée pour… »

Il traîna sur les mots mais London avait une petite idée de ce qu'il préférait taire.

Il est inquiet pour moi.

Et peut-être avait-il des raisons de l'être, songea-t-elle.

« En fait, nous ne sommes pas encore à Vienne » dit-elle. « Nous accosterons là-bas demain matin. »

« C'est bizarre. Il doit y avoir une erreur dans l'itinéraire. »

« Ce n'est pas ça. Nous avons été retenu une journée entière à Györ parce que… »

London sentit sa gorge se nouer d'émotion.

« Oh Papa, il s'est passé tellement de choses. Ce serait si bien de pouvoir s'asseoir tous les deux devant un verre pour discuter de tout ça. »

« Que s'est-il passé ? »

London déglutit péniblement.

« Quelqu'un est mort – je veux dire, a été tué. Une passagère. Une femme âgée. »

Elle entendit son père s'exclamer.

« Tu veux dire qu'elle a été assassinée ? »

« C'était un homicide en tout cas. Ça a été de la folie, vraiment. Je… je ne sais pas par où commencer. »

« Tu as attrapé le tueur ? »

Sa question stupéfia London.

« Euh, oui, en quelque sorte. »

« Vraiment ? Content pour toi. »

« Mais comment savais-tu… ? »

« Oh, je ne sais rien du tout » dit son père en riant. « Ma langue a parlé toute seule. Mais à chaque fois qu'il y a une situation de crise, tu es toujours la première à foncer tête baissée pour essayer de tout arranger. »

Un silence tomba entre eux. Son père finit par reprendre la parole.

« J'imagine que tu as deviné… Je te téléphonais parce que j'étais inquiet… »

« Que je sois à Vienne » dit London, allant au bout de sa pensée.

« Eh bien, c'est la première fois que tu vas là-bas depuis ton enfance, et aussi depuis… »

De nouveau, London comprit ce qu'il taisait. La dernière fois qu'on avait entendu parler de sa mère, elle se trouvait à Vienne. Puis elle s'était complètement volatilisée. C'était il y a vingt ans et London n'était jamais retournée où que ce soit en Europe une fois devenue adulte.

« Qu'est-ce que ça te fait de retourner bientôt là-bas ? » demanda son père.

« C'est bizarre » dit London. « Je n'y ai pas encore réfléchi. Je suppose que je ne le ferai pas avant d'être là-bas. »

« Eh bien, tâche de ne pas *trop* y réfléchir. »

« Que veux-tu dire ? »

« La disparition de ta mère n'est pas un autre mystère que tu dois résoudre. Tu as toujours pensé qu'il lui était arrivé quelque chose de terrible. Ce n'est pas vrai. J'en suis certain. Je le sais au plus profond de moi. Elle avait juste… besoin de s'éloigner. »

London sentit monter en elle un sentiment d'amertume qu'elle connaissait bien.

« De nous tous, tu veux dire » dit-elle. « De Tia, de moi et… »

« Ça a été de ma faute, London » l'interrompit son père avec douceur. « Son départ. J'aurais dû savoir qu'elle… »

London entendit la voix de son père s'étrangler légèrement.

« Ce n'est pas de ta faute, Papa » dit London d'un ton réconfortant. « Si tu as raison et qu'il ne lui est rien arrivé de mal à Vienne, c'est qu'elle a elle-même choisi de s'en aller. Tu n'es pas plus responsable de son départ que Tia ou moi. »

Un autre silence.

« Tu le sais, n'est-ce pas, Papa ? »

Son père se força à émettre un petit rire.

« Je suppose » dit-il. « Mais j'ai peut-être besoin qu'on me le dise de temps à autre. »

London sourit à nouveau.

« Eh bien, je suis disponible chaque fois que tu en as besoin. »

« Je m'en souviendrai. »

« Je tâcherai qu'on reste plus souvent en contact. Toi aussi. »

« D'accord. »

« Je t'aime, Papa. »

« Je t'aime aussi, mon cœur. »

Ils raccrochèrent tous les deux et London essuya une larme tombée sur sa joue. Elle s'aperçut que Sir Reggie était réveillé et qu'il la regardait avec une expression manifestement apitoyée.

« Ça fait du bien de t'avoir là, mon vieux » dit-elle en lui caressant le haut de la tête.

Il poussa un petit grognement comme s'il approuvait.

London se leva du lit et s'avança jusqu'au miroir accroché au mur. Son uniforme était froissé et elle vit combien elle avait l'air triste et fatiguée.

Elle se demanda…

Est-ce que je lui ressemble ?

Elle songea qu'avec ses un mètre soixante-dix et sa silhouette élancée, elle ressemblait à sa mère sur les photos de famille. Mais d'après ses souvenirs toujours vivaces, le visage de sa mère était plus énergique et ses cheveux plus roux. Cette dernière avait-elle beaucoup changé au fil des ans ? Avait-elle toujours sa somptueuse chevelure rousse ou était-elle devenue grise ?

Elle se glissa sous la couette et réfléchit à la conversation qu'elle venait d'avoir avec son père.

Ça lui fait également bizarre que je retourne à Vienne.

Elle aurait voulu qu'il ne s'en veuille pas de la disparition de sa mère. Elle n'avait pas l'impression qu'il eut quoi que ce soit à se reprocher.

Elle ferma les yeux, se souvenant de l'époque où ses parents étaient tous deux agents de bord pendant que Tia et elle les accompagnaient partout à travers le monde, entendant une langue puis une autre, suivant des cours particuliers aussi souvent qu'elles fréquentaient l'école. Tia avait détesté ce manque de stabilité mais London n'avait pas du tout ressenti la même chose. Pour elle, son enfance avait été une aventure incessante dont elle n'aurait voulu manquer un seul instant pour rien au monde.

Mieux encore, elle avait toujours considéré son père et sa mère comme des parents parfaits. Même quand son père avait révélé son homosexualité du temps où Tia et London étaient encore enfants, leur mère et lui avaient géré ce changement avec élégance, amour et bonne humeur. Ils étaient restés d'excellents amis et avaient continué de se consacrer à élever Tia et London du mieux qu'ils pouvaient.

C'était alors que…

Quelque chose était arrivée.

Tia avait quatorze ans et London venait de fêter ses onze ans quand leurs parents avaient tous deux décidés qu'il était temps d'offrir un foyer plus stable à leurs enfants. Ils avaient loué une jolie maison à Gaitling, dans le Connecticut, et leur mère avait cessé de travailler comme hôtesse de l'air pour devenir maman à plein temps. Leur père rentrait aussi souvent possible à la maison mais ce n'était plus comme au bon vieux temps, lorsque Tia et London étaient sans cesse à voyager avec l'un ou l'autre.

Puis, seulement trois ans plus tard, leur mère avait annoncé qu'elle prenait des vacances et partait séjourner quelques temps en Europe. La dernière fois qu'ils avaient eu de ses nouvelles, elle venait d'arriver à Vienne.

Pauvre Papa, se dit London.

Il se croyait visiblement toujours responsable de sa disparition – que peut-être, *s'il* était resté à la maison avec les enfants pendant que leur mère continuait de travailler, elle n'aurait pas succombé à son désir de voyager, qu'elle ne s'en serait pas allée comme ça.

Mais est-ce vraiment la raison pour laquelle Maman est partie ? s'interrogea London.

Elle avait juste envie d'être ailleurs pour deux ou trois semaines, avait-elle dit.

Mais ces quelques semaines s'étaient changées en éternité.

London sentit le sommeil la gagner. Elle entendait une voix ravissante chanter dans sa tête….

«Climb every mountain !»

Le soir précédant le départ de leur mère pour l'Europe, celle-ci avait chanté cette chanson à Tia, London et leur père en s'accompagnant au piano. C'est pour cela que London avait été transpercée d'émotion en entendant la chorale la chanter dans le restaurant Habsbourg.

Heureusement elle était trop fatiguée pour pleurer à présent.

Pelotonné non loin en haut de la couette, Sir Reggie ronflait légèrement. London commença à s'assoupir, ne sachant si elle devait accueillir avec joie ou crainte les images se formant peu à peu dans ses rêves.

CHAPITRE DIX

London tira entièrement les rideaux de la fenêtre de sa cabine pour profiter de la lumière matinale. La vue au-delà du Danube n'était pas celle qu'elle s'était attendue à voir.

Elle avait rêvé la nuit dernière qu'elle arpentait les rues magnifiques de la vénérable cité qu'elle avait visitée enfant. Au milieu de la foule, elle n'avait cessé d'apercevoir une femme ressemblant à sa mère… une femme qui disparaissait à chaque fois que London tentait de l'approcher.

Elle avait bien sûr parfaitement conscience de ce qu'elle avait à présent devant les yeux. Au cours de la nuit, l'activité bruyante et la légère embardée du *Nachtmusik* à l'amarrage lui avaient appris qu'ils étaient arrivés à destination. Elle secoua la tête pour chasser ces derniers fragments de rêves puis se pencha pour prendre le petit chien dans ses bras.

« Tu vois cette ville, Sir Reggie ? C'est Vienne. »

De là où ils étaient, elle paraissait très différente des villes précédentes où le *Nachtmusik* avait accosté – Budapest et Györ en Hongrie. Alors que ces villes affichaient fièrement leur ancienneté et leur passé historique, le paysage était ici plus urbain et moderne. De l'autre côté du Pont Reichbrüscke, elle vit de grands immeubles, y compris les deux plus hauts édifices autrichiens – la longiligne Tour du Danube ainsi que la DC Tower 1 de Donau, un gratte-ciel tout nouvellement achevé.

Mais elle savait combien cette vue était trompeuse. De l'autre côté du bateau, sur la rive gauche du Danube, il y avait la Vieille Ville de Vienne, riche de culture et d'Histoire.

Et de mystère, songea London sans pouvoir s'en empêcher.

La dernière carte postale envoyée par leur mère avait représenté certains monuments viennois. Après cela, plus personne n'avait jamais entendu parler d'elle.

Elle se rappela ce que lui avait dit son père la veille au soir.

« La disparition de ta mère n'est pas un autre mystère à résoudre.

Il avait entièrement raison bien sûr. Elle ne pourrait pas apprendre la vérité sur un mystère vieux de vingt-et-un ans au cours d'une seule journée à Vienne. Leur visite devait être écourtée car la mort de Mme Klimowski avait perturbé leur emploi du temps de départ.

Sans compter qu'elle devait faire son travail.

Elle posa Sir Reggie par terre et s'assit à sa table pour y prendre le petit-déjeuner qu'on lui avait apporté dans sa cabine il y avait de cela quelques minutes. À côté d'un compotier en argent, une petite carte pliée en deux portait une inscription.

« Bienvenue à Vienne, London et Reggie ! »

London reconnut l'écriture de Bryce Yeaton. Elle la lut à voix haute puis baissa les yeux vers Sir Reggie.

« Tu as entendu ? Bryce nous souhaite la bienvenue à Vienne ! »

Sir Reggie aboya joyeusement.

Elle souleva le couvercle du compotier et y trouva un petit-déjeuner qui lui mit l'eau à la bouche – des œufs Bénédict car Bryce savait qu'elle adorait ça ainsi qu'une part de son délicieux strudel aux pommes. Il y avait même une soucoupe contenant plusieurs friandises pour chien qu'il avait préparées tout spécialement pour Reggie.

Un parfait petit-déjeuner, soupira-t-elle. *Fait par un chef extrêmement séduisant.*

Elle incita Sir Reggie à s'asseoir pour avoir une friandise, qu'il croqua et avala d'un seul coup.

London sourit de le voir si affamé.

« Je vais prendre un peu plus de temps pour mon propre repas si ça ne te dérange pas » lui dit-elle.

Sa journée était censée débuter incessamment sous peu. Elle devait accueillir Emil et un groupe de touristes dans le hall de réception mais il lui restait encore du temps pour savourer chaque bouchée. Elle se dépêcha ensuite, troquant sa chemise de nuit pour son uniforme bleu foncé, se préparant pour aller au travail.

Au moment de quitter sa cabine, elle déverrouilla la trappe et regarda Sir Reggie.

« Alors qu'as-tu prévu de faire ce matin, mon vieux ? Tu veux m'accompagner ou te balader à ta guise, ou peut-être simplement paresser dans la cabine ? »

Comprenant visiblement la question, Sir Reggie aboya et trottina à ses côtés le long de la coursive et jusqu'en haut des escaliers. Ils parvinrent au hall de réception où ils tombèrent sur le Capitaine Hays qui s'apprêtait à sortir.

« *'Wilkommen in Wien'*, vous deux ! » dit-il en soulevant sa casquette.

« *Danke* » répondit London avec un sourire. « *'Wilkommen'* à vous aussi. »

Le capitaine jeta un œil derrière lui puis regarda London à nouveau. Il parut sur le point de lui dire quelque chose tout en ayant l'air trop pressé pour le faire.

« Je vous passerai un coup de fil » dit-il le souffle court. « En attendant, le devoir m'appelle. Je file sur la passerelle. »

Sans un mot de plus, le capitaine se dépêcha de monter les escaliers jusqu'au pont Rondo.

« Un homme tellement occupé » dit London à Sir Reggie. »

En fait, elle réalisait à présent qu'elle ne se rappelait pas l'avoir jamais vu quitter le bateau depuis le début du voyage. Il n'avait pas eu le temps de sortir pour visiter Györ ou Budapest.

« J'espère qu'il aura l'occasion de découvrir un peu Vienne pendant que nous sommes ici » dit-elle à Sir Reggie.

Ni Emil ni aucun passager n'étant encore en vue pour la visite guidée, London prit Reggie dans ses bras et sortit du hall de réception pour gagner la passerelle. Elle vit que le bateau avait été amarré très près du quai. Une digue en béton s'étendait juste après la petite passerelle. Des promeneurs matinaux y déambulaient, guère impressionnés par un événement aussi banal que l'arrivée d'un bateau de croisière.

En dehors de cela, elle ne pouvait voir grand chose de la ville de l'endroit où elle se trouvait – simplement des rangées d'arbres et d'hôtels par-delà une grand-route parallèle à la digue. Un bus spécialement affrété était garé dans un parking tout proche, prêt à les embarquer pour la visite guidée.

Lorsqu'elle revint dans le hall de réception, un petit homme trapu s'y trouvait, en train de se gratter la tête. Il portait des baskets, une chemise à carreaux et des lunettes de soleil. Il devait avoir dans la soixantaine et sa valise à roulettes semblait flambant neuve. C'était la première fois qu'elle le voyait.

Elle connaissait désormais de vue tous les passagers à bord, y compris l'ermite dans la cabine à côté de la sienne. Et elle n'attendait aucun nouveau passager.

Pourquoi cet homme à l'air perdu se trouvait-il ce matin dans le hall de réception ?

Elle s'avança vers lui et demanda, « Puis-je vous aider, Monsieur ? »

Il se tourna vers elle et haussa les épaules.

« Peut-être, Mademoiselle. Peut-être. Comment vous appelez-vous ? »

« London Rose. Je suis la chargée d'animation à bord. »

« London Rose. Joli nom. Et voilà un chien très mignon. Comment s'appelle-t-il ? »

« Sir Reggie » répondit London en s'apercevant qu'elle l'avait toujours dans les bras. « Mais je dois vous demander… »

« Je m'appelle Bob Turner. Je cherche soit la cabine 113, soit la 114. Je ne suis pas sûr de laquelle. »

London plissa les yeux avec curiosité.

« Êtes-vous… ici pour voir quelqu'un ? »

« Non, je suis ici pour affaires » dit-il d'un ton sourd et monotone. « Le capitaine m'attend. Il vient tout juste de me saluer et m'indiquer la cabine que je vais occuper. Il a dit qu'elle se trouve juste au bout de cette coursive. J'y suis allé pour m'apercevoir que je n'avais pas compris s'il avait mentionné la 113 ou la 114, et il était tellement pressé qu'il est parti avant que je ne puisse le lui demander. »

London se rappela avoir remarqué la hâte du capitaine.

Bob Turner indiqua la coursive du doigt. « Il a dit que je trouverai la cabine ouverte et qu'il me suffisait d'entrer, que je n'avais qu'à faire comme chez moi. J'ai bien pensé essayer d'ouvrir moi-même sauf que je n'ai pas envie de faire irruption chez quelqu'un si jamais je me trompais. Ce pourrait être vraiment embarrassant, vous voyez ce que je veux dire. »

London réfléchissait, essayant de comprendre ce que l'homme lui disait.

La cabine 113 ou la 114…

Elle savait que la 113 était occupée par Cyrus Bannister, un homme énigmatique qui pouvait parfois se montrer déplaisant. La 114 était la suite qu'avait occupée Mme Klimowski jusqu'à son décès. Le capitaine avait-il réellement l'intention d'y loger cet individu ? C'était l'une des plus luxueuses du navire, un choix apparemment curieux pour un type à l'air aussi débraillé.

Mais bizarrement, cela semblait aussi logique d'une certaine façon. La cabine 114 était justement la seule encore inoccupée à bord du

Nachtmusik. Il n'y avait pas d'autre chambre disponible pour un nouveau passager.

Mais que fait-il là, d'abord ? se demanda London.

Elle pensa qu'elle ferait peut-être mieux d'en parler au Capitaine Hays.

« Si vous voulez bien me laisser un instant » dit-elle poliment.

Elle posa Sir Reggie par terre avant de prendre son téléphone pour envoyer un SMS au capitaine.

Bob Turner. Il affirme vous connaître. Que faut-il faire, s'il vous plaît.

Même si le SMS s'afficha aussitôt comme « envoyé », London savait qu'elle ne devait pas s'attendre à une réponse immédiate si le capitaine avait effectivement des affaires urgentes à traiter en ce moment même.

En attendant, que devait-elle faire ? Le nouveau venu s'était penché pour caresser la tête de Sir Reggie, le chien se sentant visiblement en confiance avec lui.

L'homme se redressa et réprima un bâillement exténué.

« Mademoiselle Rose, si je puis me permettre, je viens d'arriver de Miami par avion et je suis extrêmement fatigué. J'aimerai vraiment m'allonger un peu. »

London se dit qu'il n'y avait rien à craindre à le mener dans sa cabine. Elle s'engagea le long de la coursive et il la suivit en tirant sa valise derrière lui. Quand London tourna la poignée, elle s'aperçut que la cabine 114 était effectivement déjà déverrouillée.

L'homme pénétra à l'intérieur mais Sir Reggie s'attarda dans le couloir. London comprenait bien pourquoi. C'est dans cette cabine qu'il avait logé du vivant de Mme Klimowski. Cette dernière n'ayant pas réellement su comment s'occuper d'un chien, les souvenirs de Sir Reggie vis-à-vis de cet endroit ne devaient pas êtres des plus plaisants. Il ne voulait pas courir le risque d'y être à nouveau enfermé.

Elle laissa la porte ouverte mais le petit chien trottina au loin.

Quand London se retourna vers Bob Turner, il lui était toujours impossible de distinguer ses yeux derrière ses lunette de soleil mais celui-ci était bouche bée de stupeur.

London comprit ce qu'il ressentait. La suite était spacieuse pour un bateau de rivière, avec son espace salon indépendant et sa décoration raffiné. Un doux air de piano en provenance d'enceintes stéréo accueillait le nouvel occupant.

« Hé, attendez une minute » dit Bob Turner. « Vous êtes sûre que c'est le bon endroit ? »

« C'est la cabine 114. »

« Oh bon sang » dit-il en regardant tout autour de lui. « C'est un vrai palace. Toutes les cabines sont comme ça ? »

« Non, c'est l'une des deux plus luxueuses. »

Bob Turner poussa une exclamation étonnée.

« Oh. Alors que fait un bon-à-rien comme moi dans un endroit pareil ? »

London ne put s'empêcher de rire en l'entendant se dénigrer ainsi.

Elle pensa que ce serait impoli de lui apprendre qu'il s'agissait de la seule cabine encore disponible.

Turner tendit l'oreille pour mieux écouter.

« C'est quoi cette musique qui résonne ? » demanda-t-il avec un air légèrement désapprobateur.

« Euh, c'est du Beethoven. *La Lettre à Elise.* Pour vous souhaiter la bienvenue. »

« Beethoven, hein ? »

« C'est ça. Les suites du *Nachtmusik* sont toutes décorées d'après un musicien. Nous nous trouvons dans la suite Beethoven. »

« Tiens donc ? »

Ses yeux se posèrent sur le grand tableau accroché au-dessus de la tête de lit. Un portrait de Beethoven, yeux baissés et bras croisés, en train de froncer la bouche.

Turner rit à la vue du portrait.

« Et le voilà – le grand homme en personne ! Hé, Monsieur B, on dirait qu'on va être colocataires. J'espère que ça vous va. »

Il se tourna ensuite vers London avec un clin d'œil et ajouta, « Je devrais peut-être parler plus fort. Il paraît qu'il est un peu dur d'oreille. »

Eh bien, au moins il a le sens de l'humour, se dit London.

Turner montra l'une des enceintes d'où l'on entendait toujours *La Lettre à Elise.*

Il lui dit, « Écoutez, je n'ai rien contre ce genre de musique ancienne. Mais mon truc à moi, c'est plutôt le rock, si vous voyez ce que je veux dire. Alors je me demandais si peut-être… »

London comprit aussitôt.

Lui montrant une liste sur la table basse à côté du lit, elle lui dit, « Vous pouvez sélectionner la musique que vous préférez. Ou bien rien du tout. »

Elle coupa l'appareil jouant *La Lettre à Elise*.

« Oh, j'aime la musique, vous savez » dit Turner. Il regarda attentivement le portrait et ajouta, « Monsieur B et moi examinerons nos options, pas vrai Monsieur B ? Hé, Monsieur B, vous saviez que Chuck Berry vous a écrit une chanson ? Ça vous plairait, je pense. Vous l'avez peut-être déjà entendu – 'Roll Over Beethoven'. »

Turner s'assit au bord du lit.

« Oh bon sang » dit-il avec un grognement. « J'ai mal de la tête aux pieds et je suis éreinté comme pas possible. Les gens ne plaisantent pas en disant que le jet-lag vous met à plat. »

« Vous arrivez de Miami par avion, c'est bien ça ? » demanda London.

Turner acquiesça.

« Le vol a dû être long. »

Turner acquiesça de nouveau.

Que faire pour inciter ce type à parler ? s'interrogea London.

« Si vous me permettez » dit-elle, « puis-je vous demander ce qui vous amène à bord du *Nachtmusik* ? »

Turner ne répondit pas. Elle se demanda s'il ne s'était pas endormi une fois assis. Avec ces lunettes de soleil, elle ne pouvait dire s'il regardait dans le vide ou s'il avait fermé les yeux.

Il finit par parler, toujours de sa voix monotone.

« J'ai appris qu'il y avait eu un meurtre à bord. »

London sursauta en l'entendant mentionner ça.

« Oui, à Györ » dit-elle. « Un événement dramatique. Heureusement, nous avons attrapé l'assassin. »

« À ce qu'on m'a dit » murmura Turner d'un air endormi. « À ce qu'on m'a dit. Donc… »

Il bailla et ajouta, « Je suis juste là pour aider comme je peux. »

Il enleva ses baskets d'un coup de pied et s'allongea sur le lit.

« On n'a jamais trop de renfort » dit-il en murmurant presque. « C'est ce que je dis toujours. »

London plissa les yeux avec confusion. L'homme ne semblait aucunement disposé à s'expliquer davantage. Mais elle sentit qu'il serait impoli de le presser de questions.

« Bienvenue à bord du *Nachtmusik*, Monsieur Turner » dit-elle. « Je vous en prie, n'hésitez pas à m'appelez si vous désirez quoi que ce soit. »

Turner ouvrit tout grand la bouche et un long ronflement s'en échappa. L'homme était déjà profondément endormi, ses lunettes de soleil toujours sur le nez.

London sortit doucement de la cabine et referma la porte. Sir Reggie n'était nulle part en vue mais après tout, il pouvait déambuler à sa guise désormais.

Elle savait que les passagers participant à la visite guidée de ce matin devaient être en train de se rassembler dans le hall de réception. Il fallait qu'elle les rejoigne mais elle voulait d'abord en apprendre davantage sur ce nouveau passager.

Son téléphone vibra juste à ce moment-là. Elle vit qu'il s'agissait du Capitaine Hays en personne.

Il va peut-être me dire qui est cet homme, se dit-elle.

Et aussi ce qu'il fait ici.

CHAPITRE ONZE

La voix du Capitaine Hays résonna claire et joyeuse à travers le combiné.

« Alors vous avez fait la connaissance de notre nouvel arrivant » dit-il à London. « Que pouvez-vous me dire à son sujet ? »

Elle fut légèrement interloquée.

« Euh… Monsieur, j'espérais que *vous* pourriez me parler de lui. »

« Oh mon Dieu. Il est plutôt mystérieux, hein ? Quel est son nom déjà ? »

« Bob Turner. »

« Oui, voilà. Eh bien. J'ai reçu un email ce matin même de Monsieur Lapham. Attendez un instant… »

London l'entendit pianoter sur son clavier d'ordinateur puis il reprit la parole.

« Voilà ce que ça dit : 'Prévoyez l'arrivée d'un certain Bob Turner très bientôt. Il vous assistera pour toutes les questions de sécurité pendant le reste du voyage. »

« C'est tout ce qu'il a écrit ? » demanda London.

« Oui. Monsieur Turner s'est ensuite présenté à la passerelle juste quelques minutes après avoir reçu cet email. »

« Il ne vous a rien dit sur lui ? »

« Eh bien, pour être honnête, il n'en a pas vraiment eu l'occasion. J'ai été appelé pour une affaire urgente sur la passerelle et j'ai dû me dépêcher d'y aller. Mais je lui ai dit où trouver la seule cabine actuellement disponible. J'allais justement vous appeler pour vous demander de passer voir et faire en sorte qu'il se sente comme chez lui. Puis j'ai reçu votre message et j'ai compris que vous vous en étiez déjà chargé. »

« Oui, il a eu un peu de mal à trouver sa cabine mais j'ai réussi à l'y conduire. »

« Avez-vous réussi à l'interroger ? » demanda le Capitaine Hays.

« Je crains que non. Il s'est endormi presque aussitôt. »

« Eh bien, je suppose que nous en saurons plus en temps voulu. »

« Espérons-le » dit London, quelque peu déroutée que même le capitaine ne sache pas très bien ce que l'étrange Monsieur Turner faisait ici. Mais elle n'avait pas le temps de s'inquiéter de ça maintenant.

« Comment s'annonce votre matinée ? » demanda le capitaine.

« Emil et moi emmenons un groupe de passagers visiter Vienne d'ici quelques minutes. »

« Parfait. Nous devons faire tout ce que nous pouvons pour faire oublier les derniers jours. Faites de votre mieux pour garder les passagers heureux et occupés. »

« Très bien, Monsieur. »

Ils raccrochèrent puis London se hâta de retourner dans le hall de réception. Le groupe de passagers était en train de se réunir. Amy était déjà sur place pour prendre leurs noms tandis qu'Emil circulait parmi eux tout en bavardant.

London vit qu'une trentaine de passagers était présents, à peu près le nombre qu'elle avait escompté. Certains visages lui étaient familiers, y compris ceux des cinq personnes ayant décidé d'exposer en commun leurs poupées musiciennes au salon la veille au soir. Elle fut heureuse de voir Gus Jarrett dans son habituelle tenue de golf ainsi que sa plantureuse épouse à la chevelure teinte d'un roux éclatant, Honey, qui mâchait toujours du chewing-gum. Le couple était loin d'être raffiné ou sophistiqué mais London en était peu à peu venue à les apprécier.

Elle ne fut pas aussi heureuse à la vue de l'ombrageux Cyrus Bannister, entièrement vêtu de noir, qui occupait la suite Schoenberg juste en face de celle qu'occupait désormais Bob Turner. Mais sachant que sa mission était de faire en sorte que tout le monde soit satisfait du voyage, elle lui dit bonjour avec un grand sourire.

Tandis qu'elle regardait le groupe, une voix toute proche retentit, « *Guten Morgen Fräulein.* »

Elle se retourna et vit le charmant sourire d'Emil.

« *'Guten Morgen, mein Herr'* » répondit-elle. « Qu'est-ce que ça fait d'être dans un pays où les gens parlent votre langue maternelle ? »

« C'est rafraîchissant. Comment se porte votre allemand ? »

London répondit par un sourire.

« *Ich hoffe, es gut genug, um es zu schaffen* » dit-elle. « Suffisamment bon pour me débrouiller, je l'espère.

« *Ich bezweifle es nicht* » répliqua-t-il. « Je n'en doute pas. »

En fait, London avait plutôt confiance dans son niveau d'allemand – bien davantage que dans son niveau de hongrois en tout cas.

Amy s'interposa alors entre eux en brandissant son bloc.

« Tout le monde est inscrit » dit-elle.

Elle ajouta ensuite d'un ton légèrement irrité, « Je suppose que je ferais mieux d'aller m'occuper de tout ce qu'il me reste à faire. Dieu sait que vous me gardez occupée. »

Amy s'éloigna. London connaissait la raison de sa colère. La réceptionniste aurait préféré mener la visite guidée aujourd'hui plutôt que de rester à bord. Mais avec les autres passagers restant sur le *Nachtmusik* et le peu de temps qu'ils allaient passer à Vienne, il y avait une foule de choses à faire.

En plus…

La dernière fois qu'Amy était descendue à terre, elle avait eu le béguin pour le voleur de bijoux qui avait tué Mme Klimowski. Cette erreur de jugement semblait une raison suffisante pour qu'Amy reste à bord, au moins pour quelques temps.

London et Emil firent descendre le groupe par la passerelle puis tous montèrent à bord du bus qui les attendait. Un moment plus tard, le véhicule roulait vers le centre de Vienne.

Debout dans l'allée, London prit un micro et s'adressa aux passagers.

« *Wilkommen in Wien,* chers voyageurs d'Epoch World ! » dit-elle.

« *Danke* » répondirent joyeusement et presque à l'unisson plusieurs d'entre eux.

London était contente de constater qu'ils avaient pour la plupart appris quelques mots d'allemand en préparation de la visite.

Elle poursuivit, « Comme vous le savez, notre séjour a pris du retard à cause des malheureux événements de ces derniers jours. »

Le groupe murmura tristement pour exprimer son acquiescement.

« Nous resterons donc à Vienne moins longtemps que nous ne l'avions prévu au départ. La visite guidée de ce matin constituera une brève introduction à la ville. Si vous désirez en voir plus, vous pourrez passer le reste de la journée à l'explorer comme vous le souhaitez. Il existe de nombreux modes de transport, des taxis, des bus, des tramways et le métro. Emil et moi pouvons vous conseiller sur les horaires et les itinéraires. J'espère que vous apprécierez le temps que vous passerez ici. »

Elle s'assit à côté d'Emil et regarda par la vitre. Pour l'instant, la ville n'était pas du tout comme dans ses souvenirs. Les bâtiments se profilant devant eux tandis que le bus longeait la trépidante *Lassalestrasse* à quatre voies étaient distinctement épurés et modernes.

Puis le premier monument important surgit à leur vue sur la gauche. Il était réellement impressionnant et London ravala péniblement sa salive, submergée par ses souvenirs. Les passagers du côté droit se levèrent pour mieux voir et London tendit le micro à Emil.

« Mesdames et messieurs » dit-il, « vous pouvez voir ici la célèbre *Wiener Riesenrad* – la Grande Roue de Vienne. Construite en 1897, cela en fait, me semble-t-il, la plus ancienne grande roue toujours en fonctionnement au monde. Et avec ses 65 mètres de hauteur, elle fut longtemps la plus grande jusqu'à la construction de la Technostar au Japon en 1985. »

Le groupe poussa des exclamations ébahies.

« La *Riesenrad* est, on peut le dire, une vraie survivante » poursuivit Emil. « Toutes les premières grandes roues, à Chicago, Paris, Londres et Saint-Louis, furent détruites quelques décennies après leur construction. »

« Pourquoi celle-ci a survécu ? » demanda un passager.

Emil rit.

« J'espérais que quelqu'un me poserait la question » dit-il. « Elle devait être démolie en 1916. Mais en raison d'un manque d'argent, personne n'a entrepris de la démolir ! Elle est donc toujours là, plus de cent plus tard. »

Les passagers rirent, eux aussi amusés.

Emil poursuivit, « Mais si jamais vous souhaitez y faire un tour un peu plus tard, surtout que son grand âge ne vous inquiète pas. Elle est loin d'être décrépite. Oh, comme de nombreuses infrastructures ici, elle fut presque détruite pendant la Seconde Guerre mondiale mais on l'a restaurée et elle a toujours été parfaitement entretenue depuis lors. Vous vous rappelez peut-être qu'Orson Welles y fait un tour dans le film *Le Troisième Homme*. Et je peux vous dire d'après mon expérience personnelle que la vue de là-haut est absolument époustouflante. »

Époustouflante, c'est le mot, se rappela London. De nombreuses années auparavant, quand elle n'était encore qu'une petite fille, elle avait fait un tour dans l'une de ces grandes nacelles. Elles étaient construites de façon à ressembler à des compartiments de train, et son père l'avait soulevé dans ses bras afin qu'elle puisse voir par la vitre. Tout en haut de la Grande roue, elle avait vu la totalité de Vienne, et même les forêts et les collines environnantes au-delà.

London sentit sa gorge se serrer à ce souvenir. Même si haut au-dessus du sol, elle n'avait pas eu peur. Elle ne se rappelait pas avoir jamais été effrayée de quoi que ce soit lorsqu'elle était avec son père et sa mère.

J'ai l'impression que c'était il y a si longtemps, songea-t-elle.

Le bus poursuivit sa route et Vienne sembla alors se métamorphoser comme par magie, passant d'une ville moderne à un magnifique centre historique riche de culture. Emil prit le micro au moment où le bus traversait un pont au-dessus d'un étroit canal encadré par deux embarcadères en pierres.

« Nous traversons à présent le *Donaukanal* – le canal du Danube – qui jouxte le centre historique. Autrefois un affluent naturel du Danube, il a été aménagé en canal artificiel depuis 1598. »

Le bus finit par s'arrêter devant ce qui semblait être un magnifique palais avec des rangées d'immenses arches et colonnes. London savait qu'il ne s'agissait point d'un palais mais de quelque chose d'encore plus grandiose à sa façon.

S'emparant à son tour du micro, elle expliqua, « Voici notre premier point d'intérêt – le *Wiener Staatsoper*, l'Opéra national de Vienne. Sa construction s'acheva en 1869 et la première représentation fut donnée devant l'empereur François-Joseph et l'impératrice Elisabeth. »

L'énigmatique Cyrus Bannister leva la main et posa une question.

« Quel opéra y fut joué le premier ? »

London se sentit légèrement irritée devant le ton inquisiteur Bannister. Certaine qu'il connaissait déjà la réponse à sa propre question, il espérait sans doute la prendre au dépourvu.

Ne comptez pas là-dessus aujourd'hui, Monsieur Bannister, se dit-elle.

Elle répondit, « Le premier opéra joué ici fut *Don Giovanni*, la version de Mozart de l'histoire de Don Juan, le légendaire séducteur sans scrupules. »

La corpulente Letizia Hartzer, toujours vêtue de façon très stricte, prit la parole.

« N'est-ce pas *Don Giovanni* qui est actuellement à l'affiche ? »

« Effectivement » dit London. « Je crois que des tickets sont toujours disponibles pour la représentation de ce soir, si jamais cela tente certains d'entre vous. »

Quelques personnes exprimèrent leur intérêt, y compris Mme Hartzer.

Ils sortirent tous du bus et se dirigèrent vers l'imposant bâtiment.

London pointa un doigt vers le haut et dit, « Ces deux statues équestres sur le toit furent créés par le sculpteur Ernst Julius Hähnel en 1876. Les cavaliers incarnent les Muses de la Poésie et de la Musique. »

Emil ajouta, « Les cinq statues sur la rangée d'arcades tout en haut sont également de Hähnel. Elles représentent l'héroïsme, la tragédie, le rêve, la comédie et l'amour – tous les ingrédients nécessaires d'un grand opéra ! »

Nous formons vraiment une bonne équipe, songea London tandis qu'Emil et elle partageaient leurs connaissances avec le groupe. Elle eut brièvement la tentation de s'avancer pour lui prendre la main tandis qu'ils continuaient de marcher. Mais quelle serait sa réaction ? Et à quoi cela mènerait-il ? Elle était persuadée qu'il était préférable de garder une certaine distance entre eux –pour le moment du moins.

Elle comprit que le majestueux opéra réveillait en elle certains vagues et lointains souvenirs qu'elle ne parvenait pas à faire émerger du brouillard où ils se trouvaient.

Emil lui donna un coup de coude amical au moment où ils passèrent sous l'entrée voûtée.

« J'ai prévu une petite surprise ici » dit-il.

CHAPITRE DOUZE

« *Une petite surprise ?* »

London ne pouvait imaginer que quoi ce soit ayant trait au *Wiener Staatsoper* puisse être qualifié de « petit ». Quant à la surprise mentionnée par Emil…

Que peut-il bien mijoter ?

D'après les murmures émerveillés des passagers, elle pouvait d'ores et déjà dire que l'immense hall d'entrée était pour eux un sujet de fascination. L'intérieur orné de feuilles dorées scintillait légèrement sous l'éclat des lampes des murs et du plafond même alors que le gigantesque chandelier n'était pas allumé. Mais elle était certaine que ce n'était pas ce à quoi Emil faisait allusion.

Un homme en uniforme les accueillit avec le sourire.

« *Guten Morgen, Freunde.* Bonjour, Messieurs Dames. »

Il ajouta avec un hochement de tête, « Et vous devez être Herr Waldmüller. Je vous attendais, vous et votre groupe. Aimeriez-vous visiter ce superbe palais du théâtre et de la musique ? »

Emil le regarda avec une expression légèrement hautaine.

« Nous n'avons pas besoin de vos services » dit-il en allemand. « Je connais extrêmement bien ce bâtiment. »

Le sourire de l'homme s'effaça et il hocha la tête d'un coup sec.

« 'L'animation' » que vous aviez demandée sera bientôt prête » dit-il maussadement en allemand.

L'animation ? s'interrogea London.

La voix de Gus Jarrett retentit alors à travers le hall voûté.

« Avez-vous déjà vu autant d'or dans votre vie ? C'est vraiment Fort Knox ici ! »

Honey répondit brusquement, « Un peu de classe, Gus. Nous sommes ici dans un lieu de haute culture, d'art, ce genre de choses. Ne te conduis pas comme un grossier malotru. »

Certains membres du groupe s'esclaffèrent et Gus rougit d'embarras.

Malgré tout, London comprenait qu'il soit aussi autant impressionné. Le spectacle lui avait coupé le souffle. Mais ses souvenirs demeuraient toujours vagues et indistincts.

Emil continua son exposé sur un ton feutré, empli de révérence.

« Cette intérieur fut créé par le grand architecte autrichien Eduard van der Nüll. À présent, croyez-le ou non, mais le décor du *Staatsoper* ne fut pas bien accueilli lors de son achèvement. Même l'empereur ne l'a guère trouvé à son goût. Malheureusement, van der Nüll prit ces critiques personnellement. Il se suicida par pendaison. »

Après avoir laissé ces mots produire leur effet, Emil dit d'un ton grandiloquent, « Le génie passe souvent inaperçu de son propre temps. Le prix à payer est parfois lourd pour ceux qui le détiennent. »

London fut quelque peu agacée par sa remarque. Cela était peut-être vrai mais elle se dit qu'Emil avait l'air assez pompeux.

Elle le suivit tandis qu'il les menait en haut d'une volée de marches jusqu'à un balcon à l'intérieur même du théâtre. Rien n'aurait pu les préparer au spectacle qui s'offrit alors à leur regard. L'auditorium en forme de fer à cheval entouré de quatre balcons sur plusieurs niveaux semblait presque trop gigantesque par rapport à l'extérieur somptueux de la bâtisse.

« La capacité actuelle de l'auditorium s'élève à vingt-mille-deux-cent-quatre-vingt-quatre personnes » dit Emil. « Il pouvait autrefois contenir davantage de monde mais a subi de nombreuses transformations au fil des ans. Comme une large partie de Vienne, le *Staatsoper* fut sévèrement endommagé par les bombardements alliés durant la Seconde Guerre mondiale et dut être reconstruit. »

Gus Jarrett en était carrément livide d'étonnement.

« Combien de, euh, spectacles, se font ici ? »

« 'Spectacles' ? » répéta Emil avec un rire condescendant. « Attendez, laissez-moi voir. Je crois qu'environ trois-cent-cinquante représentations sont données chaque année, y compris de nombreux ballets et environ cinquante ou soixante opéras. L'opéra de Vienne compte parmi les plus actifs au monde. »

« Oh » murmura Gus.

Emil tapa brusquement dans ses mains. Le bruit résonna à travers l'auditorium et les lumières baissèrent comme si une représentation était sur le point de commencer. Le lieu étant vide et tellement gigantesque, on eut l'impression que le crépuscule se mettait tout à coup à tomber.

Voilà donc la 'petite' surprise d'Emil, comprit London.

Même si c'était tout simple, cela n'avait, en apparence, rien de 'petit'. Elle éprouva même une sorte de vertige au moment où les lumières s'éteignirent, comme si celles-ci lui jetaient un sort.

Ses vagues souvenirs d'enfance devinrent subitement beaucoup plus nets et précis. Baissant les yeux vers la scène, elle put l'imaginer pleine de couleurs et de mouvement pendant qu'une musique magnifique résonnait dans sa tête.

Emil lui toucha l'épaule.

« Vous semblez fascinée, ma chère » dit-il.

London acquiesça en silence.

« Un souvenir datant de votre enfance ? » demanda-t-il.

London le regarda avec surprise. Elle avait mentionné sa visite à Vienne avec ses parents à Emil mais n'aurait pas cru qu'il remarquerait sa vive émotion de se retrouver ici à nouveau.

« C'est tellement vivace » dit-elle. « Comme si cela se déroulait en ce moment. »

« Que voyez-vous ? »

« Je vois… un serpent qui poursuit un beau prince à travers une épaisse forêt… un oiseleur tout habillé de plumes, sa bouche verrouillé par un cadenas tandis qu'il fait sonner des cloches magiques… une grande cérémonie dans un temple mystique… et une belle mais terrifiante déesse dans un costume étoilé… »

Elle se tut tandis que les images continuaient de lui envahir l'esprit.

Emil murmura avec douceur.

« Ah. Il devait s'agir de l'opéra *Die Zauberflöte*. »

London le regarda.

« Oui, c'est bien ça. Le dernier opéra de Mozart – *La Flûte Enchantée*. »

Une élégante voix féminine retentit alors à travers l'auditorium, chantant magnifiquement une aria célèbre d'un timbre haut et clair.

« *Ah-ah-ah-ah-ah…* »

Voilà qui n'appartenait plus à ses souvenirs !

London se retourna et vit que la chanteuse était Letizia Hartzer, toujours massive et digne. Puis sa voix cafouilla et la femme toussa, gênée.

« Oh mon Dieu » dit-elle. « Je crois bien que ma voix n'est plus ce qu'elle était. »

« Étiez-vous chanteuse d'opéra ? » demanda un passager.

« Je souhaitais l'être » dit Mme Hartzer en rougissant légèrement. « J'ai étudié le chant et ai joué dans quelques mises en scène d'opéra à l'université. J'ai incarné la Reine de la nuit dans *La Flûte Enchantée* – la déesse toute habillée d'étoiles. »

« Un rôle très exigeant » fit remarquer Emil.

« Effectivement. Je ne peux pas dire avoir jamais été près de le maîtriser mais je le chantais beaucoup mieux à l'époque. Oh, j'adore Mozart ! »

Elle ajouta avec nostalgie, « Je n'ai pas pu résister, j'ai voulu essayer de chanter dans ce lieu merveilleux. J'espère que cela n'a pas offensé les fantômes des grands interprètes d'autrefois. Si c'est le cas, je leur présente mes plus sincères excuses. »

Emil tapa de nouveau dans ses mains et les lumières se remirent à briller.

Il se tourna vers le groupe en souriant.

« Je propose que nous allions faire une petite visite à l'homme qui a composé ce superbe opéra » dit-il.

London savait exactement où Emil avait l'intention de les emmener.

Tandis que le reste du groupe quittait l'auditorium, London s'arrêta pour jeter un dernier regard à ce si vaste espace. Elle se rappelait autre chose à présent - la sensation tellement agréable d'être assise petite fille parmi les spectateurs, avec son père et sa mère de chaque côté d'elle.

Elle avait la gorge légèrement nouée en rejoignant le groupe.

*

Ils visitèrent encore un peu l'opéra puis London et Emil ramenèrent le groupe à l'extérieur pour une brève marche rapide jusqu'au Monument consacré à Mozart dans le Burggarten, le magnifique parc du centre-ville. Quelques personnes étaient allongées dans l'herbe ou assises sur des bancs.

Haute de huit mètres, la statue en marbre de Wolfgang Amadeus Mozart en personne se tenait là sur un élégant piédestal. Sur l'herbe devant la statue, des fleurs aux vives couleurs formaient une grande clé de sol.

« Cette statue fut inaugurée en 1896 » dit London au groupe. « Comme tant d'autres choses à Vienne, elle fut endommagée pendant la Seconde Guerre mondiale mais fut ensuite déplacée ici et restaurée en 1953. »

Elle indiqua les figurines sculptées sur le piédestal. « Ces personnages ailés aux airs de chérubins représentent la puissance musicale de Mozart. Les deux bas-reliefs en bas sont tirés de scènes de *Don Giovanni* – le premier opéra mis en scène au *Wiener Staatsoper*, qui est d'ailleurs joué actuellement. Examinons maintenant l'arrière du piédestal. »

Elle les fit venir derrière le monument, où se trouvait un autre bas-relief.

« Celui-ci montre Mozart enfant jouant du clavecin, accompagné de son père au violon et de sa sœur aînée en train de chanter. Comme vous le savez probablement, Mozart fut un enfant prodige qui passa la majeure partie de son enfance à se produire devant de nombreux parterre d'aristocrates. »

Emil prit la parole et montra du doigt l'enfant sur le bas-relief puis la statue de l'homme adulte.

« Arrêtons-nous un instant pour comparer leurs ressemblances » dit-il. « Les deux, me semble-t-il, nous font percevoir le génie inné de Mozart. L'une de ces figures date de son enfance, l'autre alors qu'il était en pleine force de l'âge – plus vieux et plus sage, mais encore jeune. Je crois que toutes deux sont la marque d'une certaine jeunesse perpétuelle, tout à fait appropriée à un tel maître, dont le talent artistique fut reconnaissable d'emblée. Un talent qui n'a jamais vieilli, peu importe le nombre d'années écoulées. »

Bien dit, pensa London.

Elle crut de nouveau entendre des extraits de *La Flûte Enchantée*.

Elle se souvenait parfaitement être venue là avec ses parents de nombreuses années auparavant, lors d'un après-midi ensoleillé. Ils s'étaient assis sur la rambarde semi-circulaire pour déguster un bon pique-nique. Elle eut presque l'impression de pouvoir goûter la pâtisserie autrichienne qu'elle avait mangée à l'époque.

Qu'est-ce que c'était ?

Un strudel aux pommes ?

Non, elle était certaine qu'il s'agissait d'autre chose.

Quoi alors ?

L'un des touristes interrompit ses pensées.

« Est-ce vrai que Mozart fut assassiné par un compositeur rival ? »

London entendit Letizia Hartzer ricaner. Cyrus Bannister sembla plus que choqué.

« Vous ne devriez pas croire tout ce qu'on voit dans les films » grommela Cyrus au passager. « *Amadeus*, par exemple. »

London et Emil échangèrent des regards inquiets. Ils savaient que Cyrus, qui se considérait comme une autorité en matière de musique, pouvait parfois faire preuve de brusquerie.

« Alors il n'a pas été tué par Antonio Salieri ? » demanda un autre passager.

« Non, et j'arrive à peine à croire que certains d'entre vous cultivent des idées aussi stupides » répliqua Cyrus. « Sans doute une rivalité existait-elle entre eux. Mais à notre connaissance, Salieri et Mozart semblent s'être aidés mutuellement, ils étaient même plutôt amis. Ils ont collaboré au moins sur un morceau de musique. »

Letizia Hartzer intervint sur un ton bien plus chaleureux que Cyrus.

« Bien entendu, des *rumeurs* ont couru au sujet d'un tel meurtre mais elles étaient certainement fausses. Même alors qu'il souffrait de démence sur son lit de mort, Salieri les a clairement démenties à un ami en déclarant, 'Tu diras au monde que c'est ce que t'a dit le vieux Salieri, qui va bientôt mourir. »

Le groupe émit un murmure satisfait.

« Comme c'est triste que Mozart soit mort si jeune » ajouta Mme Hartzer. « Trente-cinq ans seulement. »

Un autre murmure d'assentiment. Mais London remarqua qu'Emil avait croisé les bras et pris un air bougon. Elle comprit qu'il n'aimait pas qu'on lui vole la vedette, qu'il préférait être l'unique expert historique à bord du navire.

Il était temps de partir. Heureusement elle avait fait ses plans à l'avance.

« Allons boire un café et manger quelques douceurs » dit-elle.

*

London avait réservé une table pour l'ensemble du groupe au célèbre Café Landtmann. Ils s'y dirigèrent en longeant le large boulevard bordé d'arbres, le *Museumstrasse*, tout en passant devant les grands édifices du musée d'Histoire de l'Art, du musée d'histoire naturelle ainsi que du bâtiment du Parlement autrichien, devant lequel se trouvait une grande fontaine avec une statue d'Athéna debout sur une colonne en son centre.

Au moment de s'approcher de la marquise du café Landtmann, Emil sourit d'un air approbateur.

« Excellent choix, ma chère » dit-il.

London ne pouvait qu'être d'accord. Dans une ville aussi renommée pour ses cafés, le Landtmann semblait particulièrement séduisant.

Comme tous les cafés de Vienne, il ne s'agissait pas uniquement d'un lieu où se restaurer – c'était aussi une institution culturelle, un endroit où les gens ordinaires pouvaient frayer avec certaines des personnalités les plus remarquables de leur époque. Depuis 1873, le Café Landtmann avait été le repère habituel de gens tels que le compositeur Gustav Mahler, le psychanalyste Sigmund Freud, le romancier James Michener ou même Paul McCartney.

Les passagers se dispersèrent à différentes tables tandis que London et Emil s'asseyaient ensemble à la terrasse extérieure sous la marquise. Ils avaient une vue agréable sur le boulevard animé, le *Ringstrasse*.

Ils commandèrent chacun un expresso puis examinèrent la carte des pâtisseries.

« Je crois que je vais commander une Sachertorte » dit Emil. « Peut-être cela vous plairait-il également. »

London connaissait bien ce gâteau constitué d'une génoise au chocolat recouverte sur le dessus de confiture d'abricot et d'un glaçage au chocolat. Elle savait que c'était absolument délicieux.

Néanmoins…

Elle essayait de se rappeler la pâtisserie qu'elle avait mangée avec ses parents il y avait tant d'années de cela.

« J'ai autre chose en tête » tenta-t-elle d'expliquer. « Un gâteau que j'ai mangé petite fille. Cela m'avait beaucoup plu mais je n'arrive pas à me souvenir comment ça s'appelait… »

« Pouvez-vous me le décrire ? » demanda Emil.

London réfléchit un instant.

« Je crois que c'était une fine part de tarte avec des morceaux de pâte entrecroisés sur le dessus. »

Emil indiqua le menu du doigt en disant, « Vous faites peut-être référence à la *Linzertorte*. On dit que c'est le gâteau le plus ancien du monde, préparé pour la première fois en 1696 et nommé d'après la ville de Linz, lieu de son invention. »

Le nom lui parut familier et lorsque le serveur revint, London lui en commanda une part au serveur tandis qu'Emil optait pour la Sachertorte. Quand le dessert arriva, une tarte fine, London en prit une petite bouchée. La pâte était fondante et délicate, avec des arômes de citron, de noisettes et de cannelle. La garniture était inhabituelle, à la fois âcre et douce – de la confiture de groseilles, crut deviner London.

Oui, c'est ça, se dit-elle.

C'était aussi exquis que dans son souvenir.

Elle ferma les yeux et en prit une autre bouchée, savourant chacun bouquet de saveurs. Le goût était presque enivrant et London fut prise de vertiges devant le flot de souvenirs que cela éveillait en elle. Elle ouvrit les yeux, légèrement alarmée.

Pendant un instant, elle crut être en train de faire le même rêve que la veille au soir.

Là, parmi la foule sur l'animé *Ringstrasse*, se trouvait une femme aux cheveux roux avec un visage semblable à celui de London.

London resta bouche bée et fit tomber sa fourchette.

« Maman ? » murmura-t-elle.

CHAPITRE TREIZE

Tendue et bouleversée, London entendit à peine la voix d'Emil l'appeler tandis qu'elle se levait précipitamment de table. Elle se rua hors de la terrasse du café pour rejoindre la foule de passants sur le large trottoir.

Maman, répéta-t-elle, le souffle court.

Mais la femme qu'elle venait d'entrevoir avait à présent disparue parmi tous les piétons. Elle eut l'impression de se retrouver dans son rêve de l'autre nuit, d'avoir de fugitifs aperçus de cette femme qui s'éclipsait chaque fois que London tentait de l'approcher.

J'ai perdu sa trace, se dit-elle avec désespoir.

C'est alors qu'elle l'aperçut de nouveau – ses cheveux de la même couleur et coiffés de façon identique qu'au moment où cela l'avait interpellée pour la première fois. La femme était plus loin désormais mais elle était bel et bien là, en chair et en os. Des dizaines de piétons se regroupaient et se mélangeaient dans l'espace entre elles deux.

London se fraya un chemin parmi la foule, se cognant sans ménagement contre les corps d'autres passants.

« *Entschuldigen Sie* » dit-elle pour s'excuser lorsqu'elle heurta un homme de haute taille.

« *Entschuldigen Sie, bitte* » répéta-t-elle en poussant une femme un peu plus brusquement que prévu. Entendant des exclamations de surprise, elle aurait voulu s'arrêter pour s'expliquer et s'excuser mais sa mère était peut-être ici, il fallait qu'elle continue d'avancer.

La femme réapparut devant elle – toute proche. Cette fois ce furent ses cheveux qui retinrent davantage l'attention de London. Mais également sa posture, sa démarche si caractéristique, sa façon de bouger.

C'est Maman. C'est obligé.

Elle s'avança et toucha l'épaule de la femme.

« Maman ! » s'exclama-t-elle.

La femme s'arrêta et London aussi. Puis la femme se retourna et la regarda.

London sentit son cœur s'effondrer.

Ce n'était pas du tout sa mère.

Elle le comprit sur le champ à cause de ses yeux bruns. Ceux de sa mère était bleu vif, comme ceux de London. Sans compter que d'aussi près, la ressemblance n'était pas si flagrante qu'elle l'avait cru.

London poussa un léger cri en constatant son erreur.

Heureusement, la femme ne semblait pas fâchée. Elle s'adressa à London sur un ton poliment surpris.

« *Darf ich Ihnen helfen ?* » demanda-t-elle. « Puis-je vous aider ? »

London ravala péniblement sa salive en cherchant à reprendre son souffle.

« Veuillez m'excuser » dit-elle en allemand. « Je vous ai prise pour quelqu'un d'autre.

« Ce n'est pas grave » répondit la femme dans la même langue avec un léger rire. « Êtes-vous Américaine ? »

« Oui » dit London. »

« Vous parlez très bien allemand. »

« Je vous remercie. »

« Vous êtes là en visite ? » demanda la femme.

« Oui » dit London. Elle n'avait pas envie d'en dire davantage.

La femme sembla sur le point de se présenter, peut-être même de poursuivre la conversation. En d'autres circonstances, London aurait accueilli avec joie cette occasion de bavarder avec une habitante de Vienne. Mais elle ne souhaitait pas expliquer ce qui s'était passé… en plus, Emil devait se demander pourquoi elle avait filé comme ça.

La femme eut l'air de percevoir la réticence de London.

« Profitez bien de votre séjour » dit-elle.

« Je vous remercie » dit London, toujours en allemand. « Pardonnez-moi de vous avoir dérangée. »

« Ce n'était rien. »

London sentit tout son corps se relâcher à force de fatigue et de déception. La distance pour retourner au café lui parut beaucoup plus grande que lorsqu'elle avait couru. Elle se mêla de nouveau à la foule sur la terrasse et se rassit à côté d'Emil.

« Vous allez bien, London ? » demanda-t-il, légèrement inquiet. « Que s'est-il passé ? »

« Rien » dit London. « J'avais cru reconnaître quelqu'un. »

« Ah » répondit Emil.

London savait qu'il s'attendait sûrement à recevoir plus d'explication mais elle ne lui avait jamais beaucoup parlé de son passé, encore moins de la disparition de sa mère.

De toute façon, ce n'est pas le moment d'en parler, décida-t-elle.

London saisit sa fourchette et reprit une bouchée de *Linzertorte*. Comme tout à l'heure, la pâtisserie fondit dans sa bouche, la garniture était succulente. Mais cette fois, cela n'éveilla plus en elle ces troublants souvenirs de son enfance.

*

La prochaine étape de la visite guidée n'était qu'à quelques encablures du Café Landtmann.

« Mesdames et messieurs » annonça Emil lorsqu'un édifice apparut devant eux, « bienvenue au célèbre *Burgtheater* de Vienne, le Théâtre National autrichien – qui est peut-être le théâtre de langue allemande le plus important du monde. »

Le majestueux bâtiment, avec son architecture de style baroque et sa façade arrondie n'était pas aussi éblouissant que le *Wiener Staatsoper* mais restait tout de même magnifique.

Ils s'approchèrent de l'entrée et Emil poursuivit son exposé.

« Le bâtiment date de 1888 mais le théâtre fut fondé presque un siècle et demi auparavant. En 1776, l'empereur Joseph II déclara que toutes les représentations seraient désormais en allemand. Vous n'y voyez peut-être rien d'extraordinaire mais à l'époque, ce fut une petite révolution. »

« Pourquoi ? » demanda l'un des touristes.

London remarqua la fierté dans la voix d'Emil lorsqu'il répondit, « À travers toute l'Europe de cette époque, et même ici en Autriche, la langue allemande était méprisée par l'élite. C'est le français et l'italien qui faisaient partie de la culture savante, mais seuls les plus riches et privilégiés comprenaient ces langues. Grâce au décret de l'empereur, l'allemand a peu à peu gagné du respect – et les pièces de théâtre sont devenues accessibles même aux gens ordinaires. D'une certaine façon, cela a marqué le véritable commencement du théâtre allemand. »

London leva la tête vers les sculptures tout en haut de l'entrée. Des bustes des grands dramaturges allemands. Elle reconnut les noms de certains d'entre eux.

Il y avait Goethe, Kleist, Schiller et...

Shakespeare ?

London cligna des yeux et regarda plus attentivement.

C'était bien ça, le célèbre visage avec le nom 'Shakespeare' apposé sur une plaque en-dessous.

Emil lui tapota le dos et dit, « Vous semblez un peu étonnée de voir votre ami Will Shakespeare ici. »

« Un peu » reconnut-elle.

Emil rit mais n'ajouta rien de plus tandis qu'ils continuaient leur chemin.

Ils pénétrèrent dans le vaste hall du théâtre avec ses chandeliers, son parquet, ses colonnes en marbre et ses murs et furent une nouvelle fois accueillis par un homme en uniforme apparemment prêt à faire office de guide. Et de nouveau, Emil le renvoya d'un geste.

London demanda au groupe de s'arrêter devant un magnifique escalier.

« Regardez » dit-elle en levant la main juste au-dessus d'eux.

Ils restèrent bouche bée devant le spectacle qui s'offrit à leurs yeux. Une série de peintures, splendides et gigantesques, s'étendait sur toute la surface du haut plafond voûté.

Elle dit, « Ces peintures furent réalisées en 1888 par le grand peintre viennois Gustav Klimt. »

Certaine qu'Emil en savait bien plus à leur sujet qu'elle-même, elle l'incita à parler avec un hochement de tête.

Il les désigna du doigt une par une. « Celle-ci représente l'autel de Dionysos, le dieu grec du vin et du théâtre. Cette autre montre le magnifique amphithéâtre ancien de Taormina, en Sicile. Et là il s'agit de Thespis, dont la légende raconte qu'il serait le tout premier comédien du monde, donnant ses représentations au moyen d'une scène itinérante. Et la dernière peinture… »

Il s'arrêta et sourit.

« Eh bien, certains d'entre vous reconnaissent peut-être la scène représentée. »

London manqua presque de s'esclaffer lorsqu'elle examina la peinture avec attention. À en juger par les murmures autour d'elle, d'autres personnes du groupe avaient aussi reconnu ce dont il s'agissait.

Sur une avant-scène, une jeune femme était couchée dans son cercueil, un jeune homme étendu, mort, à côté d'elle tandis que des spectateurs captivés observaient la pièce. La peinture montrait les dernières minutes d'une représentation de *Roméo et Juliette* au Globe Theater de Londres.

Emil dit, « Peut-être reconnaissez-vous également certains des spectateurs. »

« Mais, c'est la reine Elizabeth en personne ! » dit l'un des touristes.

« Exactement » dit Emil. « Et même si leurs visages ne vous disent probablement rien, Gustav Klimt et son frère sont également dans la salle, assistant à la pièce. Le seul autoportrait que Klimt a fait de lui. »

Sans plus d'explication, Emil conduisit le groupe vers une grande salle avec un énorme lustre et quatre rangées de balcons en forme de fer à cheval.

Il les avertit, « Je crois qu'il y a actuellement une répétition. »

Les touristes silencieux entrèrent à la file dans l'auditorium, où trois acteurs sur la scène en-dessous – deux hommes et une femme – s'exprimaient en allemand.

Les premiers mots parurent étrangement familiers à London.

Les deux hommes sortirent de scène, laissant la femme toute seule.

Puis un autre jeune homme apparut, restant silencieux quelques instants.

« Il me semble que vous connaissez cette pièce » murmura Emil à l'oreille de London. « Écoutez ! »

Faisant face à l'auditorium vide, le comédien s'exprima d'une voix dramatique et solennelle.

« *Sein oder Nichtsein, da ist hier die Frage... »*

London écarquilla les yeux en reconnaissant la réplique.

« 'Être ou ne pas être' ! » murmura-t-elle à Emil. « Mais ils répètent *Hamlet* ! »

Emil sourit et hocha la tête.

Ils écoutèrent et les mots parurent bel et bien les ensorceler. Lorsque le monologue s'acheva, Emil et London les firent sortir sans bruit de l'auditorium.

« Donc, » leur demanda Emil tandis qu'ils quittaient le bâtiment, « qu'avez-vous pensé de votre premier aperçu de Shakespeare dans sa version originale allemande ? »

London riait de bon cœur à présent. Elle avait entendu dire que les Allemands plaisantaient quelquefois en affirmant que Shakespeare était bien mieux dans sa 'version originale allemande'.

Mais Emil ne riait pas. Il haussa les épaules d'une manière ambigüe.

« Nous autres Allemands aimons considérer Shakespeare comme l'un des nôtres » dit-il. « Saviez-vous que ses pièces sont plus souvent jouées en Allemagne qu'en Angleterre ? »

« Non » reconnut London.

« Sa langue est traduite en allemand avec une beauté et une grâce incomparables – ou est-ce le contraire ? Nous nous posons parfois la question en tant que germanophones. Même de son vivant, ses pièces étaient jouées par les *Deutsche Wanderbühne* – des comédiens allemands itinérants. Il existe même une version ancienne de *Hamlet* uniquement dans sa version allemande. Laquelle est donc venue en premier – celle de Shakespeare en anglais ou en allemand ? »

London ne sut quoi répondre.

Pour elle, il ne faisait aucun doute que Shakespeare était anglais et qu'il avait écrit ses pièces en anglais. Mais qu'en pensait réellement Emil ? Ne décelait-on pas une note d'ironie dans sa voix, comme s'il n'était pas vraiment sérieux ? Il avait une attitude tellement froide, elle ne pouvait être sûre de rien. Croyait-il pour de bon que Shakespeare avait composé ses pièces en allemand ?

Cet homme n'est pas facile à déchiffrer, songea-t-elle.

Mais au moment de quitter le théâtre, London entendit la célèbre réplique dans sa tête.

« *Sein oder Nichtsein, das ist hier die Frage.* »

Elle ne put nier que l'écouter en allemande était magnifique.

*

Leur visite du Burgtheater marqua la fin de leur circuit pour la matinée. Le groupe se rassembla devant l'édifice pour discuter de leurs activités pour le reste de la journée maintenant qu'ils avaient quartier libre pour aller où ils le voulaient. Beaucoup souhaitaient passer l'après-midi à continuer d'explorer Vienne, y compris en allant dans les musées d'art et d'histoire naturelle. Plusieurs demandèrent à Emil de les emmener voir le Parlement autrichien, ce qu'il accepta avec plaisir.

D'autres personnes préférèrent retourner sur le *Nachtmusik* pour se relaxer ou se reposer en prévision de la longue représentation du *Don Giovanni* de Mozart qui avait lieu le soir même au *Wiener Staatsoper*. De nombreuses tâches attendant London sur le bateau, elle reprit donc le bus avec eux pour retourner à bord.

À leur arrivée, elle emprunta la passerelle et entra dans le hall de réception où un charmant spectacle l'attendait. Sir Reggie divertissait les passagers avec ses pitreries.

London fut particulièrement contente en le voyant sur son arrière-train en train de quémander une friandise pour chien que Walter Schick avait à la main. Elle était la seule sur le bateau à savoir que Walter et Agnès Schick était des témoins protégés depuis trente ans. À Győr, la présence de la police à bord avait été particulièrement traumatisante pour eux. Elle avait craint que le couple de gens âgés ne reste enfermé dans leur cabine tout le reste du voyage. Mais ils étaient dehors et s'amusaient comme tous les autres.

Walter lança la friandise en l'air et Sir Reggie bondit pour l'attraper.

Walter aperçut London et dit, « Bryce, le chef-cuisinier, nous a les données il y a peu. Sir Reggie ferait n'importe quoi pour en avoir. »

Plusieurs autres personnes montrèrent à London les friandises que Bryce leur avait données à eux aussi. London ne pouvait imaginer combien de passagers à bord du *Nachtmusik* transportaient désormais sur eux des friandises pour chien.

Elle agita un doigt devant Sir Reggie.

« Fais attention ou tu vas grossir » dit-elle.

Sir Reggie poussa un gémissement indigné, ce qui fit rire tout le monde. Le groupe se dispersa ensuite et London prit le chien dans ses bras en le regardant dans les yeux.

« Je parle sérieusement, Sir Reggie » dit-elle. « Tu vas être malade si tu manges trop. Et que toute cette attention ne te monte pas à la tête. Je ne saurai pas quoi faire avec toi si tu deviens trop vaniteux. »

À cet instant, elle entendit la porte de l'ascenseur s'ouvrir derrière elle puis une voix masculine retentit.

« Ne vous inquiétez pas à ce sujet, Monsieur. Je suis sur l'affaire désormais. Je ferai toute la lumière sur ce vilain crime en un rien de temps. »

CHAPITRE QUATORZE

« *Un vilain crime ?* » s'interrogea London, se retournant pour voir deux hommes sortir de l'ascenseur. L'un d'eux était Kirby Oswinkle, avec sa casquette de marin, l'air toujours aussi grognon que d'habitude.

Grâce à ses cheveux lissés en arrière et ses lunettes de soleil, elle reconnut que le deuxième était Bob Turner. La dernière fois qu'elle avait vu le nouvel arrivant plus tôt ce matin-là, il était couché et dormait profondément dans la cabine Beethoven. Il s'avança vers London lorsqu'il l'aperçut.

« London Rose – je suis très content de tomber sur vous. Saviez-vous que ce monsieur a été victime d'un cambriolage ? »

Avant que London ne puisse répondre, Oswinkle dit d'un ton sec.

« Oh, elle le sait parfaitement. N'est-ce pas, Mademoiselle London Rose ? »

Il parle de la poupée musicienne, réalisa London.

Elle l'avait presque oubliée. Elle avait espéré ne plus jamais en entendre parler.

Oswinkle poursuivit, « Vous étiez juste là l'autre soir quand je me suis aperçu du vol. Mais vous n'avez absolument rien fait à ce sujet, n'est-ce pas vrai ? Eh bien, ça va changer. »

London tenait toujours Sir Reggie dans ses bras qui se mit à pencher la tête comme pour marquer sa sympathie envers Oswinkle. La dernière chose dont London avait besoin était qu'Oswinkle s'énerve à nouveau contre le chien. Elle le posa donc par terre.

Bob Turner donna une tape dans le dos d'Oswinkle pour le rassurer.

« Inutile de vous inquiéter, Monsieur. J'éluciderai toute cette affaire. Je vous ramènerai votre précieux souvenir. »

« Ainsi que le coupable devant la justice ? » dit Oswinkle à travers ses dents serrées.

« Vous pouvez y compter. »

Oswinkle se tourna de nouveau vers London.

« Il était grand temps que vous fassiez venir une grosse pointure pour s'occuper des manigances qui ont cours ici. »

Puis il s'engagea dans la coursive pour regagner sa suite.

Bob Turner secoua la tête en regardant London.

« Le pauvre homme » lui dit-il. « Cette histoire le met vraiment dans tous ses états. »

« Oui, eh bien, je ne suis pas sûre qu'il faille le prendre au sérieux. »

« Oh, nous devons le prendre *très* au sérieux » dit Turner en se penchant vers elle. « Il en va de notre devoir. Il ne faut négliger aucun problème, aussi insignifiant soit-il. Ce sont les petits ruisseaux qui font les grandes rivières. »

London ressentit une pointe d'hostilité. Elle n'appréciait pas que cet homme lui fasse la leçon au sujet de son travail à bord du *Nachtmusik* – surtout quand elle en savait si peu sur lui ou ses activités ici.

« Bob – je peux vous appeler Bob, n'est-ce pas ? » dit-elle.

« À condition que je puisse vous appelez London. »

« Je vous en prie. En fait, je ne suis même pas certaine qu'il existe un réel problème. Je ne serais pas surprise si Monsieur Oswinkle avait égaré la poupée quelque part. Si seulement vous pouviez voir tout ce qui est entassé dans sa cabine… »

« Oh, pour ça, j'ai vu » dit Bob. « Il m'a tout montré. Sa collection est vraiment impressionnante. Lui et moi avons tout passé au peigne fin, examiné chaque objet pour nous assurer que le petit chef d'orchestre ne se cachait pas quelque part. Mais il a assurément disparu. Quelqu'un l'a volé, pas de doute là-dessus. À moi donc de retrouver le voleur. »

Il secoua la tête en passant d'un pied sur l'autre.

« Sans compter qu'un meurtre a eu lieu à peine quelques jours de cela. Que se passera-t-il ensuite ? Il y a de vrais problèmes à bord de ce navire. Je suis heureux d'être arrivé maintenant. Juste à temps. Laissez-moi m'occuper de tout. »

Il resta un instant à la regarder – c'est du moins c'est ce qu'elle *pensa*. Difficile à savoir avec ses lunettes de soleil.

« Eh bien, London, je vais tout de suite me mettre au travail » dit-il. « Je vous revois ce soir au dîner. »

London le regarda s'éloigner tandis qu'il se dirigeait vers la coursive. L'agent de sécurité la rendait plus que perplexe.

Qu'a-t-il dit au sujet du dîner ? se demanda-t-elle.

Elle ignorait qu'elle était censée dîner avec lui à un moment quelconque.

Qui est cet homme d'abord ? s'interrogea-t-elle.

Elle se rappela ce qu'avait écrit Jeremy Lapham dans son email au Capitaine Hays.

« *Il vous assistera pour toutes les questions de sécurité pendant le reste du voyage.* »

Qui que soit Bob Turner, il avait visiblement été appelé à bord du *Nachtmusik* en sa qualité d'expert en sécurité. Et même si London le trouvait plutôt bizarre, elle se dit que cette fonction ne faisait pas de lui un homme dangereux. En fait, il pourrait peut-être même se rendre utile.

Il serait peut-être capable de retrouver la poupée musicienne disparue de Kirby Oswinkle. Il s'y intéressait déjà apparemment, et si cela contribuait à apaiser Oswinkle – ce serait déjà un exploit en soi.

London regarda Sir Reggie et dit, « Je suppose que je n'ai plus à me soucier de cette poupée désormais. »

Sir Reggie poussa un faible aboiement pour montrer son accord.

« Mais qu'a-t-il voulu dire en parlant de dîner ? »

Sir Reggie ne répondit rien. Ce ne fut qu'au moment de retourner dans sa cabine afin de se préparer pour les activités de l'après-midi que London découvrit la réponse.

Une carte pliée en deux était posée sur la table. Elle la prit et lut la belle écriture manuscrite.

Le Capitaine Spencer Hays
Vous demande respectueusement'
De vous joindre à lui ainsi qu'à quelques collègues distingués
Pour un dîner au Palmenhaus
De la part d'Epoch World Cruise Lines

L'invitation – ou la 'demande', d'après la formulation – précisait ensuite l'heure où le groupe devait se retrouver dans le hall de réception.

Le Palmenhaus, rêvassa London.

Elle connaissait ce restaurant de réputation mais n'aurait pas pensé avoir la chance d'y manger un jour.

Je vais être gâtée, se dit-elle en souriant.

Apparemment, Bob Turner était également invité. Mais qui d'autre serait présent ?

En attendant, il lui restait encore beaucoup de travail à faire. Elle s'assit à sa table et commença d'établir une liste de tout ce qu'elle devait vérifier et dont elle avait à s'occuper.

*

London eut un après-midi bien rempli qui passa en un éclair. La veille, elle avait installé une boîte à idées pour que les passagers puissent suggérer des activités. Elle y trouva de nombreuses propositions intéressantes, dont un club de lecture, un cours de dessin et un groupe de méditation. Elle alla présenter les personnes potentiellement intéressées par un club de lecture à Emil dans la bibliothèque et trouva des endroits appropriés pour les deux autres activités.

Elle aida ensuite à mettre en place un petit jeu musical fort intéressant appelé 'Faites Tomber l'Aiguille ». Un passager avait même apporté un phonographe ainsi qu'une large collection de disques vinyle de musique classique. Le jeu nécessitait qu'une personne laisse tomber l'aiguille au hasard sur l'un des disques. Les joueurs gagnaient des points lorsqu'ils étaient les premiers à reconnaître quel morceau était joué.

London n'était pas très douée pour reconnaître si l'on passait du Bach, du Vivaldi, du Mozart, du Haydn, du Rachmaninoff, du Tchaïkovski, du Bartok ou du Stravinsky. Elle pouvait encore moins dire exactement de quel morceau il s'agissait. Les passagers paraissaient néanmoins beaucoup s'amuser.

Son travail de l'après-midi s'acheva juste à temps pour qu'elle donne à manger à Sir Reggie avant de se préparer pour le dîner au Palmenhaus. Elle inspecta son placard afin de trouver quoi porter. Elle avait tout un éventail de vêtements de voyage noirs et basiques et pouvait donc assembler une tenue de soirée à partir de ces éléments.

Mais elle se dit qu'un ensemble plus coloré l'aiderait à se sentir plus énergique après cette longue journée.

Elle sortit du placard une tunique aux motifs de couleurs vives et la montra au chien.

« Qu'en dis-tu, Sir Reggie ? »

Le chien baissa la tête en la regardant d'un air sceptique.

« Tu as raison » dit London. « Je l'ai déjà portée à Budapest. Je ne dois pas me répéter. »

Elle rangea la tunique et prit une longue robe toute droite avec de fines bretelles. Elle savait que la teinte foncée vert mousse mettait en valeur ses cheveux auburn.

« Et ça ? » demanda-t-elle au chien.

Sir Reggie poussa un faible aboiement désapprobateur.

« Qu'est-ce qui ne va pas avec ? »

Sir Reggie ne fit aucun autre commentaire. Même si lui parler à voix haute semblait l'aider à décider, London savait qu'elle devait se fier à son propre jugement. Elle en conclut que même si le décolleté était suffisamment bas, la robe, fendue jusqu'aux cuisses, était trop sexy pour un dîner avec le capitaine.

Mais peut-être pas pour…

Elle se demanda si d'autres personnes, peut-être Bryce ou Emil par exemple, ne pourraient pas avoir une réaction positive devant sa robe moulante. Mais elle ne savait même pas s'ils seraient présents au dîner de ce soir. Et elle n'avait assurément pas envie de paraître attirante aux yeux de Bob Turner ou du Capitaine Hay.

Elle la remit dans le placard et saisit une robe bleu marine parsemée de pois blancs. Celle-ci la couvrirait entièrement et le tissu doux ainsi que la large ceinture flattaient sans conteste sa silhouette. Elle la montra à Sir Reggie qui au moins ne parut pas désapprouver.

« D'accord, allons-y pour celle-là » dit-elle.

Elle prit une bonne douche, s'habilla puis se dépêcha d'aller dans le hall de réception où attendait déjà le capitaine. Les autres invités du dîner ne tardèrent pas à arriver – Elsie, Amy et, c'était bien eux, Bryce et Emil.

Le capitaine dit, « Après tous les événements de ces derniers jours, je pense que vous tous en particulier méritez bien de profiter d'une soirée à terre. »

Tout le monde sourit.

Oui, j'imagine que nous méritons bien une petite récompense, songea London. Le capitaine avait, semble-t-il, invité toutes les personnes ayant le plus contribué à résoudre le mystère du décès de Mme Klimowski.

Mais elle avait presque oublié Bob Turner, qui arriva le dernier. Elle ne savait pas trop pourquoi il avait été inclus dans l'invitation du Capitaine Hays. Elle supposa que ce dernier essayait peut-être de plaire à Jeremy Lapham puisque c'est lui qui avait eu l'idée de faire venir cet 'expert en sécurité'.

À présent qu'ils étaient tous arrivés, le capitaine les conduisit le long de la passerelle jusqu'à un minibus qui les attendait.

Une soirée à terre, songea London en entrant dans le véhicule avec chauffeur.

Elle se sentait plus que disposée à profiter de sa soirée.

*

Après vingt-cinq minutes de trajet à travers Vienne, le minibus se gara devant le *Palmenhaus*. Même si London savait que ce nom voulait dire 'palmeraie', une espèce de serre, elle en resta bouche bée. L'édifice, avec sa toiture voûtée et ses panneaux vitrés, était tout simplement gigantesque – ce n'était rien de moins qu'un palace constitué principalement de verre.

Ils sortirent du minibus et montèrent jusqu'à l'entrée par un élégant escalier en pierre, Emil les renseignant comme à son habitude.

« Le *Palmenhaus* fut inauguré en 1882 par l'empereur François-Joseph Ier. Ce devait être une serre destinée à la noblesse autrichienne. Sa surface est d'environ deux-mille-cinquante mètres carré et contient des plantes exotiques du monde entier. C'est l'une des plus grandes expositions botaniques du monde, avec près de quatre-mille-cinq-cents espèces végétales en tout. »

Le capitaine ajouta avec un sourire, « Et il s'y trouve également un excellent restaurant. »

Le groupe fut introduit dans une vaste salle à manger au plafond voûté tout en verre et en métal. Des tables étaient disposées parmi d'énormes plantes. Ils parvinrent à leur table, où Bryce tira une chaise pour London avant de s'asseoir à ses côtés.

Il se pencha vers elle, visiblement sur le point de dire quelque chose mais Amy se posa d'un coup sur la chaise toute proche de lui.

« Quel endroit magnifique ! » s'exclama-t-elle en le prenant par la manche. « Est-ce vous qui avez eu l'idée de venir manger ici, Bryce ? »

Celui-ci parut un peu surpris qu'Amy flirte aussi ouvertement.

« Non, c'est le capitaine » répondit-il. « Mais je trouve que c'est un très bon choix. »

« Eh bien, votre avis compte beaucoup pour moi » dit Amy d'une voix sucrée.

London était plutôt ahurie. C'était la première fois qu'elle remarquait l'intérêt d'Amy pour Bryce. Puis elle vit qu'Emil était toujours debout de l'autre côté de la table, l'air de froncer les sourcils devant lui.

Quand Emil finit par s'asseoir en face d'elle, London comprit que la soirée n'allait pas être aussi agréable qu'elle l'avait espérée.

Oh mon Dieu, se dit-elle, *ça risque d'être compliqué.*

CHAPITRE QUINZE

London vit Elsie lui sourire en travers de la table. Leurs regards se croisèrent et Elsie lui fit un clin d'œil espiègle.

Elle a compris ce qui se passe, songea London. *Peut-être même mieux que moi.*

London sentit brusquement son visage s'échauffer. Apparemment, Emil considérait Bryce comme un rival pour gagner son attention. Pour Amy, London était définitivement une concurrente pour avoir les faveurs de Bryce.

Quant à ce dernier – eh bien, London ignorait ce qu'il ressentait. Pendant un instant, elle se demanda si elle n'aurait en fin de compte pas mieux fait de mettre sa robe moulante.

Un serveur arriva pour prendre commande de leurs boissons, faisant ainsi diversion au grand soulagement de London. Elle opta pour son cocktail favori, un Manhattan, puis reporta son attention sur la carte.

Elle entendit alors la voix d'Amy, « Oh, Bryce, je n'arrive tout simplement pas à me décider » gazouilla-t-elle. « C'est vous l'expert culinaire. Pourriez-vous commander à ma place ? »

London écarquilla les yeux avec incrédulité. Voilà qu'Amy se conduisait comme si elle sortait avec Bryce.

Elle se tourna vers Elsie pour voir sa réaction mais l'attention de son amie s'était désormais tournée vers le bar. London n'eut pas de mal à comprendre pourquoi. Le barman du *Palmenhaus* était un jeune homme particulièrement séduisant, au physique parfait, avec une mâchoire carrée et de blonds cheveux ondulés.

London n'était donc pas la seule à avoir son attention divisée ce soir-là.

Elle se réjouit en constatant que Bryce semblait peu enclin à satisfaire la demande d'Amy.

« Eh bien, je peux tout de même vous faire une suggestion » dit-il.

Il parut s'adresser tant à Amy qu'à London quand il donna son conseil.

« J'ai entendu dire que le *Palmenhaus* est très réputé pour son filet mignon de bœuf, dont la viande est d'origine autrichienne » dit-il. « Je pense *moi-même* commander ça. »

« Dans ce cas, je vais faire pareil » dit Amy.

London s'apprêtait à dire la même chose quand Emil intervint.

« Le bœuf autrichien est parfait pour les touristes mais ce n'est guère le meilleur choix lorsqu'on mange au *Palmenhaus*. J'ai déjà dîné ici et je peux me porter garant de leur *gedämpftes Lachsforellenfillet*.

Il s'adressa ensuite à Bryce avec un sourire condescendant, « Cela signifie filet de truite saumonée à la vapeur ».

« Je sais » dit Bryce, apparemment imperméable à l'attitude pleine de mépris d'Emil. « Mais je crois que je vais m'en tenir au filet mignon. »

Le Capitaine Hays et Bob Turner avaient chacun fait leur choix. C'était maintenant au tour de London. Allait-elle suivre le conseil d'Emil ou de Bryce ?

Elle commença à se trouver ridicule.

Comporte-toi en adulte, se dit-elle. *Tu n'es plus une ado.*

Elle décida de commander une *Wiener schnitzel*.

Le serveur revint avec leurs boissons et tout le monde passa commande. London prit ensuite une gorgée et trouva que c'était le Manhattan le plus délicieux qu'elle avait jamais bu. Le cocktail à base de whisky contenait une note sucrée qui se mariait à la perfection avec l'extrait d'orange amère.

Elle fut légèrement surprise en entendant Elsie se plaindre de son cocktail rose vif.

« Oh là, je crains que le barman n'a pas la moindre idée de la bonne manière de préparer un Cosmopolitan. »

Assis en tête de table juste à sa droite, le capitaine lui dit, « Puis-je y goûter ? »

Elsie lui tendit son verre pour qu'il prenne une gorgée.

« Je trouve qu'il a bon goût » dit-il.

« Vous ne voyez pas ce qui cloche ? » demanda Elsie.

« Je crains que non. »

« Il ne contient pas assez de triple sec. »

Le capitaine haussa les épaules, « Eh bien, s'il ne vous convient pas ma chère, je vais faire signe au serveur et... »

« Oh, ce ne sera pas nécessaire, Capitaine Hays » s'empressa de dire Elsie. « Il s'agit d'une question purement professionnelle. Je vais moi-même aller parler au barman. Je suis sûre que je peux lui apprendre une chose ou deux. »

Ça je le parie, Elsie, songea London en souriant tandis que son amie allait à la rencontre du séduisant barman. Visiblement fort contente d'elle-même, Elsie regagna leur table quelques instants plus tard, juste à temps pour l'entrée constituée d'une soupe et d'une salade. London doutait sérieusement qu'il y ait eu un quelconque problème avec sa boisson.

Elle réprima un gloussement pour se concentrer sur sa salade composée assaisonnée d'huile de courge.

On apporta ensuite les plats principaux. Sa *Wiener Schnitzel* était accompagnée de concombres à la crème et d'une salade chaude de pommes de terre persillées. Aussitôt après y avoir goûtée, elle se rendit compte que c'était la première fois qu'elle dégustait une authentique escalope viennoise. La viande de veau délicatement panée faisait moins de trois centimètres et était aussi tendre qu'une pâtisserie. Elle était absolument délicieuse.

Avant de commencer à manger sa truite saumonée, Emil examina le plat de London d'un œil expert.

« Beaucoup de gens ne comprennent pas la différence entre 'Schnitzel' et 'Wiener Schnitzel' » dit-il d'un ton extrêmement pédant. « L'escalope Schnitzel est typiquement faite à base de porc ou de n'importe quelle viande. Mais l'authentique *Wiener Schnitzel doit* être faite avec du veau. Il existe même une loi en Autriche pour cela ! »

Bryce goûta son filet mignon de bœuf et dit, « Bien entendu, il est également vrai que la *Wiener Schnitzel* peut très bien ne pas du tout provenir de Vienne. C'est très similaire à la *costoletta alla Milanese*. La légende raconte que le maréchal autrichien Joseph Radetzky apporta la recette de Milan dans son pays en 1857 sous le règne des Habsbourg. »

Bryce était parvenu à leur communiquer ces renseignements tout à fait nonchalamment et sans la moindre prétention.

L'air irrité, Emil se mit à manger sans plus rien ajouter.

Assis en face d'Elsie, Bob Turner était resté plutôt silencieux jusque-là mais il s'adressa à London par-dessus le brouhaha du restaurant.

« J'ai entendu dire que c'est vous qui aviez découvert le corps de cette femme. »

Il avait parlé d'une voix suffisamment forte pour que les gens à la table d'à côté se retournent pour le fixer.

« Euh, oui » répondit London, manquant de s'étrangler avec un morceau de veau.

« Vous l'avez trouvée dans une église, hein ? »

London acquiesça. Bob ricana tout en continuant de manger son bœuf à la parisienne.

« J'aimerais beaucoup savoir comment le chien et vous avez résolu l'affaire » dit-il. « D'après ce que j'ai entendu dire, il a joué au détective lui aussi. Ça doit être une histoire assez incroyable. »

London était confondue. Bob allait-il lui demander de raconter toute l'histoire ici et maintenant ?

Heureusement, le capitaine prit la parole sur un ton de légère protestation.

« Nous pouvons sûrement aborder ce sujet déplaisant une autre fois. »

Bob acquiesça et continua de manger.

Une musique enregistrée commença à résonner quelque part non loin d'eux. Le capitaine expliqua qu'il était possible de danser au salon si certains étaient tentés plus tard. Au grand soulagement de London, la conversation se rétablit avec seulement quelques commentaires pour dire à quel point le repas était succulent.

Les desserts arrivèrent et London savoura sa *crème brûlée* parfaitement caramélisée, toute chaude avec sa surface légèrement craquante tandis son intérieur crémeux restait délicieusement frais.

Au moment où ils finissaient tous leur dessert, la musique éclata en fanfare avant de laisser entendre une mélodie de valse.

Le visage d'Emil s'éclaira.

« Ah, voilà une vraie valse de Vienne ! » dit-il. « 'Légendes de la forêt viennoise' du roi de la valse en personne – Johan Strauss II. »

Il se leva de sa chaise et dit à London, « Voulez-vous m'accorder cette danse, *Fräulein* ? »

London ravala nerveusement sa salive.

Elle adorait danser mais…

« J'ai peur que mes compétences en valse ne laissent à désirer » dit-elle.

Emil rit d'un air entendu.

« Je crois que vous pourriez être surprise, *Fräulein.* »

Ils sortirent tous deux de table et passèrent par la large entrée menant au salon du *Palmenhaus*, où seule une poignée de couples se partageaient la spacieuse piste de danse. Ils étaient déjà en train de tournoyer sur la mélodie.

London se sentait terriblement nerveuse. Elle se rappelait de son père lui apprenant les pas de base de la valse quand elle était petite fille mais elle n'avait jamais essayé sérieusement de pratiquer.

De sa main gauche, Emil prit la main droite de London qu'il abaissa légèrement. Il enserra ensuite sa taille de son autre main tandis qu'elle mettait la sienne sur son épaule. Il commença à se déplacer et à la grande surprise de London, elle se retrouva à le suivre sans difficulté tandis qu'Emil la faisait glisser sur le parquet.

Elle se rendit compte que l'assurance et le talent d'Emil étaient d'une certaine façon contagieux et n'eut plus qu'à le suivre instinctivement. À certain moment, on aurait dit que ses pieds ne touchaient plus le sol, comme si Emil et elle ne pesaient plus aucun poids. Elle se sentit essoufflée et eut de plus en plus le tournis tandis qu'ils virevoltaient encore et encore. Cela commença même un peu à l'inquiéter. Elle n'était pas habituée à laisser un autre être humain avoir autant de contrôle sur elle, et malgré son enthousiasme, elle n'était pas sûre de totalement apprécier.

Elle se sentit à la fois déçue et soulagée lorsque la musique s'acheva. Puis une nouvelle mélodie débuta – un air lent, sentimental, qu'elle reconnut vaguement. Après cette valse tourbillonnante, London n'était pas certaine d'être prête à se joindre à Emil pour une chorégraphie plus lente.

Elle fut plutôt contente de voir Bryce s'avancer vers eux.

« Vous permettez ? » demanda-t-il en voulant prendre la main de London.

Emil croisa les bras, sourcils froncés, mais s'écarta poliment.

Un moment plus tard, London dansait et virevoltait lentement dans les bras de Bryce. Tandis qu'ils tournoyaient près de l'entrée, elle aperçut le bar dans la salle à manger. Elsie était retournée là-bas et flirtait de tout cœur avec le séduisant serveur. Il y avait assurément de la romance dans l'air ce soir.

« Je n'arrive pas retrouver le nom de ce morceau » dit London à son nouveau cavalier.

« C'est une vieille chanson de Loeb et Lombardo » dit Bryce. « 'Seems Like Old Times'. »

London fut agréablement surprise en sentant une onde de bien-être l'envahir. Elle avait presque l'impression de se liquéfier dans les bras de Bryce. Elle ne put s'empêcher de rire d'elle-même. La mélodie, plutôt mièvre, n'était pas le genre de musique qu'elle affectionnait habituellement. Malgré tout, elle se retrouvait à être la proie de son charme sentimental.

Elle se souvint d'une citation qu'elle avait entendue quelque part.

« *La musique populaire est vraiment d'une puissance incroyable.* »

Bryce rit et London rougit en réalisant qu'elle avait parlé à voix haute.

« C'est de Noël Coward, n'est-ce pas ? » fit remarquer Bryce.

« Je crois bien » dit London à la mention du nom du dramaturge anglais si plein d'esprit.

Elle s'entendit fredonner le titre de la chanson, 'Seems Like Old Times'. Les paroles frappaient une corde sensible en elle. Elle n'avait cessé de repenser à 'autrefois' depuis son arrivée en Europe, et encore plus depuis qu'elle était en Autriche.

Sa gorge se serra d'émotion mais elle s'aperçut que la présence de Bryce l'apaisait. Une partie d'elle admettait en cet instant sa propre vulnérabilité émotionnelle face à lui. L'autre n'en avait que faire. Elle posa sa tête sur son épaule et l'y laissa tout le reste de la chanson.

*

Pendant le trajet de retour jusqu'au *Nachtmusik*, London se retrouva coincée de façon gênante entre Bryce et Emil. Aucun des trois ne paraissait savoir quoi dire et London pouvait presque sentir le regard brûlant de colère d'Amy sur le siège derrière elle.

Les autres passagers du minibus semblaient parfaitement détendus. Elsie et Bob échangèrent des recettes de cocktails tandis que le Capitaine Hays et le chauffeur bavardaient sur le sport.

Ils sortirent tous du minibus à l'arrivée et Amy se précipita vers Bryce, lui prenant effrontément le bras. Il parut plutôt interloqué mais l'escorta poliment le long de la passerelle. London se dit qu'elle s'en fichait et les suivit avec Emil.

Dès que les convives parvinrent dans le hall de réception, Letizia Hartzer se rua vers London, l'air alarmé.

« Je suis tellement soulagée de vous voir ! » s'exclama-t-elle.

« Quelque chose ne va pas ? » demanda London.

« Oui, il y a eu un autre vol ! »

CHAPITRE SEIZE

Sans un autre mot, Letitia tourna les talons à toute vitesse pour aller au salon.

Un autre vol ? songea London.

Elle commença à suivre la femme affolée pendant que d'autres membres de l'équipage, qui venaient juste de revenir de dîner, poursuivaient chacun leur chemin.

Mais London sentit une main sur son épaule. Elle se retourna pour se retrouver devant une paire de lunettes de soleil.

« Inutile de vous inquiéter » lui dit Bob Turner. « Je vais éclaircir tout ça. »

L'agent de sécurité consciencieux s'éloigna alors à grands pas vers le salon.

Un bref instant, London eut envie de remettre entièrement l'affaire entre ses mains. Après tout, ce genre de chose faisait partie du travail de Bob sur le *Nachtmusik*. Plus tôt dans la journée, il avait fait une promesse à Kirby Oswinkle, *« Je vous ramènerai votre précieux souvenir. »*

Mais elle ne pouvait pas simplement ignorer le problème. Il fallait qu'elle aille voir ce qui avait disparu et ce que Bob était en train de faire à ce propos.

Elle partit à sa suite.

Il était tard et le salon Amadeus était plutôt tranquille même si l'on entendait un frémissement d'activité près de la petite table où les poupées musiciennes étaient exposées. Un groupe de gens qu'elle connaissait bien y était rassemblé avec Letitia – Rudy et Tina Fiore, Steve et Carol Weaver ainsi que Kirby Oswinkle. Elsie s'était jointe à eux tandis que Sir Reggie trottinait partout en levant la tête vers chacun.

London s'avança suffisamment près pour jeter un coup d'œil à la table. Sans surprise, seules quatre poupées s'y trouvaient à présent au lieu de cinq. Le bassiste, le clarinettiste, le violoniste, le batteur. Le trompettiste de Letitia n'était par contre plus là.

Oswinkle, dont le chef d'orchestre avait disparu la veille, semblait aussi en colère que si l'on avait volé un autre de *ses* souvenirs. Il jeta un regard à London puis l'ignora.

« Que je suis content de vous voir ! » dit-il à Bob Turner. Il se tourna ensuite vers les autres pour leur dire, « Je vous présente Bob Turner, notre agent de sécurité. Si une personne est capable de résoudre l'outrage qui nous a été fait, c'est bien lui. »

Bob se tourna vers Elsie, ses lunettes de soleil toujours sur le nez.

« Étiez-vous en train de travailler au bar lorsque cela s'est produit ? »

« Vous savez déjà que je viens tout juste de rentrer après le dîner du capitaine » dit-elle. « Mais j'ai demandé à mes barmans et aucun d'eux n'a remarqué quoi que ce soit d'anormal. Bien sûr, ils étaient plutôt occupés avec les clients. »

Bob hocha la tête d'un air avisé.

« Cette affaire est compliquée » dit-il. « Retrouver vos trésors disparus va nécessiter des compétences toutes particulières… »

Il fut interrompu par un aboiement de Sir Reggie.

Le petit chien s'était accroupi près de la table et scrutait dessous la nappe de couleur sombre qui pendait presque au sol.

« Tu as trouvé quelque chose, petit ? » demanda Bob.

Le détective se pencha en soulevant la nappe puis alla chercher quelque chose sous la table.

« Aha ! » s'exclama-t-il.

Bob se releva en tenant le petit trompettiste d'une main.

« Voilà *ce* que vous cherchiez, je crois» dit-il à Letitia, une note triomphante dans la voix comme s'il venait d'accomplir une prouesse d'investigation.

« Bonté divine, c'est bien elle ! » dit-elle lorsqu'il lui tendit la poupée.

La plupart des témoins présents poussèrent en même temps un soupir de soulagement.

« Il n'y avait nullement de quoi s'inquiéter » dit Rudy Fiore.

« Oui, elle a dû tomber de la table et quelqu'un l'aura poussé en dessous » ajouta son épouse.

Les autres acquiescèrent en murmurant tandis que Letitia remettait la poupée musicienne à sa place à côté des autres.

« Merci du fond du cœur ! » s'écria Letitia. « Quel plaisir d'avoir un vrai détective à bord. »

Bob rit puis se baissa pour caresser la tête de Sir Reggie.

« Eh bien, je n'aurais rien pu faire sans l'assistance de Sir Reggie, ce chien merveilleux dit-il.

« Donc ce n'était qu'une fausse alerte » grommela Kirby Oswinkle. « Mais n'oubliez pas qu'un *véritable* cambriolage n'a toujours pas été résolu ! Je ne serais pas satisfait avant que mon petit chef d'orchestre ne regagne sain et sauf ma collection ! »

Furibond, Kirby se précipita hors du salon.

« Je suppose que sa colère est compréhensible » dit Carol Weaver.

« Oh, la barbe » protesta son mari, Steve. « Je parie que la poupée de cet homme n'a pas du tout disparu. Il l'a probablement mal rangée, rien de plus. Essayons de ne pas nous mettre sens dessus dessous au sujet de n'importe quelle vétille – que celle-ci se soit ou non produite. »

Il y eut un autre murmure d'acquiescement puis le groupe se dirigea vers le bar pour un dernier verre avant la fermeture.

Bob entraîna London de côté pour lui parler seul à seule.

« Je ne veux pas semer la panique » dit-il. « Mais ce n'était pas une fausse alerte. »

London écarquilla les yeux.

« Vous voulez dire… ? »

« Qu'il s'est passé plus de choses que ne le laissent croire les apparences. » dit Bob en se grattant le menton.

« Expliquez, je vous prie » dit London.

« Pas encore, pas encore » dit Bob avec un hochement de tête. « Pas sans davantage de preuve. Qu'il me suffise de dire que quelqu'un à bord ne mijote rien de bon. Et j'ai une assez bonne idée de qui il s'agit. »

« J'apprécierais que vous me le disiez dans ce cas… »

« Chaque chose en son temps, London. Chaque chose en son temps. »

Bob enfonça ses mains dans ses poches puis quitta le salon, l'air totalement absorbé dans ses pensées.

London baissa les yeux vers Sir Reggie.

« Tout ce que je sais, c'est que ça a été une longue journée et que je suis épuisée » lui dit-elle. « Et nous serons encore très occupés demain. Allons-nous coucher. »

Au moment de sortir du salon avec Sir Reggie, London entendit résonner dans sa tête la chanson sur laquelle elle avait dansé au

101

Palmenhaus. Elle se mit à bouger et danser sur la mélodie 'Seems Like Old Times' tandis qu'elle retournait à sa cabine.

*

Le lendemain matin, London venait tout juste de se lever et de s'habiller quand son portable vibra. Elle vit un SMS d'Emil qui ressemblait à un ordre.

Venez vite sur le pont Rondo !

Se doutant de la raison pour laquelle Emil avait envoyé ce message, elle prit quelques bouchées du petit déjeuner qu'elle avait commandé puis quitta sa cabine en se dépêchant de gravir les escaliers.

London sentit une douce brise lorsqu'elle émergea sous les chauds rayons du soleil matinal. Le *Nachtmusik* était en chemin, ayant quitté Vienne aux petites heures du matin. Le bateau naviguerait le long du Danube une partie de la journée en traversant la splendide vallée autrichienne de la Wachau. Ils passaient à présent devant un paysage qu'elle n'aurait manqué pour rien au monde.

Au sommet d'un coteau rocailleux au-dessus d'un pittoresque village médiéval, se trouvaient les ruines d'un château jadis magnifique avec d'imposants murs en pierre. Emil se tenait contre le bastingage, expliquant et montrant différentes choses à un groupe de passagers.

« ... et voici le château Dürnstein, construit par le roi Hadmar I de Kuenring au début du douzième siècle. Il fut saccagé durant le quatorzième siècle, lorsque les troupes hussites envahirent la région puis souffrit encore plus à cause des Suédois pendant la Guerre de Trente Ans. Plus personne n'y vécut depuis 1679 et il resta à l'abandon. »

Un passager leva une main pour dire.

« J'ai lu que le château Dürnstein hébergea un jour un important personnage. »

Emil sourit.

« J'allais justement vous raconter cette histoire » répondit-il. « Même s'il est plutôt venu là 'contre son gré' pour employer un euphémisme. Richard Cœur de Lion, le roi d'Angleterre, passa par la région au moment de revenir sur ses terres après la troisième croisade. Il fut capturé par le duc Léopold et emprisonné dans ce château. Une rançon de cent-cinquante-mille marks permit finalement son retour en Angleterre – une somme d'argent colossale qui ébranla la prospère économie anglaise. Mais la réalité historique offre une version plutôt factuelle de toute l'histoire. La *légende* est beaucoup plus intéressante. »

Tandis que le bateau voguait en passant devant le village de Dürnstein, un autre paysage remarquable apparut devant eux. Ils virent deux grandes statues nichées à flanc de coteau, l'une d'un noble cavalier vêtu d'une cotte de mailles, l'autre d'un homme à la tenue plus modeste et qui jouait d'un instrument de musique tout en marchant à ses côtés.

Emil poursuivit, « Voici une statue du roi Richard Cœur de Lion accompagné de son fidèle troubadour, Blondel. Après la capture de Richard, on raconte que Blondel voyagea à travers toute l'Europe pour le retrouver, chantant le premier couplet d'une des chansons préférées du roi. Blondel arriva finalement par ici et lorsqu'il chanta le premier couplet, il entendit le roi Richard chanter le second depuis la cellule de sa prison. Il avait enfin retrouvé le roi. »

Les passagers poussèrent des exclamations.

« Vous croyez que l'histoire est authentique ? » demanda l'un d'eux.

Le sourire d'Emil se fit quelque peu espiègle.

« En tant qu'historien… eh bien, je ne crois pas que ce soit à moi de le dire. »

Un autre passager prit la parole.

« Comme on dit, 'Si la légende est plus belle que la réalité, imprimez la légende'. »

Emil pencha la tête avec intérêt.

« Une citation intéressante » dit-il. « C'est de qui ? »

« Ça vient d'un vieux western américain avec John Wayne et James Stewart » répondit le passager. « 'L'homme qui tua Liberty Valance'. »

Emil sembla un peu décontenancé – ainsi que légèrement embarrassé. London comprit qu'il considérait sûrement ce film comme un divertissement de bas étage. Elle regarda autour d'elle, cherchant un moyen de changer de sujet, et vit que le bateau défilait à présent devant les terrasses étagées d'un vignoble. Elle savait qu'ils passeraient aujourd'hui devant de nombreuses collines analogues, avec des vignes plantées sur plusieurs rangs presque jusqu'au bord de l'eau des deux côtés du Danube. Elle s'avança jusqu'au bastingage et commença à parler de ces vignobles aux passagers.

« Wachau est devenue une importante région vinicole il y a littéralement plusieurs millions d'années, à une époque où la densité de population était très peu importante. Le Danube serpenta tout d'abord à travers la roche et la creusa, ce qui fait que la poussière de celle-ci s'amassa sur les pentes cristallines, en faisant un sol idéal pour y cultiver du raisin. Vers 500 ans avant Jésus-Christ » poursuivit-elle, « les Celtes furent les premiers viticulteurs en Autriche. Ce fut ensuite le tour des Romains puis des moines catholiques, qui devinrent les premiers véritables experts viticoles de la région… »

Elle termina son bref exposé en annonçant qu'il était possible de commander des vins de la vallée de Wachau au bar dans le salon ou bien pendant les repas dans le restaurant du bateau. Après cela, plusieurs passagers se dispersèrent par petits groupes tandis que d'autres s'étendaient sur des transats pour se reposer et continuer de profiter du paysage.

Emil s'avança pour rejoindre London près du bastingage. Elle fut contente de voir qu'il semblait désormais de meilleure humeur. Mais elle se sentit à nouveau un peu alarmée par la remarque qu'il fit.

« J'ai prévu une fantastique visite guidée de Salzbourg pour demain » dit-il. « Je suis merveilleusement bien préparé. »

« Euh, Emil… »

« Oui ? »

« Je croyais que vous étiez au courant. Vous ne faites pas la visite guidée demain. Epoch World a accepté d'engager un guide de la région pour nous faire visiter Salzbourg. »

Emil poussa un cri de colère.

« Quoi ? Qui a décidé ça ? »

« Je l'ignore » dit London. « Une personne haut placée dans la hiérarchie de l'entreprise. Peut-être Jeremy Lapham en personne. »

« C'est scandaleux ! » cria presque Emil avant de partir en trombe vers les escaliers.

Oh, oh, songea London. *J'espère que nous n'allons pas avoir de problèmes demain.*

CHAPITRE DIX-SEPT

Le lendemain matin, Emil n'était nulle part en vue au moment où le groupe commença à se réunir dans le hall de réception pour la visite de Salzbourg. Tandis que London était en train de tout organiser et de cocher les noms des passagers sur son registre, elle entendit quelqu'un les interpeller depuis l'extérieur du bateau.

« Wilkommen ! »

Elle regarda par la porte vitrée et aperçut un jeune homme bien habillé, aux joues rouges et aux cheveux châtain clair qui leur faisait signe depuis la passerelle. Elle ouvrit la porte du hall de réception et le salua à son tour de la main.

« Wilkommen in Salzbourg, ville où est né Wolfgang Amadeus Mozart ! » s'exclama-t-il avec un grand sourire. Elle entendit les passagers derrière elle répondre par des *'Danke'* et 'Merci'. Une personne s'essaya même à un joyeux même si quelque peu incongru, *'Gracias'.*

Le groupe n'était pas très nombreux, environ vingt personnes, mais tous semblaient enthousiastes et prêts à partir. Elle savait que, comme d'habitude, certains passagers étaient partis visiter tout seuls tandis que d'autres préféraient profiter des activités à bord du *Nachtmusik* plutôt que de visiter l'ancienne cité.

Puis il y a celui qui écrit un roman policier, songea-t-elle, remarquant sans surprise que Stanley Tedrow ne faisait pas partie du groupe.

London vit certains visages familiers parmi la petite bande, ceux de Cyrus Bannister, Letitia Hartzer et du jeune couple en lune de miel, Rudy et Tina Fiore.

Mais où était Emil ? Il n'allait sûrement pas manquer l'excursion juste parce qu'il était vexé de ne pas encadrer lui-même la visite.

En attendant, Sir Reggie courait et trottinait aux pieds de London, impatient de se joindre à elle.

« Je suis désolée, mon vieux » dit-elle. « C'est préférable que tu ne nous accompagnes pas cette fois. Nous venons d'arriver et on ne sait pas comment tu seras accueilli. Reste à bord et fais ton boulot – assurer la sécurité de tout le monde. »

Sir Reggie couina un petit peu avant de s'éloigner d'un trait.

London descendit à la passerelle tout en regardant la mince rivière Salzach couler d'amont en aval. Elle s'émerveilla de la capacité d'adaptation du *Nachtmusik* qui pouvait naviguer sur n'importe quel type de cours d'eau. Aux petites heures du matin, le pilote avait manœuvré le bateau, leur faisant quitter le Danube pour rejoindre la rivière Inn, plus petite, puis cet affluent encore plus étroit appelé Salzach. Le *Nachtmusik* pouvait apparemment naviguer presque partout.

Le guide continua de les accueillir avec volubilité tandis que les passagers prenaient place sur la barge amarrée à l'extrémité de la passerelle afin qu'ils puissent franchir l'endroit où l'eau était moins profonde, entre le bateau et la rive. Il se présenta à tous individuellement et London comprit qu'il ne tardait pas à retenir par cœur les noms de chacun.

« *Wilkommen, wilkommen !* Je m'appelle Olaf Moritz – mais je vous en prie, appelez-moi simplement Olaf – c'est moi qui serai votre guide aujourd'hui ! »

London fut soulagée en voyant Emil Waldmüller finir par descendre la passerelle pour se joindre à la visite. Il salua London d'un bref signe de tête et serra froidement la main que Olaf lui tendait. London fut déçue de son silence et de ses manières mesquines mais contente qu'il ne boude pas complètement la visite. Il y avait encore de nombreuses choses qu'elle ne comprenait pas chez le séduisant, intelligent mais parfois trop rigide et distant historien.

De l'autre côté de la barge, une volée de marches conduisait à un talus herbeux puis aux rues de Salzbourg. Olaf les mena jusqu'à la ville qui semblait tout droit sortie d'un conte de fée avec ses édifices baroques et sa gigantesque forteresse médiévale de Hohensalzburg qui jetait son ombre protectrice sur la colline au-dessus d'eux.

« Nous voici déjà à notre premier point d'intérêt ! » dit Olaf en les entraînant par les rues pavées et piétonnes bordées de charmants bâtiments, certains dotés d'arcades en forme de tunnel conduisant à une cour ou une autre allée.

Ils ne tardèrent pas à arriver devant un immeuble à six étages de couleur orange où étaient inscrits en gracieuses lettres cursives les mots *Mozarts Geburtshaus* – maison natale de Mozart. Olaf continua de donner ses explications et London fut impressionnée par la façon dont il s'exprimait couramment en anglais, avec juste une pointe d'accent allemand.

« Cette maison était déjà ancienne et vénérable avant que l'enfant le plus célèbre de Salzbourg n'y vienne au monde. Elle fut construite au douzième siècle sur ce qui était autrefois un jardin appartenant à des moines bénédictins. On pourrait écrire tout un livre sur les gens qui ont vécu et travaillé ici au fil des ans. »

Il pointa du doigt une gravure montrant un serpent enserrant un bâton.

« Certains d'entre vous reconnaissent peut-être cette image. »

Un passager se mit à rire avec étonnement.

« Sans aucun doute » dit-il. « Je suis médecin, il s'agit du bâton d'Asclépios, le symbole des médecins. »

« C'est bien ça » dit Olaf. « Ce fut le symbole de la guilde auquel appartenait Chunrad Fröschmoser, apothicaire à la cour autrichienne qui implanta ici son commerce en 1585. »

La visite commença au troisième étage, dans l'appartement où Mozart et sa famille avaient vécu. Ils visitèrent le bureau de Mozart, la chambre où il était probablement né, ainsi qu'une authentique cuisine bourgeoise datant du dix-huitième siècle avec son plafond bas aux poutres apparentes et l'emplacement où les plats étaient cuits dans la cheminée.

« Ça ne ressemble guère à une cuisine » se plaignit un visiteur. « En plus, ça obligeait quelqu'un à transporter du bois à brûler jusque là-haut. »

Mais tous les autres trouvèrent cela atypique et séduisant.

Ils virent d'innombrables portraits de la famille, des amis et des connaissances de Mozart dans l'appartement, ainsi que des lettres manuscrites, des partitions originales et des effets personnels disposés dans les vitrines du musée. Il y avait même le violon sur lequel Mozart avait joué enfant.

Olaf conduisit ensuite le groupe au second étage appelé 'Mozart au théâtre' et qui était consacré à ses opéras. L'exposition renfermait des maquettes de projets de décors et de costumes ainsi que des peintures et des photographies de ses productions théâtrales.

L'objet le plus remarquable n'avait peut-être l'air de rien de prime abord. C'était un petit clavier qui ressemblait presque à un jouet ancien.

Les touches blanches et noires étaient inversées par rapport à un piano normal.

Letitia Hartzer s'exclama à la vue de l'instrument.

« Oh mon Dieu ! » dit-elle. « Est-ce… ? »

. « Oui, c'est le clavicorde original de Mozart » dit Olaf. « Et il se trouve que j'ai obtenu la permission d'y jouer. »

Il frappa quelques touches et l'instrument produisit un son doux et délicat dans lequel London reconnut une sonate pour piano de Mozart. Un silence ravi s'empara du groupe et London tomba également sous le charme. Le temps d'un instant, plus de deux siècles semblèrent se volatiliser et ils furent transportés à l'époque où Mozart avait joué et travaillé ici.

« Le clavicorde n'était pas utilisé comme instrument de concert à l'époque de Mozart » expliqua Olaf tout en continuant de jouer. « On s'en servait pour s'exercer et composer. En fait, il s'agit carrément de l'instrument sur lequel Mozart a créé… »

Au lieu de finir sa phrase, il joua une série d'accords.

Letitia ne réprima qu'à grand peine son excitation.

« Alors c'est sur cet instrument qu'il a composé *La Flûte Enchantée* ! » s'exclama-t-elle

« Vous connaissez donc cet opéra ? » demanda Olaf.

« Si je le connais ? J'ai joué la Reine de la Nuit à l'université ! »

« Alors vous pourriez peut-être nous chanter un air » dit Olaf.

Letitia rougit timidement tandis qu'Olaf commençait à jouer quelques notes d'introduction.

« Oh je ne peux pas » dit-elle. « Cette période est loin derrière moi. »

« Essayez. Vous pourriez vous surprendre vous-même. »

Accompagnée d'Olaf, Letitia commença à chanter l'aria qu'elle avait tenté d'interpréter la veille. Sa voix fut d'abord ample et puissante mais tout comme l'autre fois, elle bredouilla au moment d'essayer d'atteindre les plus hautes notes.

Letitia sembla naturellement bouleversée que sa voix lui fasse défaut alors qu'elle était accompagnée de ce légendaire instrument. Mais en voyant les regards noirs qu'elle jetait à Olaf, London comprit qu'elle n'était pas seulement embarrassée. Elle paraissait furieuse que le guide l'ait incitée à chanter.

Letitia se faufila sans bruit au sein du groupe et Emil prononça ses premiers mots depuis le début de la visite.

« Je suis sûr que nous aimerions tous vous entendre jouer *'Land der Berge, Land am Strome.* »

« L'hymne national autrichien ? » demanda Olaf, surpris. « Sans vouloir vous offenser, puis-je vous demander pourquoi vous souhaitez l'écouter sur cet instrument ? »

« Eh bien, ainsi que je l'ai expliqué à certains hier, Mozart en *a* composé la mélodie. Peut-être sur ce clavicorde, qui sait. »

Olaf rit tout en jouant quelques notes de l'hymne.

« C'est une idée faussement répandue depuis longtemps, mon cher monsieur. Nous savons déjà depuis un moment que Mozart n'a certainement *pas* composé la mélodie de *'Land der Berge, Land am Strome'*. Elle fut probablement écrite par Paul Wranitzky ou Johan Holzer – Mozart n'ayant tout au plus fait qu'apporter une légère contribution.

Olaf recommença à jouer la sonate de Mozart sans paraître remarquer les regards furieux qu'Emil lui lançait. Il avait croisé les bras et était visiblement mortifié – et outré – que son expertise ait été ainsi contredite.

London se demanda comment il était possible que l'aimable et joyeux Olaf ait, tout à fait innocemment, réussi à enrager deux de ses compagnons au cours de leur excursion.

La visite de la *Mozart Geburtshaus* s'acheva et Olaf conduisit le groupe à pied vers leur prochaine destination. Une courte marche les amena au milieu de boutiques où l'on vendait à manger, de l'artisanat, des fleurs, des vêtements et bien entendu divers colifichets à bas prix. Ils ne tardèrent pas à arriver à la Maison de Mozart, un théâtre presque entièrement dévolu à sa musique et ses opéras.

Ils traversèrent une terrasse afin de gagner la moderne et large façade avec sa rangée de portes vitrées. Olaf dit au groupe, « Ce bâtiment a subi de nombreuses transformations depuis sa construction à l'emplacement d'anciennes écuries et d'une école d'équitation en 1925. Il fut alors baptisé le *Kleines Festspielhaus*, le 'petit palais des festivals'. Au-dessus des différentes entrées, vous pouvez voir trois reliefs en bronze montrant des scènes tirées des opéras de Mozart – *Le mariage de Figaro, Don Giovanni* et *La Flûte Enchantée.*

Le groupe poursuivit son chemin pour entrer dans le vaste et étincelant hall d'accueil.

« Le palais des festivals n'est plus si 'petit' comme vous pouvez le constater » dit Olaf. « Sa dernière rénovation fut achevé à temps pour le deux-centième anniversaire de Mozart en 2006. Il fut alors renommé *Das Haus für Mozart* – La Maison de Mozart. »

Le groupe poussa des murmures d'admiration devant la beauté du lieu avec ses fenêtres majestueuses, ses bustes en bronze sur des piédestaux de marbre et ses immenses fresques. Le plus impressionnant était un mur doré et incurvé d'où l'on pouvait voir un gigantesque profil humain par des ouvertures horizontales.

« Mais c'est Mozart ! » dit un touriste.

« Exactement » dit Olaf. « Son visage a été reconstitué avec du cristal de Swarovski. Et remarquez les matériaux utilisés pour le hall d'accueil – une saisissante combinaison de verre, de marbre, de béton et de feuilles d'or. »

« Une œuvre architecturale très impressionnante » dit Emil avec admiration.

London remarqua quelque chose de beaucoup plus prosaïque un peu plus loin sur le sol en marbre – un panneau en plastique jaune où l'on pouvait lire *'NASSER BODEN'*. Elle voulut avertir les personnes de son groupe que ces mots signifiaient 'sol mouillé' mais cela ne parut pas nécessaire puisque Olaf leur fit prendre les escaliers pour monter jusqu'à une galerie en surplomb du hall d'accueil.

En bon passionné de musique, Cyrus Bannister resta bouche bée en entendant une musique au piano résonner à l'intérieur du théâtre.

« Quelqu'un est en train de jouer la sonate pour *Hammerklavier* de Beethoven ! » dit-il.

« Oui, une des sonates les plus difficiles du répertoire classique » acquiesça Olaf. « Ce n'est pas rien. Un jeune pianiste talentueux, Wolfram Poehler, est en train de répéter en vue d'un récital ici ce soir. »

« Il joue extrêmement bien » dit Cyrus. « Mais je ne crois pas avoir jamais entendu parler de Herr Poehler. »

« Cela ne me surprend pas » lui dit Olaf. « Il commence tout juste à se faire une réputation. »

« Puis-je… entrer et… ? » dit Cyrus en montrant l'entrée de l'auditorium.

Olaf pencha la tête pour réfléchir.

« Je ne voudrais vraiment pas déranger Herr Poehler en pleine répétition » dit-il. « Mais vous avez envie évidemment de voir l'auditorium. C'est l'attraction principale, ici. »

Le groupe acquiesça en murmurant.

« Peut-être que si nous restons très calme » ajouta-t-il en ouvrant lentement la porte.

Ils entrèrent les uns à la suite des autres dans le spacieux auditorium avec ses rangées de fauteuils en velours rouge et ses deux balcons qui faisaient tout le tour jusqu'à la scène elle-même.

Un jeune homme blond habillé d'un tee-shirt s'y trouvait et jouait sur un piano à queue. London connaissait la sonate *Hammerklavier*, si incroyablement complexe, et fut impressionnée par la puissance et la qualité de son jeu – mais aussi par la parfaite acoustique du lieu.

Wolfram Poehler était au beau milieu de la fugue tumultueuse du dernier mouvement lorsqu'il remarqua l'arrivée des visiteurs. Il s'arrêta brusquement, sourit aux intrus et referma le couvercle au-dessus des touches du piano.

« Désolé » dit-il d'un ton aimable en allemand. « La répétition est finie. »

Puis il quitta les lieux par l'entrée des artistes.

« Eh bien, on ne peut pas vraiment lui en vouloir » dit Olaf en riant. « Si nous voulons l'écouter jouer *Hammerklavier*, nous n'avons qu'à acheter des tickets pour le concert de ce soir. Venez, laissez-moi vous montrer le reste du bâtiment. »

*

La visite de la Maison de Mozart mit un terme agréable à la matinée. Seuls Emil et Letitia s'abstinrent de remercier chaleureusement leur guide pour ses services. Olaf s'inclina et les salua de la main une dernière fois puis retourna dans l'auditorium tandis que les passagers sortaient du bâtiment.

Les membres du groupe de London, à présent libres de passer l'après-midi à leur guise, s'en allèrent pour la plupart dans des directions variées. Elle entendit plusieurs d'entre eux dire qu'ils avaient prévu de visiter des sites touristiques comme le château Mirabell et ses jardins ainsi que plusieurs musées de la ville. Elle en vit d'autres, qui apparemment désiraient juste faire du shopping, commencer à regarder les boutiques et échoppes autour d'eux. London ignorait où étaient passés Emil et Letitia, ils n'étaient plus visibles nulle part.

Seuls deux passagers, Rudy et Tina Fiore, se tenaient toujours devant la Maison de Mozart.

« Je suis affamé » dit Rudy.

« London, nous aimerions beaucoup que vous vous joigniez à nous pour le déjeuner » ajouta Tina.

London s'aperçut en même temps qu'elle avait faim et qu'elle était fatiguée. Elle était contente d'avoir un peu de compagnie. Ils choisirent une terrasse de café toute proche et prirent place à une table avec parasol. Une serveuse leur apporta immédiatement les menus mais avant même de pouvoir songer à ce qu'ils allaient commander, Tina poussa une exclamation dépitée.

« Oh mon Dieu » dit-elle en fouillant son sac à main. « Je crois que j'ai perdu mon téléphone. »

« Tu as une idée de l'endroit où tu l'as laissé ? » demanda son mari.

Tina réfléchit un instant.

« Quand nous sommes entrés dans l'auditorium, je l'ai sorti pour prendre une photo. C'est là que j'ai dû le faire tomber. Je crois que nous étions dans l'aile droite, au niveau de la quatrième rangée de sièges. »

« Ne vous inquiétez pas » dit London. « Je retourne le chercher. Commandez-moi juste quelque chose, n'importe quoi qui vous semble bon avec une boisson fraîche ».

Elle se dépêcha de regagner le théâtre. À son grand soulagement, elle vit que la porte était encore ouverte. Elle se dit qu'Olaf était peut-être toujours à l'intérieur. En traversant le hall d'entrée, elle remarqua que le panneau en plastique *'NASSER BODEN'* avait été déplacé à un autre endroit. Elle gravit l'escalier et se dirigea vers l'auditorium.

Elle s'étonna de trouver l'endroit éteint. London alluma la lampe de son téléphone mais avant même de commencer à chercher le portable disparu, son regard tomba sur quelque chose de sombre et volumineux étendu sur plusieurs fauteuils de la rangée la plus proche.

Ne parvenant pas à voir de quoi il s'agissait, London ne comprenait pas non plus pourquoi on avait laissé quoi que ce soit là, en travers.

« *Ist hier jemand ?* » appela-t-elle. « Il y a quelqu'un ? »

Aucune réponse, pas le moindre bruit dans l'immense espace.

Elle éclaira tout l'auditorium avec sa lampe sans voir personne.

London finit par remonter l'allée menant à la rangée de siège où se trouvait la chose. Elle pointa sa lampe dessus puis recula d'un bond en poussant un cri alarmé.

La lampe avait fait apparaître deux yeux ouverts et immobiles.

Olaf Moritz était mort.

CHAPITRE DIX-HUIT

London resta figée d'horreur et d'incrédulité. Ces yeux qui la fixaient au milieu de ces vastes ténèbres semblaient tout droit sortis d'un affreux cauchemar.

Ce n'est pas possible, essaya-t-elle de se dire.

Mais c'était bel et bien le cas.

Cet homme qu'elle avait vu si enjoué et souriant juste quelques instants auparavant gisait désormais mort et inarticulé sur les dossiers des fauteuils de théâtre.

Elle s'entendit appeler 'à l'aide !' à pleins poumons.

Puis, se rappelant qu'elle était en Autriche, elle hurla, *« Hilfe ! »*

Ses cris résonnèrent à travers l'auditorium. Elle eut l'impression que tout Vienne devait l'avoir entendue. Et pourtant, comment aurait-on réellement pu l'entendre depuis cet espace vide et gigantesque ? Restait-il ne serait-ce qu'une seule autre personne dans tout le bâtiment ?

Il faut que je trouve quelqu'un, se dit-elle.

Utilisant sa lampe pour se diriger, elle tituba le long de la rangée de sièges pour retourner dans l'allée.

« Hilfe ! » continua-t-elle de crier. *« Ein Mann ist tot !* Il y a un homme mort ! »

Elle marcha jusqu'à l'entrée, gardant le faisceau de sa lampe vers le sol pour ne pas trébucher. Il saisit au passage le reflet d'un objet par terre.

Il s'agissait sans surprise du téléphone de Tina Fiore – la chose même que London était revenue chercher. Mais le dénicher en de telles circonstances, en ce moment précis, faisait plus qu'un drôle d'effet. Elle le ramassa néanmoins d'un geste machinal et le mit dans son sac avant de continuer son chemin.

« Hilfe ! » s'écria-t-elle à nouveau.

Elle franchit la porte pour regagner le hall d'accueil, momentanément aveuglée par la lumière vive. Elle cria encore et cette fois, une voix lui répondit.

« Was ist da los ? Que se passe-t-il ? »

Quelqu'un se précipitait vers elle.

« Il faut appeler la police ! » s'exclama London en allemand. Ses yeux se réhabituèrent et elle aperçut une jolie jeune femme blonde portant un uniforme gris d'agent d'entretien. Se souvenant du panneau *'NASSER BODEN'*, London devina qu'elle avait dû passer la serpillère dans les toilettes.

« Pourquoi ? » demanda la jeune femme.

« Un accident » répondit London, le souffle court. « À l'intérieur. »

La femme s'avança près d'une petite porte métallique située près de l'entrée de l'auditorium jusque-là plongé dans la pénombre et alluma un interrupteur.

La lumière se fit à l'intérieur et le corps affalé sur les fauteuils devint clairement visible.

La jeune femme poussa un hurlement à glacer le sang.

Elle courut vers le corps.

« Olaf ! Olaf ! Olaf ! »

Lorsqu'elle fut suffisamment près pour voir les yeux fixes et ouverts, elle éclata en sanglots et s'effondra sur un siège.

London s'efforça de surmonter son propre état de choc. Personne ici n'allait lui être d'aucune aide.

Elle chercha son téléphone. Le tenant d'une main tremblante, elle se rappela de justesse de ne *pas* composer le 911.

Je suis à Vienne.

En Autriche.

Comme elle le faisait toujours avant chaque visite guidée, elle avait entré les numéros d'urgence du pays où elle se trouvait dans son téléphone – 133 pour la police et 144 pour les secours. Elle hésita brièvement sur qui elle devait appeler. Mais il ne faisait aucun doute que l'homme était mort. Il était trop tard pour faire venir une ambulance. Elle composa le 133.

Une voix féminine, calme et professionnelle, lui demanda en allemand, « Quelle est la raison de votre appel ? »

« Un homme… un homme est mort » balbutia-t-elle dans la même langue.

« Où êtes-vous ? »

« Dans l'auditorium de la Maison de Mozart. »

« Et quel est votre nom ? »

« London Rose. Je fais partie du personnel du bateau de tourisme *Nachtmusik*. »

« Je vous envoie tout de suite une patrouille de police » dit la femme au bout du fil. « Restez où vous êtes. »

« D'accord » dit London.

Elles raccrochèrent et London prit conscience de la jeune femme qui continuait de sangloter assise près du corps.

Elle le connaissait, pensa London.

Il était clair que ce drame avait pour elle de douloureux accents personnels.

En attendant, London se mit à réfléchir furieusement, se demandant quoi faire ensuite. Devait-elle téléphoner immédiatement au Capitaine Hays ?

Et pour lui dire quoi ? se demanda-t-elle.

Elle n'avait toujours pas bien réalisé ce qui s'était passé.

Elle composa le numéro d'Emil à la place.

« Emil, où êtes-vous en ce moment ? » demanda-t-elle lorsqu'il décrocha.

« Dehors, en train de marcher » répondit Emil, l'air un peu surpris par la question.

« Êtes-vous toujours à proximité de la Maison de Mozart ? »

« Plutôt oui. Pourquoi ? »

« Emil… j'y suis en ce moment et… »

Elle fut un instant à court de mots.

« S'il vous plaît, venez tout de suite » finit-elle par dire.

« Entendu » répondit-il.

Ils raccrochèrent et London retourna vers la rangée de fauteuils où se trouvait le corps. Elle s'assit à côté de la jeune femme.

« Puis-je… vous aider ? » demanda London.

La femme continuait de répéter le même nom encore et encore.

« Olaf… Olaf… Olaf… »

Quelle qu'en soit la raison, la souffrance de la pauvre femme était palpable. Bien que profondément ébranlée elle-même, London comprit que son propre état de choc ne lui était aucunement comparable.

Mais qu'est-il arrivé à Olaf ? se demanda-t-elle.

On aurait dit qu'il était tombé d'un des balcons. À la façon dont sa tête était tordue, il devait s'être brisé le cou.

Mais comment ?

Était-il tombé par accident ?

Impossible que ça soit encore un meurtre, songea-t-elle avec effroi.

Il ne s'agit sûrement pas de ça.

Une sirène de police à percer les tympans retentit alors à travers les murs de l'auditorium. Une patrouille de policiers en uniforme envahit alors le bâtiment.

Deux officiers ramenèrent sans tarder London et la jeune femme dans le hall d'accueil et les firent s'asseoir l'une en face de l'autre sur des banquettes en marbre. London vit le nom de la jeune femme sur le badge accroché à sa blouse – Greta Mayr.

Elle dit, « Greta… je m'appelle London. »

La femme ne répondit rien mais ses pleurs avaient diminué.

« Je présume que vous connaissiez… la victime » dit London.

La femme hocha la tête.

« Avez-vous… la moindre idée… ? » commença London.

« Non, je ne sais rien » dit Greta. « Je ne sais rien du tout. »

Elle s'exprima avec un étrange trémolo dans la voix, comme si elle en savait davantage mais ne pouvait se résoudre à parler.

Une officière de police s'approcha d'elles en sortant de l'auditorium.

« Je crains de devoir vous demander à toutes deux de rester ici pour répondre à quelques questions » dit-elle.

« Que pouvez-vous nous dire pour le moment ? » demanda London.

« Uniquement qu'il va falloir que vous répondiez à quelques questions. »

London n'apprécia guère la réponse évasive de la policière.

« Ne pouvez-vous simplement nous dire… ? » commença-t-elle.

« Le *Landespolizeidirektor* sera ici dans un instant » l'interrompit la policière. « Il désirera vous parler. »

Landespolizeidirektor – le chef de police, comprit London.

Ce dernier ne serait vraisemblablement pas déjà en chemin si les officiers de police présents sur les lieux ne suspectaient pas dès à présent quelque chose de sinistre.

La policière s'écarta de quelques pas tout en restant à proximité, attentive et vigilante comme si elle montait la garde.

L'une des portes d'entrée vitrées s'ouvrit et Emil entra en courant.

« London ! » s'exclama-t-il en l'apercevant. « Que s'est-il passé ? »

London se leva du banc et se précipita vers lui.

« Une chose horrible… notre guide… »

« Oui ? Que lui est-il arrivé ? »

« Il est mort. »

Emil écarquilla les yeux.

« Que voulez-vous dire ? Comment le savez-vous ? »

London ouvrit la bouche pour parler mais la voix lui manqua.

À cet instant, la porte d'entrée s'ouvrit à nouveau. Un homme de haute taille portant un uniforme bleu foncé avec des insignes aux épaules pénétra d'un pas vif dans le hall d'accueil.

« C'est le *Landespolizeidirektor* ? » demanda Emil à London, l'air inquiet.

« Je crois. On m'a dit qu'il arrivait. »

La policière qui venait de parler à London et Greta s'empressa d'aller vers lui. Elle lui parla en montrant London du doigt. L'homme la dévisagea mais se dirigea vers l'auditorium.

« Par pitié, dites-moi juste qu'il ne s'agit pas d'un autre meurtre » dit Emil à London.

Celle-ci fut surprise de sa question qui semblait étrangement déplacée.

Ne se souciait-il pas du traumatisme qu'elle subissait en cet instant ?

Pourquoi ne me demande-t-il pas comment je vais ? se demanda-t-elle.

Il ne semblait pas du tout se préoccuper d'elle.

« Je ne sais pas… ce qui s'est passé » répondit-elle.

« Mais vous devez bien être au courant de quelque chose » insista Emil.

London sentit une vague de colère s'emparer d'elle. Elle avait appelé Emil à l'aide mais à présent elle aurait préféré ne pas lui avoir téléphoné.

« J'ai dit que je ne savais pas, Emil ! Tout ce que je sais, c'est que… quelque chose de terrible est arrivé. »

Emil se contenta de froncer les sourcils, presque comme s'il pensait que tout était de sa faute.

« Dites-moi au moins comment vous avez découvert… » commença-t-il.

London l'interrompit brusquement.

« Je ne désire pas en parler. Je ne crois pas que je *devrais* en parler – du moins pas avec vous, pas avant de m'être entretenue avec la police. »

London et Emil demeurèrent dans un silence tendu pendant un long moment. Puis le *Landespolizeidirektor* ressortit de l'auditorium.

« Si vous voulez bien me suivre » dit-il à London.

Il la guida vers une autre partie du hall d'accueil et lui demanda de s'asseoir. Emil les suivit mais un regard sévère du chef de police l'avertit de garder ses distances.

Ce dernier devait avoir dans la cinquantaine. Il arborait une moustache blanche, des lunettes rondes et une lueur pleine d'énergie dans le regard.

« Je suis le *Landespolizeidirektor* Fritz Tanneberger » dit-il en allemand. « Et vous êtes… ? »

« Je m'appelle London Rose » dit-elle.

« Américaine ? » demanda-t-il lorsqu'il entendit son accent.

« Oui. Je suis chargée d'animation sur un bateau de tourisme… »

« Ah, le *Nachtmusik* » dit Tanneberger. « Oui, je vois. Vous avez amarré au port ce matin, n'est-ce pas ? »

« C'est bien ça » dit London.

« Une embarcation relativement grande, d'après ce qu'on m'a dit. Combien de passagers à bord ? »

London se demanda quelle importance cela pouvait bien avoir.

« Une centaine » dit-elle.

« Ça a dû être une vraie prouesse de naviguer sur notre étroite petite rivière Salzach. Le *Nachtmusik* doit être particulièrement manœuvrable. »

« Il l'est » acquiesça London.

L'intérêt du chef de police pour le *Nachtmusik* paraissait réellement sincère. Sinon, c'est qu'il usait d'une approche détournée avant de poser ses questions.

Tout à coup, Emil s'avança vers eux et prit la parole.

« London et moi avons emmené un groupe de passagers visiter Salzbourg peu après que le *Nachtmusik* a débarqué. »

Tanneberger plissa les yeux vers Emil à travers le verre épais de ses lunettes.

« Et vous vous appelez… ? »

« Emil Waldmüller, historien à bord. »

« Vous êtes Allemand. »

« Oui. »

« Étiez-vous ici lorsqu'on a découvert le corps ? »

« Non mais… »

Tanneberger l'interrompit avec douceur mais fermeté.

« Dans ce cas, veuillez laisser Fräulein Rose répondre à mes questions si vous le voulez bien. »

Emil devint tout rouge – London ne put dire si c'était de colère ou d'embarras. Mais il ne dit plus rien.

« Combien de passagers sont descendus à terre ? » demanda Tanneberger à London.

« Environ vingt. »

Tanneberger pencha la tête avec attention.

« Un nombre plutôt élevé. Herr Moritz était donc votre guide ? »

London remarqua qu'il paraissait déjà connaître ce nom.

« Effectivement. »

« Et vous êtes tous entrés à l'intérieur de l'auditorium – vous ainsi que la vingtaine de touristes ? »

« C'est cela. »

Tanneberger se gratta le menton.

« Et malgré cela… vous étiez seule lors de la découverte du corps. Pourquoi ? »

London tiqua en remarquant la touche de suspicion dans sa voix.

« Nous avions terminé notre visite ici et tout le monde est parti de son côté » dit-elle. « Olaf – la victime – est resté à l'intérieur du théâtre. Je suis allée dans un café qui se trouve juste à côté avec un couple de passagers. Quand la femme m'a dit qu'elle pensait avoir fait tomber son téléphone portable dans l'auditorium, je suis revenue pour le chercher. »

« Et l'avez-vous trouvé ? »

London fut quelque peu interloquée par cette question qui semblait hors de propos.

« Eh bien, oui – mais seulement après avoir découvert… le corps. »

Tanneberger soutint son regard un long moment.

London balbutia, « Pensez-vous qu'il s'agit… ? »

« D'un meurtre ? » dit Tanneberger, allant au bout de sa pensée. « Je préfère ne pas tirer de conclusions trop hâtives. Je me bornerai à dire que le corps est, semble-t-il, tombé du balcon le plus élevé. La position de la victime est néanmoins étrange. La trajectoire du corps ne semble pas indiquer que l'homme a uniquement chuté en trébuchant. »

London eut l'impression que le monde se mettait à vaciller tout autour d'elle. Cette situation si incongrue semblait devenir de plus en plus réelle.

« En attendant, je souhaite monter à bord du *Nachtmusik* pour m'entretenir avec votre capitaine. Je vais vous accompagner jusqu'au bateau, Herr Waldmüller et vous. Mais avant cela, si vous voulez bien m'attendre un instant. »

Il se tourna et alla voir la policière.

Emil, bouillant de colère, marmonna dans sa barbe à London.

« Donc ce policier va venir sur le *Nachtmusik* et ruiner notre circuit. Et tout ça pour rien. »

« On ne peut pas dire que ce soit pour rien » murmura London en retour.

« En tout cas, ça ne nous concerne pas. Cette fois, ce n'est pas l'un de nos passagers qui est mort. Et aucun de nous ne peut avoir un lien quelconque avec ce qui est arrivé – même s'il *s'agit* d'un meurtre, ce dont je doute. Le suicide semble plus probable. »

Un suicide ? songea London.

Cette idée ne lui avait même pas traversé l'esprit une seule seconde.

Et maintenant qu'elle se rappelait leur guide si joyeux et souriant, elle ne pouvait se résoudre à y croire. Sans compter que cela aurait été une façon bien étrange de mettre fin à ses jours. Une chute de cette hauteur pour atterrir dans la rangée de fauteuils était loin d'être forcément mortelle. La douleur et une probable paralysie étaient par contre garanties.

Tanneberger acheva de donner ses instructions à la policière qui s'avança alors vers Greta, toujours assise, afin visiblement de lui poser quelques questions. Tanneberger et un autre officier conduisirent alors London et Emil vers l'entrée du hall d'accueil.

Le petit groupe sortit à l'air libre et London vit Rudy et Tina Fiore venir vers eux au milieu des voitures de police garées là.

« London ! » s'exclama Tina.

« Nous avons entendu des sirènes ! » dit Rudy. « Que se passe-t-il ? »

London se sentit encore plus abattue à la pensée de devoir annoncer la terrible nouvelle.

Et voilà que ça recommence, songea-t-elle.

Elle s'entendit répondre d'un ton hébété, « Notre guide est décédé. »

« Comment ? » dit Tina.

« Comment est-ce arrivé ? » demanda Rudy.

« Pas de questions pour l'instant » dit Emil d'un ton subitement protecteur. « Vous pouvez sûrement voir à quel point London est bouleversée. Nous retournons tout de suite au *Nachtmusik*. »

« Quelqu'un doit téléphoner au Capitaine Hays pour le prévenir » dit London.

« Je m'en occupe » dit Emil en prenant son portable.

Après la rudesse dont il avait fait preuve juste quelques minutes auparavant, London lui fut redevable de ses égards. Mais elle savait que l'éclaircie serait de courte durée. Elle allait bientôt devoir gérer un navire débordant de gens bouleversés et désorientés – encore une fois.

Emil parla au capitaine au téléphone, s'éloignant un peu trop de London pour qu'elle puisse entendre ce qu'il disait. Tandis qu'elle continuait de marcher aux côtés de Tina et Rudy Fiore, d'Emil, de Tanneberger et de l'officier de police, une pensée bizarrement incongrue traversa l'esprit de London.

Le téléphone de Tina.

C'est pour lui que je suis retournée au théâtre à l'origine.

Elle fouilla dans son sac et le prit pour le rendre à Tina, qui sembla tout bonnement interloquée.

Pendant que London et ses compagnons revenaient à pied au *Nachtmusik*, elle se remémora l'attitude dubitative du *Landespolizeidirektor* au moment où il l'avait interrogée.

Il me soupçonne, réalisa-t-elle avec un frisson glacé.

CHAPITRE DIX-NEUF

Quand le groupe arriva à proximité de la rivière Salzach et que le *Nachtmusik* apparut devant eux, London vit le Capitaine Hays se tenir en haut de la passerelle. Les rayons du soleil reflétant une paire de lunettes noire lui apprirent que Bob Turner était également présent.

Ils traversèrent la barge à l'endroit où était amarré le bateau puis le chef de police dépassa les autres à grands pas pour remonter la passerelle. London s'aperçut que le capitaine paraissait grandement accablé.

Tanneberger toucha le bord de son képi puis demanda en anglais, « Vous devez être le capitaine, je présume ? »

« Je suis le Capitaine Hays, en effet » répondit celui-ci en allemand. « Inutile de parler en anglais. Mon niveau d'allemand est plutôt correct. »

Le chef de police acquiesça et poursuivit dans cette langue, « Et je suis le *Landespolizeidirektor* Fritz Tanneberger. Je parle plutôt bien anglais également. Si jamais cela s'avère nécessaire pour une meilleure compréhension, nous pourrons toujours parler dans cette langue. Je suis navré que nous devions nous rencontrer en de si tristes circonstances. »

« En effet » dit le Capitaine Hays. « Je ne peux pas dire être très au courant de ce qui s'est passé, en dehors du peu que Herr Waldmüller a été capable de m'annoncer au téléphone. Nous ferions peut-être mieux d'attendre d'être mon bureau pour en discuter. »

« Oui, je crois que nous ferions bien – vous, Fräulein Rose et moi-même » dit Tanneberger.

« Il me semble que Bob Turner, notre expert en sécurité, devrait également se joindre à nous » dit le Capitaine Hays en désignant d'un geste l'homme à côté de lui.

« Très bien » répondit Tanneberger.

Visiblement incapable de comprendre un seul mot d'allemand, Bob Turner paraissait des plus perplexes. Le Capitaine Hays lui expliqua rapidement en anglais ce que Tanneberger venait de dire.

Emil était toujours sur place, sourcils froncés, de même que Tina et Rudy Fiore qui semblaient complètement désorientés. London comprit qu'Emil s'était attendu à participer à la discussion qui allait suivre tandis que le jeune couple s'efforçait sans doute encore d'admettre la nouvelle du décès de leur guide.

Tanneberger s'adressa d'un ton ferme en anglais à Emil et au couple Fiore, « Je pense que vous feriez mieux de retourner dans vos cabines. Je préférerais que vous ne discutiez de cela avec personne pour le moment. »

Emil parut sur le point de protester mais London l'en empêcha d'un hochement de tête. Elle avait bien compris que toute l'attention de Waldmüller était pour l'instant concentrée sur elle. Inutile d'y impliquer Emil. Elle espérait que tous respecteraient la recommandation de Tanneberger et ne parleraient pas du décès, du moins pour le moment.

Pourtant il faudra bien prévenir tout le monde sous peu, se dit-elle avec appréhension.

Tanneberger ordonna au policier qui les avait accompagnés de rester en haut de la passerelle et de noter les noms des passagers revenant au bateau. Au moment où London commençait à suivre Tanneberger, le capitaine et Bob Turner dans le hall de réception, Sir Reggie arriva en trottinant et lui sauta dans les bras.

Tanneberger parut évidemment surpris.

London s'apprêtait à poser Sir Reggie par terre en lui demandant de partir seul de son côté lorsque Bob Turner parla en anglais au chef de police.

« Non, non, le chien devrait venir avec nous, Monsieur. Sir Reggie n'est pas un animal ordinaire, je peux vous le garantir. Il a déjà fait ses preuves en résolvant des crimes. »

Bob n'avait pas du tout l'air de plaisanter. Il s'exprimait le plus sérieusement du monde, comme si Sir Reggie était réellement pour lui une espèce de collègue détective. Tanneberger haussa les épaules l'air de ne pas s'en soucier et ils prirent tous l'ascenseur pour descendre au pont Allegro.

Le Capitaine Hays conduisit le groupe jusqu'à sa cabine qui était spacieuse quoique sobrement décorée. Ils allèrent dans l'espace salon qui faisait également office de bureau. London fut la seule à s'asseoir, elle se sentait tremblante après les événements de la matinée et aussi légèrement intimidée d'être au centre de l'attention. Elle choisit un fauteuil confortable où Sir Reggie bondit pour la rejoindre. Visiblement conscient de son état d'esprit, il s'accroupit nerveusement sur ses genoux et leva la tête d'un air furieux vers les trois hommes debout devant eux.

« Avant que nous commencions » dit le Capitaine Hays, « je suggère en l'occurrence que nous parlions en anglais dans l'intérêt de notre expert en sécurité. »

« Très bien » dit le *Polizeidirektor*. « Fräulein Rose, peut-être pouvez-vous nous donner votre propre version de ce qui s'est passé. »

London déglutit péniblement. Elle s'était évidemment attendue à cela. Mais elle était mal à l'aise à l'idée de devoir répéter exactement au Capitaine Hays et à Bob Turner ce qu'elle avait dit à Tanneberger peu de temps auparavant – et cette fois en anglais.

Elle réfléchit soigneusement aux événements écoulés en même temps qu'elle les relatait – elle fit un bref compte-rendu de leur visite guidée de ce matin, leur découverte du théâtre de Mozart, comment elle s'était jointe à Rudy et Tina Fiore pour le déjeuner avant de revenir en hâte au théâtre pour chercher le téléphone de Tina et enfin sa découverte macabre dans le sombre auditorium.

Pendant qu'elle parlait, elle compara intérieurement ce qu'elle était en train de dire avec ses paroles précédentes.

Est-ce que je me contredis ? se demanda-t-elle, consciente que même si certains éléments de son récit était tout à fait clairs et nets dans son esprit, d'autres pouvaient sembler beaucoup plus embrouillés à cause de sa panique et de sa confusion.

Ce serait sûrement tout à fait compréhensible, se dit-elle. Elle disait la vérité après tout, elle n'avait rien à cacher. Mais elle avait peur de mal se rappeler certains détails.

Je n'ai pas droit à la moindre erreur.

Tanneberger écoutait attentivement comme s'il entendait toute l'histoire pour la première fois. Naturellement, c'était parfaitement logique. Elle savait que le chef de police était vigilant, traquant la moindre incohérence. Elle était aussi nettement consciente du regard acéré qu'il posait sur elle. Elle songea que le capitaine semblait complètement abasourdi mais ne put dire ce que ressentait Bob derrière ses lunettes noires.

Au moment où elle termina son récit, le capitaine était bouche bée de stupeur. Il se redressa et grommela vers Tanneberger, « Vous ne vous imaginez sûrement pas que l'un de nos passagers a quoi que ce soit à voir avec ce malheureux événement. Je veux dire, quel serait leur mobile ? Aucun d'eux ne connaissait cet homme jusqu'à aujourd'hui. »

« Pouvons-nous en être sûrs ? » demanda Bob. « Nous ignorons encore de nombreuses choses pour le moment. Beaucoup de questions, me semble-t-il, mériteraient d'être posées. »

Convaincue qu'il la regardait, London sentit un regard soupçonneux se poser sur elle. Elle se sentit prise de colère envers lui.

Jusqu'à présent, elle n'avait eu aucune raison de ne pas respecter le *Polizeidirektor* Tanneberger. Il faisait son travail exactement comme l'aurait fait London à sa place. Il paraissait également vif et compétent, pas du tout comme le chef de police maladroit avec lequel ils avaient dû traiter à Györ.

Mais elle ne savait trop quoi penser de Bob Turner. L'épreuve qui s'annonçait serait-elle encore plus pénible à cause de lui ?

« Je ne peux encore tirer aucune conclusion » dit Tanneberger. « Pas avant d'avoir avancé dans l'enquête… »

Il hésita mais le Capitaine Hays comprit clairement où il voulait en venir.

« Inutile de me le dire » dit le capitaine d'un ton malheureux. « Le *Nachtmusik* doit rester à Salzbourg jusqu'à nouvel ordre. »

Tanneberger acquiesça d'un air compatissant.

« Je le crains, Capitaine Hays. »

Bob hocha la tête, parfaitement d'accord.

« Et tout le monde doit rester à bord » ajouta-t-il.

Tanneberger parut légèrement surpris.

« Oh, je ne pense pas que ce soit nécessaire, Herr Turner. À mon avis, il suffit que l'ensemble des passagers ne sortent pas des limites de Salzbourg. »

Bob croisa les bras et parla de son habituel ton monocorde.

« Veuillez m'excuser, Monsieur, mais cela ne conviendra pas – pas tant que persiste l'éventualité que l'un des nôtres ait commis le meurtre. »

Le capitaine parut indigné devant l'objection de Bob. London éprouva la même chose.

Bob poursuivit, « London, combien de personnes étaient avec vous pendant la visite ? »

« Une vingtaine » dit London, inquiète de ce qu'il allait dire ensuite.

« Je vais devoir m'entretenir personnellement avec chacun d'eux. »

L'inquiétude de London monta d'un cran.

« Mais… Bob » balbutia-t-elle, « la plupart ne sont même pas encore rentrés. Ils sont toujours en train de visiter Salzbourg. »

« Il faut tout de suite qu'ils reviennent » dit Bob à London. « Donnez-moi la liste avec leurs noms, emails et numéros de téléphone. Je vais les contacter et faire le nécessaire pour les voir par petits groupes. »

London était sidérée.

Allons-nous vraiment faire ça ?

Ce n'était pas la première fois qu'elle se demandait si Bob Turner était réellement l'expert en sécurité que le directeur Lapham croyait avoir engagé. Le prétendu détective ne faisait-il que hasarder des soupçons ? Elle se rappela sa remarque de la veille selon laquelle quelqu'un préparait un mauvais coup. Mais il avait refusé de lui désigner la personne qu'il soupçonnait d'avoir volé la poupée musicienne d'Oswinkle et elle n'était pas sûre qu'il ne s'agissait pas uniquement d'un coup de bluff de sa part.

Elle regarda le Capitaine Hays qui n'avait pas non plus l'air très satisfait de la requête de Bob. À contrecœur, il hocha néanmoins la tête vers London.

« Comme vous l'avez vu, l'historien du bateau nous accompagnait » dit London à Bob.
« De même que le couple Fiore. Je vais vous envoyer le reste de la liste par email. »

Bob lui sourit d'un air approbateur puis sortit sans tarder de la cabine.

London songea alors que si la réunion était terminée, elle ferait bien d'avertir Emil qu'il allait bientôt être interrogé par l'agent de sécurité.

Mais le chef de la police fit quelques pas vers la porte avant de se retourner vers London et le Capitaine Hays.

Le *Landespolizeidirektor* Tanneberger fixa London de se yeux gris perçants.

« Oh – il nous reste encore à discuter d'une chose » dit-il. « Et cela vous concerne tout particulièrement, Fräulein Rose. »

Son ton et l'expression de son visage s'étaient faits un tantinet plus menaçants.

London éprouva un brusque frisson.

Quoi encore ? se demanda-t-elle.

CHAPITRE VINGT

Le *Polizeidirektor* soutint un instant le regard de London.

« Il vous est arrivé une aventure plutôt mouvementée quand vous étiez en Hongrie, à Györ pour être plus précis – et cela très récemment, me semble-t-il. »

« En effet, Monsieur » dit London.

« Les nouvelles circulent rapidement » poursuivit Tanneberger. « Glint était depuis des années sur le fichier des personnes recherchées de toutes les polices d'Europe. On peut dire que votre nom a fait les gros titres dans le récit de sa capture. »

London resta bouche bée. Glint était le nom sous lequel était connu le brillant voleur de bijoux et l'as du déguisement, Swain Warrington.

Tanneberger l'observa attentivement lorsqu'il ajouta, « Une situation où une mort suspecte avait déjà eu lieu. »

« C'est vrai, Monsieur. »

« Et où vous aviez également découvert le corps. »

« Oui » dit London, se demandant ce qu'il pouvait bien sous-entendre.

« Attendez un peu, Monsieur » protesta le Capitaine Hays. « Si vous insinuez que London est d'une quelconque façon responsable de l'une ou l'autre de ces tragédies, je peux vous assurer que vous vous trompez lourdement. Il se trouve que c'est elle qui a résolu l'enquête et retrouvé le meurtrier. »

« Je n'insinue rien du tout » dit Tanneberger avec un léger sourire. « Mais vous devez admettre que la coïncidence est singulière. »

Le cœur de London se serra.

Oui, c'est vraiment une drôle de coïncidence, songea-t-elle.

Mais comment le convaincre qu'il ne s'agissait de rien d'autre que d'une simple coïncidence ? Une fraction d'elle-même en voulait à Tanneberger d'avoir soulevé ce sujet. Mais elle savait aussi que c'était plutôt irrationnel de sa part. Après tout, il n'aurait guère accompli son travail s'il avait ignoré une telle chose.

Elle tenait néanmoins à ce qu'il ne perde pas son temps. S'il y avait bel et bien un nouvel assassin, tout soupçon pesant sur elle pourrait s'avérer pire que juste lui causer des problèmes. Cela ferait dangereusement diversion.

Il faut que je le tranquillise d'une façon ou d'une autre, songea-t-elle.

« *Polizeidirektor* Tanneberger » dit-elle, « vous pouvez compter sur mon absolue coopération. »

« Très bien » dit Tanneberger. « En attendant, mon équipe et moi allons commencer nos investigations à terre. Je vais vous laisser à vos propres activités. Ces circonstances sont fort regrettables. J'espère que nous serons en mesure de résoudre cette affaire au plus vite à la satisfaction de tous. »

« Oui, le plus tôt sera le mieux, et pour tout le monde, c'est certain » dit le Capitaine Hays.

Le *Polizeidirektor* donna sa carte avec ses coordonnées à London et au capitaine. Puis il leur tira son chapeau et se dirigea vers la porte. Tandis que Hays le raccompagnait en ajoutant quelques remarques encourageantes, London prit son portable et envoya à Bob la liste complète de tous les participants à la visite guidée ainsi que leurs coordonnées.

Le capitaine revint et s'assit en tapotant nerveusement des doigts sur son bureau.

Il dit, « London, je ne peux vous dire à quel point je suis navré de ce que vous devez subir. Bien entendu, je sais que les soupçons du *Polizeidirektor* à votre encontre sont totalement infondés. Il n'empêche que vous devez être bouleversée. Je sais combien tout cela doit être affreux pour vous. »

London éprouva un élan de gratitude. Elle s'aperçut qu'il s'agissait des premiers mots de sympathie que quiconque lui adressait depuis les événements tragiques qui avaient récemment eu lieu.

« Je vous remercie, Monsieur » dit-elle.

« Je pense que vous pouvez y aller pour le moment, London » dit-il. « Votre travail quotidien vous attend. Soyez simplement prête – eh bien, à n'importe quelle éventualité. »

« Je le serai, Monsieur » dit London en se levant de son fauteuil.

« En attendant, je vais faire une annonce à l'intention de tous les passagers » dit le capitaine. « Je téléphonerai aussi à Jeremy Lapham au siège de la direction. Il ne va pas être content en apprenant tout ça. L'entreprise va très mal supporter ce nouveau retard. Je suppose que je ferais mieux de m'occuper de tout ça maintenant. »

London ressentit un élan de sympathie envers le capitaine. Sans pouvoir en déterminer la raison, elle eut également l'impression que c'était son devoir de se charger de cela.

« Je fais le faire » dit-elle.

« Vous êtes sûre ? » demanda le capitaine.

Elle hocha la tête.

« Je vous remercie » dit le Capitaine Hays.

Sir Reggie trottina aux côtés de London dans la coursive, une courte distance les séparant de leur cabine. Le chien sauta à travers la trappe avant même que London n'ait pu entrer.

Elle s'assit et prit quelques lentes et profondes inspirations pour se donner du courage.

Ça ne va pas être facile, se dit-elle.

Elle téléphona ensuite à Monsieur Lapham sur sa ligne personnelle. Sa secrétaire la mit directement en relation avec lui.

« Bonjour London Rose » dit-il. « Même si c'est évidemment l'après-midi là où vous vous trouvez. » Il ajouta ensuite avec un soupir, « Mais je suppose que vous appelez pour m'annoncer de mauvaises nouvelles. On dirait qu'il en va toujours ainsi. »

« Je le crains en effet, Monsieur » dit London.

« Dans ce cas je ferais mieux de les entendre. »

« Très bien, Monsieur. Je suis désolée de vous dire que… il y a eu un nouveau décès. »

Un bref silence tomba.

« Oh non » dit Lapham. « Je vous en prie, dites-moi qu'il ne s'agit pas d'un nouveau meurtre. »

« Il est trop tôt pour en être sûr mais… la police pense que c'est sans doute le cas. »

« La personne décédée faisait-elle partie de nos passagers ? »

« Non. »

« Où est-ce arrivé ? »

« Dans l'auditorium de la Maison de Mozart. »

« Comme c'est affreux ! Reproche-t-on quelque chose à l'un de nos passagers ? »

London ravala péniblement sa salive.

« Pour le moment, la police ne peut écarter des soupçons aucun des participants à la visite guidée que j'ai menée à Salzbourg. »

« C'est bien ce que je craignais. Pensez-vous que l'un d'eux soit coupable ? »

« Je… je ne peux pas arriver à le croire, Monsieur » dit London. « Aucun ne connaissait la victime, du moins à ma connaissance. Je suis certaine que la police de Salzbourg ne va pas tarder à éliminer nos clients de sa liste des suspects. »

« La police de Salzbourg, je vois… »

London remarqua une note de répugnance dans sa voix. Depuis les dramatiques événements de Győr, elle savait que Monsieur Lapham n'éprouvait qu'un respect très minime pour les polices du monde entier.

« *Elle ne va jamais au fond des choses, elle est toujours à chercher la solution la plus facile* » lui avait-il dit.

« Le chef de la police semble être un homme très compétent, Monsieur » dit-elle.

« Je l'espère. En attendant, je suppose que le *Nachtmusik* ne pourra quitter Salzbourg comme prévu. »

« Je crains que non. »

« Et que vous serez en retard pour aller à Ratisbonne. »

« Probablement. »

Monsieur Lapham poussa un long et profond soupir.

« Très bien alors » dit-il. « Tenez-moi au courant des prochains développements. »

London fut stupéfaite d'entendre un tel ton de résignation dans sa voix. Il avait réagi très différemment lorsqu'elle lui avait annoncé le décès de Mme Klimowski. Il s'était montré furieux contre elle, il l'avait même tenue pour responsable du drame.

Je devrais être soulagée qu'il ne soit pas en colère contre moi, songea-t-elle.

Mais c'était pire d'une certaine façon. Elle en était venue à apprécier l'excentrique Monsieur Lapham, elle ne pouvait supporter de le savoir déçu.

Je dois vraiment résoudre toute cette affaire, se dit-elle.

« Monsieur Lapham, je veux juste vous dire que je ferai tout ce qui est en mon pouvoir… »

« Ne dites rien, London » la coupa Lapham. « Ne dites pas que vous allez élucider le crime. C'est moi qui vous ai incitée à jouer à Alice Détective à Győr. Et j'ai bien failli vous faire tuer par la même occasion. »

« Monsieur, ce n'était pas votre faute si… »

« C'était assurément de ma faute. C'est moi qui vous ai impliquée là-dedans. Vous avez obéi à mes ordres. Et je ne veux plus que vous jouiez les détectives amateurs, vous m'avez compris ? Bob Turner est là pour ça. »

London se souvint de l'email que Monsieur Lapham avait envoyé au capitaine.

« *Il vous assistera pour toutes les questions de sécurité pendant le reste du voyage.* »

« Euh, Monsieur » dit prudemment London, « qui *est* Bob Turner, au juste ? »

« C'est un ancien policier de la brigade de New York. Il se trouve qu'il est également mon cousin, même si nous n'avons jamais été proches. En fait, je ne suis pas certain que nous nous soyons jamais rencontrés. Il a pris sa retraite à Miami il y a quelques années. J'ai appris qu'il s'ennuyait donc j'ai pensé que c'était exactement le genre d'homme qu'il vous faut à bord. Après *tout*, en tant que bateau de croisière, il semble que le *Nachtmusik* soit plutôt du genre à s'attirer des problèmes. »

« Je vois » dit London, dubitative.

« Donc laissez-le mener l'enquête. Je l'ai engagé pour ça, afin que vous soyez en sécurité et que vous n'ayez pas de problème. Occupez-vous de ce que vous avez à faire. Faites votre travail, assurez-vous du bien-être et de la satisfaction des passagers. Je sais que vous êtes très douée pour cela, vous n'avez rien à faire de plus. »

« Je ferai de mon mieux, Monsieur. »

« Heureux de vous l'entendre dire. À présent, retournons tous deux à notre tâche. »

Ils raccrochèrent et Sir Reggie bondit sur les genoux de London.

« Je ne sais pas quoi penser de tout ça, mon vieux » lui dit-elle en le caressant. « Quelle est ton opinion sur Bob Turner ? »

Sir Reggie poussa un grognement hésitant.

« Je ne sais guère quoi penser de lui moi non plus » dit London. « Mais je suppose que je ferais mieux de suivre les ordres et de m'occuper de mes propres affaires. »

Ou d'essayer du moins, songea-t-elle.

C'est alors qu'elle entendit la voix du capitaine à travers les haut-parleurs.

« Bonjour, chers voyageurs d'Epoch World. C'est votre capitaine qui vous parle. Je suis navré de vous annoncer que notre croisière va subir un nouveau contretemps. En raison de notre lien étroit avec un décès suspect à Salzbourg, les autorités nous ont ordonné de différer notre départ pour Ratisbonne. Les passagers doivent également ne pas sortir des limites de la ville. J'espère que nous ne serons pas maintenus ici très longtemps. En attendant, profitez de votre séjour dans la magnifique ville natale de Mozart. »

Le cœur de London se serra en entendant les mots du capitaine.

Il s'est bien débrouillé, songea-t-elle. *Mieux que n'importe qui d'autre, en tout cas.*

Sa déclaration serait néanmoins d'un piètre réconfort pour les passagers et les membres d'équipage, qui maintenant se posaient plus de questions qu'ils n'avaient de réponses – tout en étant assaillis d'inquiétudes parfaitement légitimes. London sentit son esprit flancher rien qu'à l'idée d'essayer de remonter le moral de tout le monde jusqu'à ce que le bateau puisse de nouveau appareiller.

London commençait tout juste à réfléchir la suite de sa journée lorsque son téléphone sonna. Un SMS de Bob Turner.

Retrouvez-moi tout de suite dans la bibliothèque.

London soupira et dit à Sir Reggie. « Mauvais signe. »

CHAPITRE VINGT-ET-UN

Sir Reggie se mit à cabrioler près de London au moment où elle quitta sa cabine.

« Tu n'es pas obligé de venir si tu n'en as pas envie » lui dit-elle. « Je me passerais volontiers d'y aller si je ne savais pas que cela poserait problème. »

Le chien poussa un faible aboiement intéressé et continua de marcher à ses côtés.

« D'accord » dit-elle. « Je suppose que je pourrais bien avoir besoin de ton soutien. »

Ils prirent l'ascenseur pour remonter sur le pont Menuetto puis se dirigèrent tout de suite vers la bibliothèque, une pièce située à l'une des extrémités du salon. Les murs étaient entièrement recouverts de livres et la salle était équipée d'un ordinateur à grand écran et de chaises pliantes pour que les passagers puissent assister par petits groupes à des conférences.

Six personnes se trouvaient déjà là – Emil, Letitia Hartzer, Rudy et Tina Fiore, Cyrus Bannister et bien entendu Bob Turner. Emil était appuyé contre un rayon de livres, l'air agacé qu'on envahisse ainsi son espace, tandis que Bob marchait de long en large d'un pas énergique. Les autres étaient assis, attendant de voir ce qui allait se passer.

« Je suis heureux que vous ayez pu nous rejoindre pour le début de mon enquête, London » dit Bob. « Asseyez-vous donc, mettez-vous à l'aise. »

Le début de son enquête ! se dit London en dépliant une chaise. Elle n'avait aucune idée de ce que Bob pouvait bien mijoter et elle se sentait complètement dépassée.

Loin de se sentir 'à l'aise', elle s'assit et Sir Reggie sauta sur ses genoux. Bob hocha la tête vers le chien d'un air approbateur comme s'il était heureux d'avoir un vrai collègue avec lui.

« Je ne veux pas que l'un quelconque de vous cinq ait l'impression d'être désigné comme suspect » dit Bob en les regardant à travers ses lunettes de soleil. « Je vais m'entretenir par petits groupes avec l'ensemble des participants à la visite guidée de ce matin. » Il ajouta ensuite en riant, « Cela jusqu'à ce que je trouve la vérité. Qui sait ? Cela pourrait bien se produire d'ici les prochaines minutes. »

Emil leva les yeux au ciel.

« Si cela ne vous ennuie pas de continuer, Monsieur Turner » dit-il d'un ton sec.

Les sourcils de Bob se dressèrent par-dessus la monture de ses lunettes. « C'est exactement ce que je vais faire, Monsieur Waldmüller » répliqua-t-il en se saisissant d'un bloc et d'un stylo. « Mais ce moment n'a nullement besoin d'être déplaisant selon moi. Tâchons tous de nous montrer polis et courtois. »

London se sentit à son tour gagnée par l'irritation.

Voilà qu'il se prend pour un maître d'école, songea-t-elle.

Marchant toujours de long en large, Bob ajouta, « Chacun de vous se trouvait à terre au moment du meurtre de Moritz. »

Se tournant vers London en fronçant les sourcils, il poursuivit, « Ou devrais-je dire au moment où le corps de Moritz a été découvert par cette jeune dame ici présente. »

London ne put s'empêcher de grimacer devant cette remarque – mais pas du simple fait qu'elle était concernée. Bob semblait bien résolu à soumettre les vingt et quelques passagers à cette forme d'interrogatoire poussé. Cela allait forcément nuire au moral de tout le monde à bord du *Nachtmusik*.

Vais-je vraiment laisser faire ça ? se demanda-t-elle.

D'un côté, en tant que chargée d'animation à bord, elle se sentait dans l'obligation d'y mettre un terme.

Mais de l'autre…

Elle ne pensait pas avoir le plus petit choix à ce sujet. Elle n'était pas en position d'exiger de Bob qu'il cesse de déranger les passagers, surtout quand c'était Monsieur Lapham en personne qui l'avait chargé d'une telle tâche.

Entre temps, Letitia Hartzer s'était redressée d'un air hautain.

« Monsieur, vous pouvez tout de suite me rayer de votre liste » dit-elle. « Je ne suis pas retournée aux abords de la Maison du Mozart après que notre groupe ait eu fini de la visiter. »

« Vraiment, Madame Hartzer ? » dit Bob comme s'il était déjà au courant.

« *Mademoiselle Hartzer* » dit Letitia avec raideur.

« Je vous demande pardon, Mademoiselle Hartzer » dit-il en commençant à prendre des notes. « Où étiez-vous à ce moment-là ? »

« Eh bien, si vous devez le savoir, j'étais au *Museum der Moderne Salzburg*, en train de contempler un tableau plutôt exécrable. Je ne peux pas dire avoir beaucoup apprécié leur collection dans l'ensemble. »

« Quelqu'un peut-il confirmer où vous étiez ? » demanda Bob.

Letitia devint bouche bée et prit un air exaspéré.

« Il y avait d'autres gens sur place, si c'est ce que vous voulez dire. Mais vous auriez bien du mal à les retrouver et encore moins qu'ils se souviennent m'avoir vue. Moi-même, je ne me rappelle certainement rien d'aucun d'entre eux. »

Bob la regarda avec scepticisme.

« Voilà qui est assez… regrettable » dit-il.

« Pour vous, je suppose, étant donné que vous paraissez me soupçonner de Dieu sait quoi, même si vous n'avez aucune preuve » dit Letitia avec mauvaise humeur. « Si vous comptez m'accuser de quelque chose, alors pourquoi ne pas le dire tout de suite ? »

Bob sourit sans rien répondre avant de tourner son attention vers Rudy et Tina Fiore.

« Et vous ? » dit-il. « Vous êtes revenus à bord du *Nachtmusik* en compagnie de la police locale et de London, Herr Waldmüller et Madame – *Mademoiselle* – Hartzer. »

Rudy haussa les épaules, perplexe.

« Nous nous sommes dépêchés de retourner au théâtre dès que nous avons entendu les sirènes et vu la police arriver » dit-il. « Mais ils n'ont pas voulu nous laisser approcher du bâtiment. »

Tina ajouta, « En vérité, nous ne savons toujours *pas* exactement ce qui s'est passé – à part qu'une personne là-bas a été tuée. »

« Et où étiez-vous lorsque vous avez entendu les sirènes ? » demanda Bob.

« Dans un café – le *Altstadtcafé*, je crois qu'il s'appelle » dit Rudy.

« Nous venions de nous attabler là avec London pour manger un bout quand je me suis aperçue que j'avais perdu mon téléphone portable » dit Tina.

« Et c'est London qui est retournée au théâtre le chercher ? »

« C'est ça » dit Tina.

« Quelqu'un peut-il confirmer votre présence au café ? » demanda Bob.

« Eh bien, il y a London elle-même, je suppose » dit Rudy.

Bob secoua la tête.

« Je parle de quelqu'un capable de certifier que vous y êtes restés jusqu'à ce que vous ayez entendu les sirènes.

« Le serveur, je pense » dit Rudy avec un haussement d'épaules.

« Il me semble qu'il s'appelait Max » ajouta Tina.

« Voilà qui nous sera très utile » dit Bob en inscrivant le nom. « London vous a-t-elle rapporté votre téléphone ? »

« Oui – quand nous sommes revenus à pied au *Nachtmusik.* »

« Très intéressant » dit Bob en notant encore quelque chose.

London n'arrivait pas à deviner ce que le portable de Tina pouvait avoir de si passionnant. Elle ne comprenait toujours pas non plus l'utilité même de cet interrogatoire.

Bob tourna alors son attention vers Cyrus Bannister.

« Et puis-je vous demander où vous vous trouviez lors des événements en question ? » demanda-t-il.

Cyrus croisa les bras en fronçant les sourcils.

« Je visitais les alentours de *Stift Sankt Peter* – l'archi-abbaye Saint-Pierre » dit-il. « J'imagine que vous pourriez demander à certains des moines s'ils se souviennent avoir vu quelqu'un répondant à ma description. Mais je crains que ce ne soit peu probable. »

Bob poussa un grognement mécontent puis se tourna de nouveau vers Emil, qui avait fini par s'asseoir.

« Et vous, Monsieur – comment se fait-il que vous ayez débarqué là-bas à ce moment précis ? »

« London m'a téléphoné du théâtre » dit-il. « Elle m'a dit de venir tout de suite. Elle n'a pas expliqué pourquoi. Je n'ai appris le décès de notre guide qu'au moment où je suis arrivé là-bas. »

« Et où étiez-vous quand vous avez reçu cet appel ? »

« Je me promenais fort agréablement le long de la *Hoffstallgasse,* je regardais l'architecture. Et non, je n'ai aucun moyen de le confirmer. Et si c'était le cas, je ne suis pas certain que je prendrais la peine de vous le dire. La police enquête déjà sur cette affaire. En vertu de quelle autorité nous importunez-vous à ce sujet ? »

London faillit prendre la parole pour conseiller à Emil de ne pas envenimer la situation avec son attitude acerbe. Mais elle craignit qu'il ne s'ensuive une énorme altercation. Elle n'avait pas la moindre envie que tout dégénère séance tenante.

Impassible, Bob répondit à la question d'Emil.

« Par l'autorité de Jeremy Lapham, directeur d'Epoch World Cruise Lines. Il m'a engagé et envoyé ici par avion depuis la Floride.

C'est mon boulot de m'occuper de ce genre d'entourloupes quand elles surviennent. »

Emil détourna la tête, l'air de vouloir garder son calme.

« Bon, » murmura Bob tout en circulant parmi le groupe, « tout cela ne nous apprend pas grand chose. Mais je pose peut-être les mauvaises questions. L'un de vous connaissait-il Olaf Moritz avant aujourd'hui ? »

Tous murmurèrent que non.

« Passons tout de suite à l'essentiel » dit Bob. « L'un de vous avait-il un mobile pour tuer Olaf Moritz ? »

Quelle question idiote, pensa London tandis que le reste du groupe émettait des grognements indignés. Bob les regarda tous un instant d'un air dubitatif. Il se tourna ensuite vers Rudy et Tina Fiore.

« Et vous deux ? » leur dit-il. « Connaissiez-vous Olaf Moritz ? »

« Non » dit Rudy.

« Bien sûr que non » ajouta Tina. « Comment l'aurions-nous pu ? Nous n'étions jamais venus dans ce pays auparavant. »

Bob continua sans pitié son interrogatoire. « Et l'un de vous avait-il une raison de lui vouloir du mal ? »

« Comment le pourrions-nous puisque que nous ne le connaissions pas ? » dit Rudy.

« Il paraissait être un homme sympathique » dit Tina. « Il me plaisait bien. »

« À moi aussi » dit Rudy.

Bob les regarda un moment à travers ses lunettes noires puis se tourna vers Letitia.

« Et vous, Mademoiselle, quelle était la nature de votre relation avec le défunt ? »

Letitia éclata de rire. London ne put s'empêcher de sourire devant cette question tellement cliché et ridicule.

« Je ne le connaissais pas du tout évidemment » dit Letitia. « Je ne l'avais jamais vu avant ce matin. Je l'ai trouvé plutôt aimable. »

Cyrus poussa un léger ricanement moqueur.

« Au début » dit-il. « Mais vous ne l'avez plus trouvé si aimable après qu'il vous a incitée à chanter l'aria de la Reine de la Nuit dans *La Flûte Enchantée* et que vous l'avez complètement massacrée. »

Letitia écarquilla les yeux, gênée et en colère.

« Ma voix n'était pas suffisamment échauffée » dit-elle. « Il devait sûrement le savoir. Il n'aurait pas dû essayer de me convaincre et je n'aurais pas dû le laisser faire.

« Alors vous admettez que vous étiez fâchée contre lui à ce moment-là » dit Cyrus.

« Mais certainement pas au point de le *tuer* » dit Letitia. « Et maintenant qu'il est mort, je suis vraiment sous le choc. Vous me croyez réellement aussi superficielle ? »

Cyrus poussa un petit rire méprisant.

« Je vais vous faire une faveur et ne pas répondre à cette question » dit-il.

« Dites donc… ! » s'exclama Letitia.

Bob se tourna alors vers Emil.

« Et vous, Herr Waldmüller ? Connaissiez-vous Olaf Moritz avant aujourd'hui ? »

« Bien sûr que non » dit Emil. « Quant à l'idée que j'aie pu avoir quoi que ce soit contre lui, c'est tout simplement ridicule. »

Cyrus Bannister s'esclaffa bruyamment.

« Rien contre lui, hein ? » dit-il. « Olaf vous a ridiculisé devant nous tous. »

« Je ne vois absolument pas à quoi vous faites allusion » dit Emil avec raideur.

« Non ? Qu'en est-il de votre petite requête musicale ? » dit Cyrus. « Vous lui avez demandé de jouer l'hymne national autrichien, *'Land der Berge, Land am Strome'* – parce que selon vous, la mélodie était de Mozart. Ce en quoi vous aviez faux. Comme il vous l'a dit, Mozart ne l'a pas composé. »

Le visage d'Emil devint écarlate.

« Selon lui » dit-il. « Il me reste encore à vérifier la pertinence de son affirmation. »

Cyrus s'esclaffa à nouveau.

« Allez-y, vérifiez » dit-il. « Je peux vous dire tout de suite que Mozart ne l'a *pas* composé, comme le sait toute personne qui s'y connaît un tant soit peu en musique classique. »

« Attendez un peu… » dit Emil, manquant presque de se lever de sa chaise.

« Ah, ah, ah » dit Bob en tapotant l'épaule d'Emil pour qu'il reste assis. « Gardons notre calme, d'accord ? Vous n'améliorerez en rien votre cas en vous mettant en colère. »

« Mon 'cas' ? » gronda Emil. « Vous n'avez rien contre moi, espèce de sale fouineur. »

Pendant un instant, London craignit qu'Emil soit sur le point de se bagarrer à mains nues avec Bob. Mais celui-ci resta parfaitement maître de lui, l'insulte semblant même plutôt l'amuser.

« Ne vous inquiétez pas, Herr Waldmüller » dit Bob. « Nul besoin de vous faire de soucis – tant que vous êtes innocent. La vérité finira par éclater, comme on dit. »

Toujours assis, Emil en bafouilla d'exaspération.

London se sentit brusquement inquiète en se rappelant la fureur d'Emil au moment où il avait appris que quelqu'un d'autre était chargé de la visite guidée à Salzbourg. Elle se souvint également de sa contrariété quand il avait vu Olaf pour la première fois.

Serait-il possible... ?

Elle jugea aussitôt son idée absurde. Et elle n'avait aucunement l'intention de troubler et compliquer encore plus la situation en mentionnant le ressentiment éprouvé par Emil envers leur guide.

Bob finit par se tourner vers London, qui aperçut alors son propre visage dans les verres réfléchissants de ses lunettes.

« Je négligerais mon travail si je ne vous posais pas la même question » lui dit-il. « Le connaissiez-vous ? Aviez-vous quelque chose contre lui ? »

London était déjà trop bouleversée par l'ensemble des événements pour s'offenser de cette question. Elle se dit que le mieux était de répondre sans fard, le plus simplement possible.

« Je ne l'avais jamais vu avant aujourd'hui » dit-elle. « Et il n'a rien fait pour me contrarier. »

Bob regarda Cyrus comme s'il s'attendait à ce que celui-ci contredise London de la même manière qu'il l'avait fait avec Emil et Letitia. Cette fois, Cyrus se contenta de hausser les épaules. Bob se tourna donc de nouveau vers London.

« Mais c'est tout de même *vous* qui avez découvert le corps » lui dit-il.

« Oui » dit London en essayant de rester calme devant son insinuation. « Ça a été horrible, choquant et totalement inattendu. »

Bob fixa London un moment. Puis il se mit à arpenter la pièce en se grattant le menton, comme plongé dans ses pensées. Il finit par regarder Sir Reggie toujours assis sur les genoux de London.

« Eh bien, mon cher confrère » dit-il au chien, « on dirait qu'il y a du travail qui nous attend. »

Sir Reggie n'émit pas un son en retour. À la place il pencha la tête d'un air curieux, presque comme s'il demandait, *« Que voulez-vous dire par 'nous' »*

C'est à cet instant qu'on frappa un coup ferme à la porte.

Bob alla ouvrir, laissant entrer Kirby Oswinkle qui semblait aussi en colère que d'habitude.

« Qu'est-ce qui se passe ici ? » demanda Oswinkle en fixant tout le monde d'un regard noir.

« Une enquête pour meurtre » dit sèchement Bob en mettant les mains dans ses poches.

Oswinkle ne parut ni surpris ni impressionné.

« Vous feriez mieux de me suivre » grommela-t-il à l'adresse du groupe. « Il est arrivé quelque chose de grave. »

Rien d'aussi pire qu'un meurtre, j'espère, se dit London. Elle remarqua qu'Emil paraissait vraiment soulagé. Il resta dans la bibliothèque et referma la porte après qu'elle et le reste du groupe furent sortis pour suivre Oswinkle dans le salon Amadeus.

CHAPITRE VINGT-DEUX

Le groupe se hâta dans le grand salon ouvert où London ne vit aucun signe qu'il était arrivé 'quelque chose de grave'. Seuls quelques passagers étaient disséminés ici et là en train de bavarder, grignoter et boire paisiblement. De l'autre côté de la pièce, une partie de Scrabble était en cours.

Elle aperçut ensuite Elsie près de la table où étaient exposées les poupées musiciennes. En s'approchant plus près, elle vit que celle-ci paraissait consternée.

Ils arrivèrent à la table et Tina Fiore poussa un cri alarmé.

« Mon joueur de batterie ! » s'exclama-t-elle. « Il a disparu ! »

« Nous n'aurions pas dû le laisser là après tout » dit Rudy, son mari.

Il y avait bel et bien un espace vide parmi les quatre poupées encore présentes. Le bassiste, le clarinettiste, le violoniste et le trompettiste étaient toujours là – mais pas le joueur de batterie.

« Vous voyez ! » s'exclama Oswinkle avec colère. « Je me suis dit qu'il fallait que vous soyez au courant – il manque une autre poupée. Je m'en suis tout de suite aperçu au moment de venir prendre une bière à l'instant. »

Steve et Carol Weaver arrivèrent dans le salon et les rejoignirent.

« Nous avons reçu votre SMS » dit Steve à Oswinkle.

« Que se passe-t-il ? » voulut savoir Carol.

Oswinkle se contenta de montrer du doigt les poupées sur la table.

« Qu'est-il arrivé au joueur de batterie ? » demanda Carol.

« C'est une excellente question » dit Oswinkle. « D'abord, quelqu'un vole mon chef d'orchestre et maintenant ça ! Quoi qu'il se passe ici, la situation nous échappe totalement. »

London eut l'impression qu'on lui assenait un coup sur la tête. Quelques instants à peine auparavant, Letitia, le couple Fiore, Cyrus et elle étaient en train de discuter du mystérieux assassinat d'Olaf Moritz avec Bob. Et voilà qu'ils s'agitaient au sujet de la disparition d'une petite babiole souvenir. Cela paraissait presque irréel.

« Ne sautons pas trop vite aux conclusions » dit Elsie.

« Vous avez raison » acquiesça Carol Weaver. « Rappelez-vous, hier seulement, Letitia était sûre qu'on lui avait volé son petit trompettiste. Mais elle se trompait. Sir Reggie l'a retrouvé juste sous la table. »

Comme s'il obéissait à un signal, Sir Reggie plongea sa tête sous la nappe qui tombait jusqu'au sol et agita la queue tout en regardant autour de lui.

« Qu'est-ce que tu vois, mon vieux ? » dit Bob.

Sir Reggie recula, se retourna et regarda Bob, la tête penchée. Bob s'accroupit à son tour et souleva la nappe.

« Tu as raison, collègue » dit-il. « Il n'y a rien là-dessous. »

« Mais qui ferait une chose pareille ? » demanda Tina.

Bob se retourna avec lenteur et observa les visages de chacun.

« Qui, en effet ? » dit-il. « Une des personnes ici présentes connait peut-être justement la réponse à cette question. »

« Vous voulez dire que selon vous, l'un de *nous* a dérobé les deux poupées ? » demanda Carol.

« C'est une éventualité » dit Bob.

« Si c'est le cas, je donnerais cher pour savoir qui c'est » dit Oswinkle.

Tous paraissaient intrigués.

« Et pourquoi ferait-on cela ? » demanda Steve.

Bob agita un doigt en l'air.

« Quand nous *le* saurons, nous aurons résolu le mystère » dit-il. « Et c'est ce que nous allons faire, je n'en doute pas. »

London et Elsie échangèrent des regards interloqués. Elsie haussa les épaules comme si elle ne savait absolument pas quoi penser de Bob.

Ça lui plaît vraiment de jouer les détectives, songea London.

Elle se rappela ce qu'il lui avait dit la veille, quand le trompettiste de Letitia Hartzer avait momentanément disparu.

« Il s'est passé plus de choses que ne le laissent croire les apparences. »

Il avait également affirmé avoir « une assez bonne idée » de l'identité du voleur.

Elle se demanda ce qu'il avait alors eu en tête ?

Et que pensait-il à présent ?

« Bob, ne nous emballons pas » dit London, s'inquiétant à nouveau du côté fureteur de Bob et des conséquences que cela pourrait avoir sur les passagers. Mais Bob ne sembla même pas l'avoir entendue.

« Examinons la situation » déclara Bob. « Le chef d'orchestre de Monsieur Oswinkle est la première poupée ayant disparue, c'était la veille de mon arrivée. »

« Mais pas ici » dit Oswinkle. « Elle a été volée directement dans ma cabine. Quelqu'un est venu et s'en est emparée. »

« Exact » dit Bob. « Et puis hier, Mademoiselle Hartzer a *cru* que son trompettiste avait disparu ici. »

Se baissant pour tapoter Sir Reggie sur la tête, il dit, « Mais mon collègue à quatre pattes l'a retrouvé là, sous la table. »

« Oui, à mon grand soulagement » dit Letitia.

Bob s'avança vers elle et la regarda d'un air soupçonneux.

« C'est vous qui le dites, Mademoiselle » murmura-t-il. « C'est vous qui le dites. »

Letitia se redressa crânement.

« De quoi m'accusez-vous précisément, Monsieur Turner ? »

Bob la regarda un instant sans rien dire.

Il ajouta ensuite, « Parlez-moi de cette chanson qui vous a donné du fil à retordre lorsque vous étiez en ville – celle qui vous a mise en colère contre Olaf Moritz parce qu'il a essayé de vous la faire chanter. »

« On ne peut pas vraiment dire que j'étais *en colère* contre lui » répliqua Letitia. « Vous n'étiez même pas présent. »

Cyrus Bannister rit et dit, « Vous m'aviez l'air plutôt énervé, selon moi. »

Letitia ouvrit grand les yeux, furibonde.

« Qu'est-ce que ça peut faire si j'étais ou non en colère ? » cracha-t-elle. « Quel rapport avec les poupées disparues de toute façon ? »

« Voilà ce que j'aimerais savoir, Mademoiselle Hartzer » dit Bob, ayant presque l'air d'insinuer que Letitia aurait pu tout lui expliquer si elle l'avait voulu. « C'est mon travail de surveiller de près tout ce qui se passe par ici » ajouta-t-il.

Cyrus Bannister fit la grimace devant les autres.

« Vous en faites vraiment toute une histoire, tous autant que vous êtes » leur dit-il.

« C'est facile à dire pour vous » répliqua Oswinkle. « On ne vous a rien volé. »

Cyrus haussa les épaules et ajouta, « Si vous êtes si inquiets au sujet de vos précieuses petites poupées, alors peut-être devriez-vous

vous relayer pour les surveiller. De cette façon, personne n'essaiera de les voler. Ou si c'est le cas, vous serez certains d'attraper l'individu. »

« Et passer tout le reste du voyage à nous tracasser nuit et jour à leur sujet ? » dit Letitia en prenant son petit trompettiste. « Je ne pense pas, non. Je ramène la mienne dans ma cabine, elle y sera en sécurité. »

Les deux autres couples émirent un murmure d'acquiescement et reprirent également leur poupée. Ils s'apprêtaient à sortir du salon quand Oswinkle, debout près de la table, les rappela.

« Donc vous pensez qu'elles seront en sûreté dans vos cabines ? Vous pouvez toujours y croire ! Rien n'est en sécurité sur ce bateau ! Rien du tout ! »

Letitia et les deux couples l'ignorèrent et continuèrent leur chemin. Oswinkle en trépigna d'énervement et sortit lui aussi à grands pas du salon.

Bob se frotta le menton, comme perdu dans ses pensées.

Il agita ensuite un doigt vers London et dit, « Deux poupées ont disparu jusqu'à présent – le chef d'orchestre et le joueur de batterie. Cela vous suggère-t-il quelque chose ? »

London plissa les yeux devant lui avec curiosité.

« Je ne suis pas certaine que cela suggère quoi que ce soit » dit-elle.

« Oh mais si, London. Je ne suis pas encore sûre de quoi mais… »

Il réfléchit un moment.

« Sans le chef d'orchestre, un groupe ne peut plus jouer ensemble. Sans joueur de batterie, un groupe ne peut plus garder le rythme. »

Il hocha lentement la tête.

« Quelqu'un essaie de nous envoyer un message, London Rose. »

Bob baissa les yeux vers Sir Reggie à côté de London.

« Allez viens, mon vieux » dit-il. « Nous avons une enquête à mener. Commençons par le pont supérieur puis on descendra au fur et à mesure. »

Oubliés, les interrogatoires de tous ceux qui ont participé à la visite guidée, pensa London un peu ironiquement.

Cette méthode ne l'avait guère mené très loin. Et London se dit que c'était tout aussi bien.

Bob sortit du salon apparemment sans remarquer que Sir Reggie ne le suivait pas. Le chien resta à sa place et leva la tête vers London comme si lui non plus ne parvenait pas à comprendre ce qui se passait.

Quant à Elsie, elle semblait complètement abasourdie.

Elle dit, « London, je t'en prie, explique-moi ce qui se passe. Il n'y a pas que les poupées volées, ça c'est certain. Tout le monde se comporte si bizarrement. Et qu'a voulu dire le Capitaine Hays lorsqu'il parlé d'une 'mort suspecte' ? Par pitié, ne me dis pas qu'il y a eu un autre meurtre. »

London poussa un soupir longuement réprimé.

« Asseyons-nous » dit-elle à Elsie. « Je vais te dire ce que je sais. »

Elles se mirent à une table à l'écart des autres et London commença à raconter les étranges événements de la journée. Elle se sentait hébétée tout en parlant, comme si elle écoutait quelqu'un d'autre, ou même comme si elle entendait ses propres paroles au moyen d'une bande enregistrée.

Rien de tout ça ne semble réel, ne cessait-elle de se dire.

Quand London eut fini de raconter, elle remarqua, « Je crains que Bob ne fasse plus de mal que de bien. »

« Quel drôle de type » dit Elsie. « Que fait-il à bord du *Nachtmusik* d'abord ? »

London laissa échapper un petit rire sarcastique.

« Il est là pour m'éviter des ennuis » dit-elle.

« Hein ? »

« C'est ce que m'a dit Monsieur Lapham au téléphone il y a peu. Il ne veut plus que je risque ma peau en jouant les détectives. C'est pour ça qu'il a engagé son propre agent de sécurité – un ancien flic de New York, qui fait également partie de sa famille. Je suis censée le laisser tout faire. Je ne dois plus jouer les 'Alice Détective' désormais. »

Elsie secoua lentement la tête.

« London, ne le prends pas mal, » dit-elle, « mais je suis d'accord avec Monsieur Lapham sur un point. Je ne veux plus que tu ailles partout et que toi ou Sir Reggie manquiez de vous noyer ou vous faire tuer comme la dernière fois. Mais si Bob Turner enquête sérieusement sur cette affaire et qu'il compte faire un rapport au *Polizeidirektor*, alors je crois que tu as peut-être un vrai problème entre les mains. Je veux dire, par exemple, penses-tu vraiment que quelqu'un vole ces poupées avec l'intention d'envoyer une sorte de 'message' ? »

« Eh bien, je ne sais pas… »

« Pour moi, ça n'a vraiment aucun sens. Je ne suis pas sûre qu'il ait les idées claires. Je crois que c'est peut-être un fauteur de troubles. Tu ferais bien de surveiller de près ce qu'il trafique. »

London repensa au moment où Bob avait quitté le salon – quand il avait dit qu'il allait démarrer son enquête sur le pont supérieur puis qu'il irait inspecter les autres au fur et à mesure. Elle pouvait sûrement lui téléphoner avec son portable mais…

Je préfère lui parler en face à face.

« Tu as raison » dit London à Elsie. « Je vais le voir tout de suite. »

Elle monta l'escalier en spirale menant au pont Rondo, Sir Reggie trottinant à ses côtés. Elle était soulagée de voir que tout semblait normal sur le pont extérieur. Certaines personnes faisaient une partie de palet, d'autres s'amusaient dans la piscine, d'autres encore admiraient la beauté de Salzbourg depuis le bastingage de l'autre côté. Quelques uns étaient allongés sur des transats, parfois profondément endormis.

Un instant, London ne vit Bob Turner nulle part.

Je ferais peut-être mieux de lui téléphoner après tout, songea-t-elle.

C'est alors que ses yeux tombèrent sur une silhouette qui se reposait à l'écart des autres. De derrière, elle vit la personne se contorsionner de façon un peu grotesque, étendue comme elle l'était sur le transat.

Elle fit le tour pour faire face à l'individu allongé et vit que c'était Bob Turner. L'un de ses pieds touchait le sol tandis que l'autre oscillait de l'autre côté du siège. Ses bras étaient tordus comme s'il venait tout juste de se débattre au cours d'une violente lutte. Même si ses lunettes de soleil étaient légèrement de travers, London ne pouvait toujours pas voir ses yeux. Mais il avait la bouche grande ouverte et elle ne percevait chez lui aucun signe de respiration.

Bob est-il mort ? se demanda London.

CHAPITRE VINGT-TROIS

« Bob ? » murmura London en se penchant vers la silhouette immobile sur le transat.

Pas de réponse.

« Bob ? » demanda-t-elle à nouveau, plus fort cette fois.

Toujours pas de réponse.

London regarda nerveusement les autres passagers sur le pont. Elle se sentit rassurée en voyant que personne ne semblait avoir remarqué ni le problème ni son inquiétude.

Avant qu'elle ne puisse décider ce qu'il fallait faire, Sir Reggie s'avança et poussa la main pendante de Bob avec sa truffe froide. Le chien la lécha ensuite. Au grand soulagement de London, Bob émit un ronflement sonore, se tortilla légèrement, grommela de façon inaudible pour finir par se retrouver dans une position encore plus ridicule qu'auparavant.

Il était évident qu'il allait parfaitement bien – et qu'il dormait profondément.

Les investigations minutieuses de Bob sur le bateau n'étaient visiblement pas allées très loin, exactement comme sa décision d'interroger l'ensemble des participants à la visite guidée. Le limier en chef était épuisé et faisait la sieste.

Dois-je le réveiller ? se demanda-t-elle.

Elle préféra n'en rien faire. Elle partageait désormais les craintes d'Elsie et trouvait que Bob était une espèce de 'fauteur de troubles' capable de faire beaucoup de dégâts et pas grand chose de bien.

Mais il ne cause aucun problème en ce moment, se dit-elle.

Mieux valait sans doute le laisser dormir.

Elle s'approcha du bastingage et regarda la Vieille Ville de Salzbourg. Elle se sentit à nouveau enchantée en voyant les clochers de la cathédrale de style baroque, la tour de l'horloge de l'abbaye de Nonnberg, et mieux que tout, les majestueux murs blancs de la forteresse Hohensalzburg qui étincelaient au-dessus de la ville. Difficile de croire qu'une chose aussi horrible qu'un meurtre ait pu un jour se produire dans un environnement si exquis et charmant.

Elle repensa à tout ce qui s'était passé depuis ce matin.

« Qui a tué Olaf Moritz ? » s'interrogea-t-elle en se baissant pour caresser Sir Reggie.

Ce dernier ne fit évidemment aucune suggestion.

London se redressa et contempla une nouvelle fois la ville en essayant de mettre de l'ordre dans ses pensées. Plus elle y réfléchissait, moins elle était persuadée que le tueur faisait partie du *Nachtmusik.* En vérité, elle ne pensait pas que le *Polizeidirektor* Tanneberger le croyait lui-même. Mais comme il en était encore au stade d'éliminer les suspects, il était obligé de garder à l'esprit tous les participants à la visite guidée – London y compris.

En attendant, le véritable tueur courait toujours. Quant au *Nachtmusik,* il allait de nouveau être bloqué dans une autre ville, ce qui entraînerait un coûteux retard supplémentaire pour Epoch World Cruise Lines et porterait peut-être préjudice à la réputation du circuit.

Et qu'est-ce que je compte faire à ce sujet ? se demanda London.

Elle se souvint des paroles fermes et bien intentionnées de Monsieur Lapham.

« Occupez-vous de ce que vous avez à faire. Faites votre travail. Assurez-vous du bien-être et de la satisfaction des passagers. »

Elle tâcha de se persuader qu'elle allait faire exactement ce qu'il avait demandé.

Mais comment l'aurait-elle pu ? Après tout, on n'avait interdit à personne de quitter le *Nachtmusik.* Tout ce qu'elle voulait, c'était aller à terre et enquêter de son côté.

« Désolé, Monsieur Lapham » murmura-t-elle à voix haute. « Je ne pense pas en avoir fini avec mon rôle d'Alice Détective. »

Une journée chargée l'attendait et elle savait qu'elle ne pouvait s'absenter trop longtemps de son travail. Mais peut-être que ce qu'elle avait à faire ne lui prendrait pas beaucoup de temps.

Elle se demanda un instant si elle devait informer Bob de son plan – peut-être en lui laissant une note près de l'endroit où il dormait ou en lui envoyant un SMS. Mais non, cela ne lui parut pas une bonne idée. Bob savait peut-être que Monsieur Lapham ne voulait plus voir London enquêter de sa propre initiative. Elle n'avait pas envie que celui-ci apprenne qu'elle faisait le contraire de ce qu'il lui avait demandé.

Au lieu de ça, elle prit son portable et téléphona à Amy Blassingame.

« Bonjour Amy » dit-elle. « Je me demandais si vous ne pourriez pas me remplacer un petit moment. »

« Que voulez-vous dire ? » dit Amy, que cela paraissait déjà ennuyer.

« Eh bien, j'aimerais simplement que vous veilliez au bon déroulement de certaines activités. Faites en sorte que tout se déroule comme il faut avec le casino que nous venons d'installer. »

Elle jeta un coup d'œil à sa montre et ajouta, « Il y a aussi un quiz qui doit démarrer dans vingt minutes au restaurant. Vérifiez qu'il commence à l'heure et que tout va bien, d'accord ? »

Amy ne répondit rien.

« Euh, Amy » dit London, « êtes-vous toujours là ? »

« Oui » dit Amy avant de retomber dans le silence.

London réprima un soupir. Elle reconnaissait bien là Amy et ses nombreux accès de mauvaise humeur.

« Vous recommencez, c'est ça ? » finit par demander Amy.

« Que voulez-vous dire ? »

« J'ai entendu ce qu'a dit le capitaine à travers les haut-parleurs. Il y a eu un autre 'décès suspect'. Donc vous retournez encore à terre pour jouer à Miss Marple. »

London grimaça en entendant le nom de la vieille fille détective dans les romans d'Agatha Christie. La dernière personne ayant fait cette comparaison était le maladroit chef de la police de Györ et il ne l'avait guère dit de manière flatteuse.

Ignore ça, se dit-elle.

« Il faut juste que j'aille en ville pour vérifier deux ou trois choses » dit London.

« Ah. Vous allez vivre une chouette aventure pendant que je reste ici à faire tout le travail ennuyeux. »

Ce n'est pas vrai, faillit répliquer London.

« Amy, s'il vous plaît, laissez-moi juste vous expliquer... » commença-t-elle.

« Oh, ne vous inquiétez pas, je ferai ce qu'on m'a demandé » l'interrompit Amy. « Je le jure, j'ai l'impression que votre chien s'amuse plus que moi ici. »

Amy raccrocha brusquement.

London baissa les yeux vers Sir Reggie toujours à ses côtés et qui semblait avoir écouté la conversation.

« Je vais en ville » lui dit London. « Tu peux rester sur le bateau si tu veux. »

Sir Reggie poussa un aboiement indigné.

« D'accord, tu peux m'accompagner » dit London. « Tu risques même de m'être utile. Mais conduis-toi bien. Et j'espère que ça ne te gêne pas d'être en laisse. »

London fouilla dans son sac pour y prendre la laisse de Sir Reggie qu'elle attacha à son collier. Ils descendirent les escaliers et se dirigèrent vers la passerelle.

Arrivée en haut, London se remémora leur guide si empressé qui attendait en bas sur la barge, interpellant le groupe de touristes.

« *Wilkommen à Salzbourg, la ville natale de Wolfgang Amadeus Mozart !* »

London fut attristée en songeant à la manière horrible dont la visite s'était terminée pour lui. Elle s'aperçut qu'elle ne savait toujours presque rien à son sujet, qu'elle ignorait même s'il existait des proches, de la famille ou des amis qui pleuraient son décès.

Mais elle était sûre d'une chose tandis qu'elle se rendait à terre.

Olaf mérite d'être vengé.

CHAPITRE VINGT-QUATRE

London et Sir Reggie commencèrent par refaire le même trajet qu'au moment de leur visite guidée à travers Salzbourg. Ils passèrent devant la *Mozart Geburtshaus*, London pouvant presque entendre le son délicat et feutré du clavicorde de Mozart, quand Olaf y avait joué une partie de la sonate composée par le célèbre musicien ayant habité en ces lieux.

Sir Reggie et elle poursuivirent leur chemin jusqu'à la Maison de Mozart. Quelques policiers étaient encore déployés devant la façade mais London fut contente en constatant que l'édifice restait apparemment ouvert. Un officier à la porte nota poliment son nom avant de l'autoriser à entrer.

Elle se retrouva une nouvelle fois dans l'étincelant hall d'entrée avec son mélange de verre, de marbre, de dorures ainsi que le profil géant en cristal de Mozart sur le mur incurvé. London remarqua que le panneau indiquant *'NASSER BODEN'* – 'sol mouillé' – avait disparu.

London et Sir Reggie passèrent devant le banc en marbre où elle était restée assise en attendant de parler à la police. Elle se souvint de l'agente d'entretien, cette jolie jeune femme assise sur le banc opposé et qui, inconsolable, pleurait la mort d'Olaf.

Comment s'appelait-elle ?

Ah oui. Greta Mayr.

Elle se rappela également son exclamation quasi désespérée quand London lui avait demandé si elle avait la moindre idée de ce qui était arrivé à Olaf.

« Non, je ne sais rien. Je ne sais rien du tout. »

Réentendant cette voix dans sa tête, London se demanda si elle n'avait pas menti ? Connaissait-elle la vérité ou du moins une partie ? Si oui, qu'avait-elle dit à la police ?

Il y a beaucoup de choses que je ne sais pas, réalisa London.

Elle retourna à l'entrée de l'auditorium. La porte était grande ouverte mais l'accès était barré par une corde épaisse. Sir Reggie voulut passer dessous mais elle le tira en arrière avec sa laisse.

Elle jeta un œil à l'intérieur qui était plongé dans la pénombre à l'exception de la lumière en provenance du hall d'entrée. Elle distingua quelque chose de blanc sur une rangée de sièges et comprit qu'il devait s'agir du scotch délimitant l'emplacement où l'on avait retrouvé le corps affaissé d'Olaf.

London leva les yeux vers les deux balcons.

Que s'est-il passé ici ?

Elle ne savait rien à part qu'Olaf Moritz était tombé du balcon supérieur. Mais à présent elle comprenait les doutes de la police concernant la trajectoire de la chute. Il n'était certainement pas tombé tout droit en bas.

L'avait-on réellement poussé ?

Existait-il une autre raison susceptible d'expliquer pourquoi le corps était tombé à quelque distance du rebord du balcon ?

Tandis que ses yeux continuaient de s'habituer, London remarqua que l'aile centrale du balcon était assez pentue. Elle se demanda s'il n'avait pas pu entrer par le haut, à un moment où l'auditorium était sombre comme maintenant, et s'il n'avait pas trébuché avant de tomber, dégringoler par-dessus la balustrade puis... ?

Elle fut interrompue dans ses réflexions par une voix polie s'exprimant en allemand.

« Puis-je vous aider, *Fräulein* ? »

London se retourna et vit une femme d'âge moyen, séduisante et bien habillée qui lui souriait.

« Je ne sais pas trop » dit London.

La femme lui tendit la main et dit, « Je m'appelle Selma Hahn, je suis la directrice du théâtre. Je serais ravie de vous aider du mieux que je peux. »

London balbutia, « Je... je me demandais simplement si je ne pourrais pas entrer dans l'auditorium pour jeter un coup d'œil. Avec les lumières allumées. »

Selma Hahn pencha la tête avec regret.

« En temps normal, j'aurais été heureuse de vous dire oui. Mais pas aujourd'hui. La police a déclaré qu'il s'agissait d'une scène de crime. Peut-être avez-vous entendu parler du drame qui arrivé un peu plus tôt aujourd'hui. »

« Oui, je... je sais. »

« Dans ce cas vous comprenez la situation. Le récital de piano de ce soir doit lui aussi être annulé malheureusement. C'est dommage car tout le monde avait tellement hâte d'écouter Wolfram Poehler jouer la sonate *Hammerklavier* de Beethoven. C'est le nouveau jeune talent.

Même moi, je n'ai entendu parler de lui que depuis très récemment. Il semble être arrivé de nulle part. »

Selma Hahn sembla sur le point de reconduire London hors du bâtiment mais elle baissa les yeux vers Sir Reggie qui était tranquillement assis au bout de sa laisse.

« C'est un Yorkshire Terrier ? » demanda-t-elle. « Ma tante en a un, elle l'emmène partout avec elle. »

« Oui, c'en est un. Je ne l'ai pas depuis très longtemps mais c'est un petit compagnon très sympathique. »

Le visage de la femme s'adoucit légèrement. Elle regarda le badge de London.

« Je vois que vous vous appelez London Rose » dit-elle.

« En effet » répondit London.

Le visage de Selma Hahn affichait désormais une curieuse expression.

Elle dit, « Et si j'en juge par votre uniforme, vous travaillez sûrement à bord du bateau qui est arrivé aujourd'hui – le *Nachtmusik*, me semble-t-il. »

« C'est bien ça. Je suis la chargée d'animation. »

La femme poussa une faible exclamation.

« Oh, alors c'est sans doute *vous* qui avez découvert le corps du pauvre Olaf » dit-elle. « C'est du moins ce que m'a dit la police. »

London acquiesça.

« Ça a dû être tellement affreux pour vous » dit Selma Hahn. « Je suis vraiment navrée que votre visite de Salzbourg a été perturbée par une expérience aussi épouvantable. Mais… pourquoi souhaitez-vous retourner dans l'auditorium ? J'aurais pensé que vous préféreriez éviter cet endroit comme la peste. »

London réprima un soupir.

« Je suppose que je… j'essaie de déterminer ce qui s'est passé. »

« Je peux comprendre que vous ressentiez ce besoin, évidemment. Mais je dois vraiment suivre les ordres de la police. »

« Je comprends » dit London.

Elles restèrent là un instant sans rien dire. London pouvait sentir sur elle le regard intrigué de Selma. Elle se demanda si la police lui avait décrite London comme étant suspecte ? Possible, même si Selma semblait tout à fait compatissante.

Elle serait peut-être prête à répondre à quelques questions, se dit London.

« Connaissiez-vous Olaf personnellement ? » demanda-t-elle.

« Un peu. Il était bien connu à Salzbourg. Il était toujours en ville, il la faisait visiter aux touristes, elle est tellement belle. Il était très érudit, sur Mozart en particulier. »

London se rappela la théorie d'Emil selon laquelle la mort d'Olaf était un suicide.

« Savez-vous si Olaf était… malheureux ces derniers temps ? » demanda London.

Selma émit un léger rire musical.

« Oh non, absolument pas ! Il était toujours joyeux. Il avait une personnalité extravertie, il était très chaleureux. Et drôle aussi. Tout le monde l'appréciait. Je n'arrive pas à comprendre pourquoi quiconque voudrait… »

Sa voix s'estompa et elle secoua la tête.

« Où étiez-vous au moment des faits ? » lui demanda London avec prudence.

« Chez moi. Je suis revenue directement quand la police m'a appelée. Si j'ai bien compris, il y avait seulement deux personnes dans le bâtiment à l'arrivée de la police – vous et l'agente d'entretien.

« Oui – elle s'appelle Greta, je crois.

« C'est exact. Greta Mayr. »

London hésita un instant.

« Greta semblait personnellement bouleversée de la mort d'Olaf. Avait-elle un lien quelconque avec… ? »

La femme l'interrompit avec courtoisie.

« Je ne suis guère au courant de la vie privée de nos employés et… eh bien, je crains de ne pas être très à l'aise pour en discuter dans tous les cas. Je crois au respect de la vie privée des autres. »

« Oh, bien entendu » s'empressa de dire London. « Je n'aurais pas dû poser la question. »

« Ce n'est pas grave. J'aurais souhaité pouvoir vous aider davantage. »

« J'ai été ravie de vous rencontrer, *Fräulein*… »

« *Frau* Hahn. Mais tout le monde m'appelle Selma. Ravie de vous rencontrer moi aussi. J'aurais simplement préféré que ce ne soit pas en d'aussi tristes circonstances. »

London s'apprêtait à lui dire au revoir quand Selma reprit la parole.

« Rose est votre nom de famille ? »

« Oui » dit London.

« Et vous êtes Américaine, d'après votre accent. »

« En effet. »

Selma dévisagea London avec attention.

Celle-ci se demanda à quoi elle pouvait penser.

Selma ajouta, « 'Rose' est un nom plutôt courant en Europe, particulièrement en Angleterre, je crois. Qu'en est-il aux États-Unis ? »

« Je crois n'y avoir jamais songé » dit London. « Pas très courant, je suppose. »

« Il y a quelque chose dans votre visage… »

Selma se tut un instant.

Elle demanda ensuite, « À tout hasard, seriez-vous parente avec une femme qui s'appelle Barbara Rose ? »

London sentit son cœur battre la chamade.

Maman ! se dit-elle.

Selma connaît Maman !

CHAPITRE VINGT-CINQ

Un instant, London eut du mal à respirer.

Elle s'attendait à tout moment à se réveiller.

Elle finit par reprendre son souffle et parvint à répondre en balbutiant.

« Ma… ma mère s'appelait… s'appelle Barbara Rose. »

Selma hocha la tête.

« Il y a une très forte ressemblance » dit-elle. « La forme du visage. Le timbre de votre voix. Même votre démarche, votre manière de bouger. »

« Comment… vous la connaissez ? »

« Je l'ai rencontrée il y a quelques mois. Je… eh bien, je l'ai beaucoup appréciée. »

« Est-elle toujours à Salzbourg ? » s'exclama London, à peine capable d'articuler.

« Non, plus maintenant » répondit Selma, l'air intrigué.

London commençait à avoir le vertige.

Selma parut remarquer son malaise et la prit doucement par le bras.

« Allons en discuter dans mon bureau » dit la femme plus âgée.

London, à la fois pleine d'hésitante et de reconnaissance, la suivit en haut des escaliers menant à son bureau dans la galerie, Sir Reggie leur emboîtant le pas tranquillement. La pièce était spacieuse et agréablement décorée avec ses quelques tableaux aux murs, elle était beaucoup plus simple et moins ostentatoire que le hall d'entrée.

London et Selma s'assirent l'une en face de l'autre dans de profonds fauteuils rembourrés tandis que Sir Reggie se couchait sur la moquette par terre.

« Vous avez paru surprise quand j'ai mentionné son nom » dit Selma avec un sourire.

« Je déteste me montrer indiscrète mais il semble clair que… vous ignorez où se trouve Barbara. Je veux dire, il vous a fallu demander… »

L'esprit de London tournait à plein régime.

« Selma, c'est à peine si je sais par où commencer. Mon père et elle travaillaient tous deux comme agents de bord autrefois. Elle a arrêté afin de nous élever, ma sœur et moi, dans le Connecticut pendant que mon père continuait de voyager. Un jour, quand j'avais quatorze ans, elle a dit qu'elle voulait aller toute seule en Europe, juste histoire de partir un petit peu. La dernière fois que nous avons eu de ses nouvelles, elle était à Vienne. Puis elle a disparu sans laisser de traces. Aucun de nous ne l'a plus jamais revue ni n'a entendu parler d'elle. »

Selma afficha un visage plein d'empathie.

« Oh, cela a dû être atroce pour vous tous » dit-elle.

London ravala péniblement sa salive.

« Au fil des ans, je crois que je… j'ai essayé de me persuader qu'il lui était arrivé quelque chose de terrible et qu'elle n'était plus en vie. Je sais que ça a l'air horrible mais en un certain sens cela valait mieux que de penser qu'elle était simplement… partie. »

« Je peux comprendre ça » dit Selma en hochant la tête.

Et à son regard, London comprit qu'elle était sincère.

« Donc vous l'avez vue récemment… après toutes ces années… donc elle est toujours vivante ? » demanda London.

« À ma connaissance, oui. »

« Que pouvez-vous me dire d'elle ? Comment l'avez-vous connue ? »

Selma poussa un soupir et se renfonça dans son siège.

« Au cours des derniers mois de l'année dernière, elle est arrivée à Salzbourg, elle cherchait du travail comme professeur particulière. »

« Elle faisait ça pour gagner sa vie ? »

« Oui, elle travaillait comme professeur de langue étrangère itinérante, quelque chose comme ça. Je crois qu'elle aimait avant tout voyager et que donner des cours particuliers partout où elle allait lui permettait de subvenir à ses besoins. Il se trouve que ma fille, qui est adolescente, étudiait l'anglais et que mon mari et moi recherchions justement un professeur particulier pour elle. Elle a été une enseignante merveilleuse ! Mia a beaucoup appris grâce à elle, elles se sont beaucoup amusées toutes les deux. En fait, Barbara parle couramment plusieurs langues donc Mia a appris quelques bribes d'un grand nombre d'entre elles. L'expérience a été formidable pour ma fille. »

Selma se tut. London remarqua une expression de tristesse de plus en plus grande se peindre sur son visage.

« J'ai appris à la connaître moi aussi. Nous buvions souvent un café ensemble, nous bavardions de choses et d'autres. Elle s'intéressait beaucoup à mon travail ici, à la Maison de Mozart, ainsi qu'à toutes les personnes si talentueuses qui vont et viennent par ce lieu. Elle s'y connaissait *tellement* en musique, dans les autres arts également. C'était un réel plaisir de parler avec elle. Elle m'a raconté des histoires fabuleuses sur tous les endroits où elle avait été – à travers le monde entier, apparemment. »

London sentit sa gorge se nouer d'émotion. C'était étrange d'écouter Selma parler de sa mère au passé.

Elle demanda, « A-t-elle… jamais parlé de *nous* ? De sa famille, je veux dire ? »

Selma sembla hésiter avant de répondre.

« Un petit peu » dit-elle. « Mais elle n'a jamais directement mentionné le nom d'aucun d'entre vous. »

London eut l'impression qu'on la poignardait.

Elle s'aperçut que le ton de sa voix avait dû perturber Sir Reggie car il se mit à gémir avec l'air de vouloir bondir sur le fauteuil pour la rejoindre. Elle secoua la tête pour dire non et le petit chien se coucha à nouveau.

« Pourquoi cela, à votre avis ? » demanda-t-elle.

« Chaque fois qu'elle essayait de parler de vous, elle avait l'air au bord des larmes. J'éprouvais de la curiosité au sujet de sa famille mais je n'ai jamais insisté. Je me disais qu'elle vous avait peut-être tous perdus. Je n'ai pas voulu rajouter à sa tristesse. Mais maintenant que vous êtes ici, je me demande… si je n'ai pas eu tort. J'aurais peut-être dû lui poser davantage de questions. »

London aurait préféré. Mais elle comprenait tout à fait pourquoi l'autre femme s'en était abstenue.

Selma poursuivit, « Elle paraissait très heureuse ici, à Salzbourg. Même si elle ne l'a pas dit ouvertement, j'ai eu l'impression qu'elle songeait à s'établir ici définitivement. Cela m'aurait bien plu, à ma fille également. Barbara était devenue comme une tante pour elle. Mais un jour, elle a dit qu'elle partait, ce qu'elle a fait dès le lendemain. Je n'ai plus eu de ses nouvelles depuis. »

Donc c'est comme si elle avait quitté une autre famille, songea London avec un peu d'amertume.

Mais pourquoi ?

« A-t-elle dit où elle allait ? » demanda London.

« Oui, qu'elle se rendait en Allemagne. Je ne me rappelle plus si elle a dit où exactement. Bien entendu c'était il y a plusieurs mois. Je ne sais pas où elle est à présent. »

London se sentit submergée par des vagues d'émotion.

« Que pouvez-vous me dire de plus à son sujet ? » demanda-t-elle à Selma.

« Uniquement qu'elle paraissait… eh bien, un petit peu mystérieuse parfois. Comme si elle n'avait pas envie de trop parler d'elle. »

Tout d'un coup, London ne parvint plus à se contenir.

Elle laissa échapper un sanglot puis ses larmes se mirent à couler.

« Oh, je suis désolée » dit Selma en lui tendant un mouchoir. « Je n'aurais peut-être pas dû vous dire cela… »

London s'essuya les yeux et se ressaisit vivement.

« Non, non, je suis heureuse que vous l'ayez fait. Vous m'avez aidée. Beaucoup. »

« Je l'espère » dit Selma. « J'aurais aimé pouvoir vous en dire plus mais c'est tout ce que je sais. »

London acquiesça et dit, « Je ferais mieux d'y aller. »

« Bien sûr » répondit Selma. « Mais au sujet de cette autre affaire… je suppose que cela ne posera pas de problème si je vous donne ceci… »

Regardant son écran d'ordinateur, elle griffonna quelque chose sur un bout de papier. Elle le tendit à London en disant, « L'agente d'entretien sur laquelle vous m'avez interrogée – peut-être que ceci vous sera utile. »

London jeta un coup d'œil au papier et y vit inscrits le nom 'Greta Mayr' ainsi qu'un numéro de téléphone. Se sentant incapable de penser à cette dernière pour le moment, elle remercia Selma tout en mettant le papier dans sa poche puis se leva pour partir. Sir Reggie bondit sur ses pattes, aussitôt prêt à la suivre.

« *Auf Wiedersehen* » lui dit Selma. « Revenez quand vous voulez. »

« Merci. »

London sortit d'un pas tremblant et redescendit jusqu'à la galerie avant de sortir. Elle s'assit sur un banc en face du bâtiment. Elle réprimait ses larmes, décidée à ne pas se laisser envahir par l'émotion. Elle avait pour l'instant trop de choses à gérer pour se laisser aller.

Sir Reggie bondit sur ses genoux en poussant un faible gémissement.

London caressa le petit chien, reconnaissante de cette marque de sympathie. Mais son esprit tournait à plein régime. Qu'était-elle censée faire des renseignements que Selma lui avait donnés ? Et qu'avait-elle appris exactement de nouveau ?

Que Maman est vivante, au moins, se dit-elle.

En tout cas elle l'était il y a quelques mois.

Et aussi.

Qu'elle est allée en Allemagne.

Bien sûr, impossible de retrouver sa mère là-bas sans plus d'informations. Elle était peut-être dans un autre pays à présent. London n'en savait tout simplement rien. Elle en venait presque à se demander s'il n'aurait pas mieux valu qu'elle ignore où sa mère était allée.

Elle se souvint d'une chose qu'avait dite son père la veille au téléphone.

« *La disparition de ta mère n'est pas un autre mystère que tu dois résoudre.* »

Mais comment s'empêcher de vouloir essayer ?

London regarda sa montre. Il s'était écoulé plus de temps qu'elle ne l'avait réalisé et elle n'avait toujours rien appris concernant le meurtre d'Olaf Moritz.

Il est peut-être temps de retourner au Nachtmusik avant que...

Son téléphone se mit brusquement à vibrer. Un SMS de Bob.

« *Je sais ce qui se passe. Revenez au bateau.* »

London grommela de découragement. Bob était visiblement au courant de ce qu'elle faisait et cela ne lui plaisait pas.

Comme si j'avais besoin de ça, songea-t-elle en se relevant du banc. Elle rentra au bateau en portant son compagnon canin dans ses bras.

CHAPITRE VINGT-SIX

Au moment de traverser la barge pour regagner le *Nachtmusik*, London remarqua les lunettes de soleil de Bob Turner qui observait dehors depuis la grande porte vitrée en haut de la passerelle. Lorsqu'il l'aperçut, l'agent de sécurité posa les mains sur ses hanches. Il n'avait pas du tout l'air de plaisanter.

Je vais vraiment recevoir mon compte à présent, se dit-elle avec appréhension.

Elle se demanda si elle ne ferait pas mieux d'avouer franchement sa petite escapade à terre avant d'essayer de le convaincre de ne pas dire à Monsieur Lapham qu'elle avait recommencé à jouer à Alice Détective.

London posa Sir Reggie. Le petit chien remonta la passerelle en courant. Bob sourit et se baisser pour le caresser mais Sir Reggie fila tout droit comme s'il avait compris que mieux valait l'éviter pour le moment.

Bob parut froissé que le chien s'écarte ainsi de lui. Quand London arriva en haut de la passerelle, il fronça les sourcils vers elle.

« Venez au salon » lui dit-il d'un ton brusque. « Nous avons à parler. »

London le suivit dans le salon Amadeus. Ils s'assirent à une petite table à l'écart des autres passagers.

Elle n'aperçut rien d'autre que son propre reflet dans les verres de ses lunettes lorsqu'il se pencha vers elle en travers de la table. On voyait bien qu'elle venait tout juste de pleurer. Elle se demanda si Bob l'avait remarqué.

« Autant que vous le sachiez » dit-il, « j'ai un esprit vif comme l'éclair. Personne n'a le dessus sur moi. Et personne ne peut réussir à me duper – en tout cas pas pour longtemps. Mieux vaut que vous gardiez cela en tête. »

London étouffa un soupir consterné.

« Bob, je peux vous expliquer… » commença-t-elle.

Bob grommela avec incrédulité.

« Expliquer ! J'en doute fort, ma petite ! Oui, j'en doute vraiment beaucoup ! Pas à moins d'avoir un cerveau comme le mien !

162

London commença alors à se sentir davantage intriguée qu'alarmée.

Bob se tapota le front de l'index.

« Tout est dans les synapses, voyez-vous. Les miennes sont rapides, énergiques, de vrais supraconducteurs, entièrement reliées à l'ensemble de mon système sensoriel ou peu importe le nom de ce truc, une espèce de circuit à réaction ultra-rapide de premier ordre. Mon nez, mes yeux, mes doigts – aucun détail ne leur échappe. Ils observent tout, emmagasinent des tonnes d'informations et puis mon cerveau les analyse comme personne. »

Pointant son torse du doigt, il ajouta, « Donc prenez garde. N'essayez pas de la faire à un gars comme moi. Non Madame. Ce n'est jamais une bonne idée. »

« Bob, je n'essayais pas de duper... »

« Ne n'interrompez pas quand je suis sur ma lancée » continua-t-il, une note triomphante dans la voix. « Au cas où vous seriez lente à la détente, j'ai résolu l'affaire. »

London fut stupéfaite. Elle ne s'était certainement pas attendue à entendre ça.

« Quoi ? » demanda-t-elle, essayant de ne pas avoir l'air trop dubitatif.

« Vous m'avez bien entendu. J'ai résolu l'affaire. Vous pensiez que j'allais dire quoi ? »

London préféra ne pas lui dire. Apparemment, Bob ne s'intéressait guère à son escapade à terre.

Elle plissa les yeux vers lui avec incertitude.

« Euh... quelle affaire ? » demanda-t-elle.

« Que voulez-vous dire, quelle affaire ? » dit Bob en haussant les épaules.

« Eh bien, il existe en quelque sorte deux mystères » dit London. « Il y a le vol des poupées musiciennes puis le meurtre qui s'est déroulé à la Maison de Mozart. »

Bob rit de bon cœur.

« Mademoiselle, vous avez vraiment du mal à saisir, hein ? Tout est connecté. C'est toujours comme ça. Voilà une leçon que j'ai apprise il y a des années. Le truc, c'est de démêler tout cet enchevêtrement de liens. Vous comprenez ? »

Je suppose que non, songea London.

Il prit son téléphone et commença à lui montrer une série de photographies.

« J'ai été très occupé depuis qu'on s'est parlé » dit-il.

London constata que c'était effectivement le cas. De toute évidence, Bob n'avait pas poursuivi sa sieste sur le pont Rondo longtemps après son départ du bateau. Il s'était levé et s'était beaucoup activé. Ou en tout cas, il avait pris une grande quantité de photos – même si London ne comprenait en rien leur utilité.

L'une montrait un verre d'eau avec quelques glaçons dedans, une autre un trousseau de clés, une troisième un livre de poche ouvert sur une table, une quatrième la main de quelqu'un tenant une brochure de voyage. Une seconde pile semblait également n'avoir aucun rapport – en tout cas cela n'évoquait absolument rien à London.

Un bref instant, elle se demanda s'il n'était pas possible que Bob possède réellement certaines capacités extraordinaires. Quelque chose ne lui avait-il pas complètement échappé ?

L'air de plus en plus fier à chaque seconde, Bob continuait de parler.

« En tout juste une heure ou à peu près, j'ai accompli ce qu'une équipe d'enquêteurs chevronnés mettrait une semaine à faire. J'ai guetté certains passagers ayant participé à votre visite guidée, je les ai surpris en train de faire tout ce qui pouvait paraître un tant soit peu suspect. »

Il a photographié les passagers, comprit London avec inquiétude.

Certains seraient forcément mécontents d'apprendre qu'on les avait pris en photo à leur insu. En plus, elle n'avait vraiment rien décelé de suspect sur aucune de celles qu'elle avait vues. Elles lui paraissaient toutes ordinaires et dénuées de significations.

Elle s'apprêtait à lui suggérer qu'il ferait mieux de s'abstenir de faire ça mais il continuait de parler.

« Et je n'ai pas agi au hasard. Pas du tout. Tout est méthodique. J'ai gardé l'œil sur un passager en particulier. Je parie que vous ne parviendrez pas à deviner lequel. »

London se remémora son comportement pendant qu'il interrogeait le groupe dans la bibliothèque, la façon dont il s'était concentré sur une personne en particulier.

« Est-ce Letitia Hartzer ? » demanda-t-elle.

Bob en fut bouche bée d'étonnement.

« Bravo ! C'est bien ça ! Et laissez-moi vous expliquer pourquoi… »

Il se pencha vers elle en mettant ses coudes sur la table.

« Le jour de mon arrivée à bord, j'étais déjà à l'affût de possibles problèmes – de n'importe quelle nature. Je suis tombé par hasard sur Madame Hartzer dans le hall de réception. J'ai vu qu'elle regardait un presse-papiers en verre sur le comptoir. Elle l'a pris avec délicatesse pour l'examiner de très près. Elle a même ouvert son sac et s'apprêtait à l'y fourrer quand elle s'est aperçue que je l'observais. Alors elle l'a reposé sur le comptoir en essayant de prendre un air nonchalant. »

London pencha la tête avec étonnement.

« Vous voulez dire… qu'elle songeait à le voler ? »

« Vous pouvez le parier » dit Bob. « Il y a environ vingt minutes, je l'ai vue en train de manger un morceau dans le restaurant Habsbourg. Je me suis approché d'elle en douce et ni vu ni connu, j'ai pris cette photo. »

London la regarda plus attentivement et poussa un léger cri.

Pas de doute, Bob l'avait bien surprise en train de glisser une salière en argent dans son sac.

« Donc maintenant nous connaissons forcément l'identité de la personne qui a volé les poupées musiciennes » dit Bob.

London n'était pas sûre d'être d'accord. Elle espérait qu'il existait une autre explication.

« Je ne sais pas, Bob. Il se peut que vous vous trompiez, peut-être ne voulait-elle pas voler le presse-papier. Quant à la salière, il est possible qu'elle ait voulu avoir du sel dans sa cabine et qu'elle l'a juste empruntée ou… »

« Hum. Vous tirez des conclusions erronées à partir de toutes les données dont nous disposons. Vous ne raisonnez pas en véritable détective, ma petite. C'est pour ça que je suis là. On apporte toujours du sel et du poivre aux personnes qui se font apporter à manger dans leur cabine. Personne n'a besoin de chiper une salière au restaurant. »

London balbutia, « Quand même, peut-être qu'elle ne l'a pas vraiment volée. Peut-être qu'elle a seulement… »

London se tut en remarquant autre chose sur la photo – un stylo-plume dans un petit support décoré, posé sur la table devant Letitia. Plusieurs cartes postales s'étalaient aussi sur la table. Letitia s'était apparemment servi du stylo pour écrire ses cartes.

« Oh non » murmura London.

« Qu'y a-t-il ? »

London montra le stylo.

« Je l'ai vu un peu plus tôt aujourd'hui. En fait, je m'en suis moi-même servi pour écrire mon nom sur le livre d'or à la maison natale de Mozart. Tous les autres ont fait pareil. Ce stylo appartient au musée. Regardez, on peut même voir la chaînette qui le retenait au bureau. Apparemment, elle l'a coupée avec des ciseaux ou je ne sais quoi. »

« Bien, bien, bien » murmura doucement Bob. « C'est encore plus sérieux que je ne le pensais. »

London réprima un soupir.

« On dirait que Letitia est une sorte de kleptomane » dit London. « De ce que j'en ai vu jusqu'à présent, son cas n'a pas l'air trop grave. »

« Un meurtre n'a rien de 'trop grave' pour vous ? »

London fixa Bob un instant, abasourdie.

« Qu'est-ce que tout cela a à voir avec le meurtre ? »

Bob rit et pointa une nouvelle fois sa tête du doigt.

« C'est comme je viens de le dire, ma petite. Tout est connecté. Tout est toujours connecté. Il faut juste avoir le cerveau qu'il faut pour s'en apercevoir. »

Ridicule, faillit dire London à haute voix.

En plus elle commençait réellement à en avoir assez d'être appelée 'ma petite'.

C'est alors qu'une hypothèse commença faiblement à se faire jour dans son esprit.

Et si Olaf Moritz avait surpris Letitia à voler le stylo ou que l'ayant appris d'une façon ou d'une autre, il lui en avait parlé dans la Maison de Mozart quand tous les autres étaient absents, que les choses avaient dégénéré et…

L'esprit de London achoppa sur la suite.

Tout cela semblait plutôt absurde. Elle ne parvenait pas à faire s'enchaîner les événements de façon plausible.

Tout d'abord, aucun membre du groupe, y compris Letitia, n'était monté au balcon au cours de leur visite.

Et malgré tout…

Serait-elle revenue là-bas ?

London n'était sûre que d'une chose. Elle n'avait pas envie de partager ce fragment de théorie avec Bob. Elle se rappela ce qu'Elsie avait dit de lui un peu plus tôt.

« Je ne suis pas sûre qu'il ait les idées claires. Je crois que c'est peut-être un fauteur de troubles. »

Elle ne souhaitait pas donner à Bob de nouvelles idées. Il en avait déjà suffisamment.

« Et maintenant » ajouta Bob impatiemment, « il est temps pour moi de rassembler toutes les données une fois pour toute, de mettre la touche finale, si je puis dire. C'est l'heure du *coup de grâce*. »

« Que voulez-vous dire ? » demanda London avec appréhension.

« Vous voudriez bien le savoir, hein ? » rit Bob. « Asseyez-vous ici et attendez quelques minutes. Je reviens avec les articles. »

« Quels 'articles' ? » demanda London.

« Vous n'avez pas envie d'une surprise ? » dit Bob.

« Non » répondit London.

Bob fronça les sourcils devant elle.

« Vous les jeunes » grommela-t-il. « Tellement impatients, toujours à vouloir des réponses immédiatement. Je parie que vous n'avez jamais entendu parler de la gratification différée. Mais vous allez devoir patienter pour une fois. »

Il se leva pour partir.

« Attendez une minute » dit London précipitamment.

Il s'arrêta et se tourna vers elle mais London ne sut trop comment poursuivre. Monsieur Lapham ne lui avait pas dit si elle détenait une quelconque autorité sur Bob. Elle ne comprenait toujours pas très bien en quoi consistait son travail. Mais elle se dit qu'elle ferait mieux d'exercer un minimum d'autorité, peu importe qu'elle y soit ou non autorisée.

Elle croisa les bras et lui dit d'un ton ferme.

« Je pense que vous feriez mieux de me dire ce que vous comptez faire. »

Bob se redressa légèrement, manifestement surpris.

« Eh bien, si vous avez l'intention de le prendre comme ça » dit-il en regardant furtivement tout autour de lui comme pour s'assurer qu'il n'y avait aucune oreille indiscrète. « Je suppose que je peux vous le dire. Je vais m'introduire dans la cabine de Letitia Hartzer. »

« Vous allez quoi ? » dit London, abasourdie.

« Vous m'avez bien entendu. Je suis sûr d'y retrouver les poupées volées. Quant au meurtre, vous pouvez parier que j'y découvrirai aussi une 'arme encore fumante' – métaphoriquement parlant bien entendu, puisqu'elle ne l'a pas tué avec un pistolet. Ceci dit, elle a peut-être une vraie arme cachée là-bas. Si c'est le cas, on ferait mieux de la dénicher avant qu'elle ne tue quelqu'un d'autre. »

« Vous n'allez rien faire de tout ça » dit London.

« Pourquoi ? » dit Bob.

« Vous n'avez pas de clé, pour commencer. »

« Bien sûr que si. »

London écarquilla les yeux lorsqu'il lui fit voir un passe exactement comme le sien.

« Ça ouvre toutes les portes du bateau » dit-il.

« Où l'avez-vous eu ? »

« Par le capitaine. Ordre de Jeremy Lapham qui lui a dit que je pourrais en avoir besoin. J'ai carte blanche à bord. Je peux aller et venir comme bon me semble. »

London se sentit inquiète en imaginant Bob déambuler à sa guise.

C'est déjà suffisamment grave qu'il photographie tout le monde. »

« Vous n'irez dans la cabine de personne » dit-elle.

Bob éclata de rire.

« Qu'allez-vous faire pour m'en empêcher ? Appeler la sécurité ? »

London eut l'impression d'être entravée. Après tout, Monsieur Lapham avait dit que Bob était là pour tout ce qui touchait aux 'questions de sécurité'.

Mais je peux peut-être le dissuader quand même, se dit-elle.

« Comment savez-vous si Letitia n'est pas dans sa cabine en ce moment ? »

« Parce que je viens de la voir sur le pont Rondo, elle joue au bridge avec trois autres femmes, y compris votre réceptionniste – Amy Blassingame, elle s'appelle. Nous avons été présenté il y a un petit instant. »

London réprima un soupir agacé.

Donc Amy est en train de jouer au bridge.

Voilà qui ne s'apparentait certainement pas à du travail.

Bob fit un petit salut plein d'ironie à London.

« Et maintenant, avec ou sans votre permission… »

« Je viens avec vous » s'exclama London avant qu'il ne se tourne pour partir.

« Hein ? »

London elle-même eut du mal à croire à ce qu'elle venait de dire. Mais quel choix lui restait-il ? Si Bob allait fouiller la cabine de Letitia, elle se dit qu'elle ferait mieux d'aller contrôler. Elle ne voulait pas qu'il farfouille plus que nécessaire, encore moins qu'il sème la pagaille à l'intérieur au cours de ses recherches. En plus, ses doutes à l'égard de Letitia Hartzer ne faisaient que croître. Cette femme n'était clairement pas ce qu'elle paraissait être.

« Je vous accompagne » répéta-t-elle.

Le visage de Bob semblait dénué d'expression derrière ses lunettes. Il haussa les épaules.

« D'accord » dit-il. « Vous apprendrez peut-être quelque chose. Allons-y. »

London le suivit hors du salon, se demandant dans quoi quelle se fourrait.

CHAPITRE VINGT-SEPT

En descendant l'escalier en colimaçon, London vit Bob pianoter sur son téléphone.

« Que faites-vous ? » demanda-t-elle.

« Je vérifie que la voie est libre » dit Bob. « J'envoie un message à Amy Blassingame pour être sûr que Madame Hartzer demeure où elle est, qu'elle continue de jouer au bridge sur le pont supérieur. Je lui écris de nous prévenir tout de suite par SMS si elle s'en va, surtout si elle semble vouloir regagner sa cabine. »

Avec un sourire, il montra à nouveau sa tête du doigt.

London dut admettre que garder l'œil sur Letitia n'était pas une mauvaise idée même si elle se demanda ce que Amy allait penser du message de Bob. Avait-il mobilisé la réceptionniste afin qu'elle l'aide dans son enquête ?

Le téléphone de Bob ne tarda pas à vibrer.

« Amy dit que c'est bon » dit-il en regardant l'écran.

Cela semblait signifier qu'Amy était dans le coup. London ne savait trop si elle devait ou non en être soulagée.

Ils parvinrent à la porte de la cabine. Bob dégaina son passe et l'ouvrit.

London regarda tout le long de la coursive, avec la nette impression d'être une cambrioleuse.

Puis elle le suivit à l'intérieur et alluma le plafonnier.

Comme toutes les cabines du pont Romanze, elle faisait partie de la catégorie 'deluxe' –pas aussi spacieuse ou élégante que celles plus au-dessus, sur le pont Menuetto, mais plus grande que celle de London, qui était une 'classique' sur le pont Allegro un peu plus bas. Toutes les cabines 'deluxe' possédaient de larges fenêtres panoramiques et celle de Letitia offrait justement une jolie vue sur Salzbourg. Le mobilier blanc et le tapis turquoise donnaient à l'ensemble une touche d'opulence.

Les yeux de London tombèrent aussitôt sur le stylo-plume volé sur son support, posé sur la coiffeuse.

« J'ai trouvé quelque chose » dit-elle à Bob.

« Moi aussi » répondit-il.

London traversa la pièce pour rejoindre Bob qui avait ouvert le tiroir de la petite table à côté du lit. Sans surprise, il en sortit la salière volée. London remarqua ensuite qu'un coussin sur une chaise adjacente était légèrement déformé. Elle le souleva et découvrit une serviette en tissu avec le sigle brodé d'un restaurant où ils avaient mangé à Budapest.

Bob souleva un coussin sur une autre chaise et y trouva un petit livre contenant des reproductions d'œuvres d'art et sur lequel était clairement inscrit, 'APPARTIENT À LA BIBLIOTHÈQUE DU NACHTMUSIK'. London vit alors un étrange petit renflement dans l'un des deux chaussons à côté du lit. Elle le prit et y trouva un petit pichet à lait en porcelaine portant le sigle d'un café.

« Nom de Dieu » grommela Bob. « Cette cabine doit être bourrée d'objets volés. »

Selon toute apparence, pensa London.

Bob se dirigea vers une commode.

« On ferait mieux de fouiller la cabine de fond en comble » dit-il en ouvrant un tiroir.

London ressentit un frisson d'inquiétude.

L'une des raisons pour laquelle elle avait accompagné Bob était de s'assurer qu'il ne mette pas la cabine sens dessus dessous.

« Je ne crois pas que ce soit une bonne idée » dit-elle en s'efforçant de trouver la meilleure manière de gérer cette malencontreuse situation.

Elle entendit une voix familière faire écho à ses paroles.

« Je ne suis pas sûre non plus que c'en soit une. »

London se retourna et vit Amy Blassingame se tenir dans l'embrasure de la porte.

« Amy ! » s'exclama London.

La réceptionniste avait dû utiliser son propre passe pour entrer, si discrètement que ni Bob ni London ne l'avait remarquée.

Amy croisa les bras en fixant tour à tour Bob et London d'un regard noir.

« Nous pensions que vous jouiez au bridge » dit Bob.

« C'est ce que je faisais » lui dit Amy. « Mais vous avez mentionné London dans votre SMS et j'ai compris que vous deviez mijoter quelque chose tous les deux. Étant donné que vous me demandiez de garder un œil sur Letitia, ça a été assez simple de savoir où je pourrais vous trouver. Ce n'est pas la première fois que je surprends London à fouiner dans la cabine de quelqu'un d'autre. »

London réprima un petit cri de désespoir. C'est vrai, Amy l'avait surprise une fois au moment où elle fouillait la cabine d'un passager. Sauf qu'elle était en train de rechercher des indices concernant l'assassinat d'une femme. Elle résista à la tentation de rappeler les assez graves bévues qu'Amy avait commises au sujet de cette histoire.

« Amy, *s'il vous plaît*, retournez jouer en haut et gardez l'œil sur Letitia » dit-elle.

« Pourquoi devrais-je faire ça ? » dit Amy. « Pourquoi vous essayez toujours de me cacher ce qui se passe ? Et d'abord pourquoi fouillez-vous la cabine de Letitia tous les deux ? »

« En ce qui me concerne, je fais mon travail » grogna Bob. « Et celui-ci consiste à enquêter au sujet des activités criminelles qui se passent à bord du *Nachtmusik*. Par contre London est juste là comme ça. Ou pour l'enseignement qu'elle peut en tirer. »

London se sentit bouillir.

Pour l'enseignement qu'elle pouvait en tirer !

À présent elle regrettait bien de n'avoir trouvé aucun moyen pour empêcher toute cette opération clandestine.

Bob montra à Amy la salière en argent.

« Ça vous dit quelque chose ? » demanda-t-il.

Amy écarquilla les yeux.

« Ça vient du restaurant Habsbourg ? » dit-elle.

« Vous pouvez le dire » répondit Bob.

London montra les autres objets en disant, « Et elle a volé ce stylo dans la maison natale de Mozart. De même que cette serviette dans un restaurant à Budapest, ce pichet à lait dans un café je ne sais où. En réalité, cette dame est une voleuse d'envergure internationale. »

Amy paraissait tout simplement abasourdie.

« Mais… comment avez-vous eu l'idée de chercher ici ? »

« Ah ! » dit Bob en pointant à nouveau son front du doigt. « Un détective de choc comme moi ne se fait jamais berner. J'ai un cerveau de première catégorie qui tourne à plein régime grâce à mon réseau synaptique supraconducteur ultra-rapide. »

Amy se contenta de le fixer comme si elle n'avait aucune idée de quoi il pouvait bien parler.

London expliqua, « Il a pris une photo de Letitia en train de voler la salière. »

« Oh » fit Amy. « Vous croyez qu'elle a pris les poupées également ? »

Bob se recula un petit peu.

« Comment êtes-vous au courant pour les poupées ? » demanda-t-il.

« Je ne suis pas non plus facile à berner, Monsieur Turner » dit Amy avec un léger rire. « Je prête toujours l'oreille aux ragots. Tout le monde ne parle que de deux choses – l'homme assassiné et les poupées volées. »

Bob haussa les épaules.

« Et si vous me laissiez juste faire mon travail » dit-il. « Je résoudrai ces deux mystères avant que vous ne quittiez cette pièce. »

Amy fut sidérée.

« Voulez-vous dire que Letitia… ? » commença-t-elle.

Ce fut au tour de Bob de se mettre à rire.

« Un bon détective ne révèle jamais ce qu'il pense avant d'être parvenu à une conclusion irréfutable. Mais si vous souhaitez vous rendre utile, vous pouvez aider à retrouver les poupées – et peut-être aussi quelque chose de plus sinistre tant qu'on y est.

À la grande inquiétude de London, Amy semblait dorénavant bien décidée à participer. Hochant la tête, elle se retourna pour se diriger vers une penderie dont elle ouvrit la porte, commençant à fouiller parmi les chaussures sur leur présentoir.

« Dites, je crois vraiment que ce n'est pas une bonne idée » leur dit London. « Allons au moins parler à Letitia afin qu'elle nous donne sa version de l'histoire. »

« Sa version ? Ah ! » ricana Amy en inspectant les vêtements dans le placard. « Cette femme est une vrai kleptomane, aucun doute là-dessus. Et peut-être encore pire que ça, si Monsieur Turner a vu juste. »

London essaya de retrouver son calme en reprenant lentement et profondément sa respiration.

Voilà que j'ai deux fauteurs de troubles sur les bras à présent, se dit-elle.

Mais qu'allait-elle faire à ce sujet ?

Elle n'était sûre que d'une chose – que Letitia Hartzer était au minimum une voleuse.

Je devrais peut-être appeler la police, songea-t-elle.

Mais elle changea vite d'avis. Les crimes et délits se produisant à bord du *Nachtmusik* ne relevaient pas de la juridiction de la police de Salzbourg. Et tant que le *Polizeidirektor* Tanneberger soupçonnait l'ensemble des participants à la visite guidée – London y compris – du meurtre, lui apporter les objets volés ne ferait qu'aggraver la situation. Que le *Nachtmusik* subisse un nouveau retard était déjà suffisamment préjudiciable. Elle ne voulait pas semer le doute à bord si ces menues larcins étaient l'œuvre de Letitia.

Avant qu'elle ne parvienne à une décision, la porte de la cabine s'ouvrit à nouveau.

Se retournant pour faire face au nouvel arrivant, London se figea en se retrouvant devant Letitia en personne.

« Letitia, il faut qu'on parle » dit London.

Mais Letitia ne parut pas l'entendre. Le visage de la femme corpulente était devenu blanc comme un linge.

Avec un léger cri, elle s'effondra au sol tête la première.

CHAPITRE VINGT-HUIT

Letitia Hartzer étant une grosse femme, sa chute fut lourde et sonore.

Amy poussa un cri tandis que London se précipitait pour aller près de la femme potelée étendue par terre.

« Elle est morte ? » s'exclama Amy en se tordant les mains.

Un instant, London se posa elle-même la question. Mais quand elle s'agenouilla pour essayer de trouver le pouls de Letitia en posant un doigt sur son cou, la femme se mit à gémir et écarta sa main. London soupira de soulagement.

« Non, elle s'est juste évanouie apparemment » dit-elle.

Amy haussa les épaules, « Eh bien, je suppose que la partie de bridge a bel et bien pris fin. »

« Venez m'aider à la relever » dit London.

Ils durent s'y mettre à trois – London, Amy et Bob – pour redresser lentement Letitia et la mettre sur le lit, où elle resta étendue en murmurant, à moitié consciente.

« Je n'arrive pas à croire à ce qui arrive… Je n'arrive pas à croire à ce qui arrive… Je n'arrive pas à croire à ce qui arrive… »

J'ai moi-même un peu de mal à y croire, songea London.

Tout à coup, Letitia se redressa d'un bon et montra la salière du doigt.

« Ce n'est pas à moi ! » s'exclama-t-elle.

Elle montra ensuite le stylo, la serviette et le livre.

« Et ces choses-là ne m'appartiennent pas non plus ! » dit-elle.

« Pas possible » dit Amy. « Alors que font-elles dans votre cabine ? »

« Je… je n'en ai aucune idée » balbutia Letitia. « Quelqu'un a dû les y mettre. Quelqu'un qui doit… qui me veut du mal. »

D'un geste ostentatoire, Bob sortit son téléphone avec la photo de Letitia en train de voler la salière.

« Peut-être que *ceci* vous rafraîchira la mémoire » lui dit-il.

À la vue de la photo, Letitia poussa un gémissement angoissé et ne dit plus rien, elle sembla tourner de l'œil et s'effondra à nouveau sur le lit. London suspecta ce second évanouissement d'être en partie de la comédie.

« Je n'arrive pas à croire ce qui arrive » murmura-t-elle à nouveau.

Entre temps, un petit groupe de gens s'étaient rassemblés dans la coursive et regardaient avec curiosité vers la cabine.

Super, se dit London. *Tout le monde à bord a dû entendre Amy crier.*

Bob s'avança à la porte et fit signe aux badauds de s'en aller avec un grognement.

« Il n'y a rien à voir. Juste une enquête de routine. »

Il referma ensuite la porte et retourna vers ses deux acolytes toujours penchées au-dessus du lit.

London tira une chaise et s'assit près de la femme. Elle parla d'une voix aussi douce et rassurante que possible.

« Letitia, inutile de nous mentir » dit-elle. « Nous savons ce que vous avez fait. »

« Vous n'allez pas appeler la police ? » demanda Letitia.

« Hé » grogna Bob. « Moi je dis que je vais vous mettre en cellule. »

« Nous n'avons pas de cellule » lui dit Amy.

« Pas de cellule ? » s'écria Bob. « Mais sur quel genre de bateau sommes-nous ? Que sommes-nous censés faire en cas de mutinerie ? »

De mutinerie ? s'interrogea London.

Elle se dit aussitôt, *Mieux vaut ne pas demander.*

En réponse à la question de Letitia, elle répondit, « Non, nous n'appellerons pas la police. Mais nous devons néanmoins régler cette histoire. Et cela faciliterait les choses si vous nous expliquiez de quoi il retourne. »

Letitia se redressa lentement et soupira.

« Qu'y a-t-il à expliquer ? » dit-elle. « J'aime bien les souvenirs. »

Amy s'esclaffa. « N'avez-vous pas les moyens d'en acheter comme tout le monde ? »

« Bien entendu » dit Letitia. « Mais ils n'ont pas l'air aussi… eh bien, uniques de cette façon. En tant que souvenirs, j'entends. Mais comme ça, ils me rappellent plus de choses. »

London, Amy et Bob se regardèrent les uns les autres avec perplexité.

« Donc vous agissez ainsi chaque fois que vous voyagez ? » demanda Amy.

Letitia acquiesça.

London sentit la tête lui tourner. Letitia semblait être une grande voyageuse. Combien d'objets volés devait-elle avoir chez elle ? London se demanda si son magot éclipsait la collection légitimement acquise dans la cabine de Kirby Oswinkle.

« Combien d'autres objets volés avez-vous ici ? » demanda Bob d'un ton brusque.

Letitia regarda rapidement autour d'elle.

« Vous avez tout trouvé, je crois. »

« Vous *croyez* ? » dit Amy avec incrédulité.

Bob pointa de nouveau son front.

« Impossible de me berner, ma petite dame » dit-il. « Pas avec toutes mes supers synapses qui fonctionnent à la vitesse de l'éclair comme en ce moment. Vous détenez deux objets volés supplémentaires, nous le savons parfaitement vous et moi. »

« Je ne vois pas de quoi vous parlez » dit Letitia.

« Je parle du chef d'orchestre et du joueur de batterie » dit Bob en pointant son doigt vers elle.

Letitia resta bouche bée.

« Vous croyez que c'est moi qui *les* ai prises ? » demanda-t-elle.

« Que sommes-nous censés penser d'autre ? » dit Amy.

Bob marchait à présent de long en large, il parla d'une voix de plus en plus triomphante.

« Oh, vous avez fait preuve d'intelligence, ma petite dame. Je dois vous reconnaître ça. Vous avez prétendu qu'on vous avait volé votre petit trompettiste. Et s'il n'avait pas été retrouvé, vous auriez pu vous en tirer en emportant le tout. Mais Sir Reggie, ce chien incomparable, a contrecarré vos petites manigances, n'est-ce pas ? Il a trouvé le trompettiste là où vous l'aviez caché – sous la table où étaient exposés les autres musiciens.

Letitia écarquilla les yeux, l'air de ne pas y croire.

« Tout cela n'a aucun sens ! » protesta-t-elle.

Non, vraiment pas, se dit London.

Penser que Letitia ait volé son propre trompettiste pour détourner les soupçons semblait déjà assez improbable. Mais si elle l'avait effectivement dérobé, elle aurait sûrement trouvé une meilleure cachette que sous la table, là où quelqu'un était sûr de le retrouver. London était tout à fait certaine qu'on l'avait bousculé par mégarde et qu'il avait alors glissé sous la table.

177

Mais Bob semblait parfaitement sûr de ses conclusions.

« Allez-vous cracher le morceau et rendre les poupées volées, oui non ? » gronda-t-il.

« Je ne peux rien rendre de ce que je n'ai pas » dit Letitia.

« Alors vous ne nous laissez pas le choix, Madame » dit Bob. « Nous devons fouiller votre cabine. Nous mettrons tout sens dessus dessous si besoin est. »

London comprit qu'elle devait intervenir pour éviter à la situation de dégénérer.

« Vous n'allez rien faire de tout ça, Bob » dit-elle d'un ton autoritaire qui la surprit elle-même. « Nous trouverons une meilleure manière de régler cette histoire. »

Bob la regarda avec étonnement sans rien dire.

Entre temps, Letitia paraissait recouvrer son sang-froid.

« Penser seulement que j'aie pu voler les musiciens ! » dit-elle avec irritation. « Pour qui me prenez-vous d'abord ? »

« Pour une voleuse, pour commencer » dit Amy.

« Le terme est très mal choisi » dit Letitia. « En tout cas, je ne prendrais jamais les affaires personnelles de quelqu'un. Je ne prends que les choses qui… eh bien, qui ne sont la propriété de personne en particulier. »

« Ce qui vient d'un musée, par exemple ? » interrogea Amy.

« Ou d'un café ? » ajouta London.

« C'est ça » dit Letitia. « D'institutions. De magasins. »

Le groupe resta silencieux un instant.

Bob finit par reprendre la parole d'un ton presque admiratif.

« Une voleuse dotée d'un code d'honneur. Je dois avouer que c'est là une chose que je respecte. »

« Merci, Monsieur » dit Letitia. « Même si j'apprécierais que vous cessiez tous d'user d'un vocabulaire aussi odieux – voleuse, dérober, et ainsi de suite. »

Nouveau silence. Personne, London y compris, ne semblait plus savoir quoi dire.

Bob retrouva alors ses esprits et dit.

« D'accord, ma petite dame. Je vous crois sur parole – en ce qui concerne les poupées volées, je veux dire. »

Il la pointa encore du doigt.

« Mais il nous reste toujours à résoudre le meurtre. Qu'avez-vous à dire là-dessus ? »

Letitia ouvrit grand la bouche d'étonnement.

« Mais rien du tout, évidemment » dit-elle.

« Ah ! » s'exclama Bob. « J'en suis pas si sûr ! Mais je découvrirai la vérité. Vous pouvez y compter. »

London s'aperçut alors que Bob semblait plutôt fatigué.

Il a peut-être besoin d'une autre sieste, se dit-elle.

L'agent de sécurité se dirigea vers la porte mais London se leva de sa chaise et le prit par le bras.

Elle lui murmura, « Bob, ne parlez de tout ceci à personne, compris ? »

Bob tourna vers elle ses lunettes de soleil.

« Ça va de soi » murmura-t-il. « Me croyez-vous stupide ? Cela ne ferait que troubler mon enquête. »

Il se retourna et sortit de la pièce en fermant la porte derrière lui.

Letitia regarda tour à tour London et Amy.

« Cet affreux bonhomme me soupçonne-t-il d'avoir tué ? » demanda-t-elle.

« Il semblerait » dit Amy.

« Mais pourquoi ? »

Amy haussa les épaules comme si elle n'en savait absolument rien.

Quant à London, elle avait une petite idée de ce que Bob pouvait bien avoir en tête. Elle-même avait envisagé brièvement que leur guide avait peut-être surpris Letitia en train de voler le stylo et qu'une altercation fatale s'en était ensuivie. Mais à présent qu'elle était assise dans la même pièce que cette femme éplorée, cette hypothèse lui paraissait complètement absurde.

« Que comptez-vous faire maintenant ? » demanda Letitia d'un ton pathétique.

« Je ne sais pas encore » dit London. « Que devrions- nous faire, selon vous ? »

Un silence tomba entre elles trois.

London finit par dire, « Letitia, j'aimerais mettre tout ceci derrière nous. Mais je dois être certaine d'une chose. Êtes-vous capable d'arrêter de voler des objets ? Même les plus insignifiants comme ceux-là ? »

« Oh oui, je le jure » dit Letitia, presque au bord des larmes.

Une sacrée promesse qu'elle fait là, songea London.

Elle devait néanmoins lui faire confiance, du moins pour le moment.

London regarda Amy et lui dit, « Sommes-nous d'accord pour garder ce malheureux incident entre nous ? »

London sentit qu'Amy avait du mal à parvenir à une décision.

Cette fille adore les commérages, se dit-elle.

Amy finit par acquiescer et dit, « Je suppose que oui. »

Amy commença alors à rassembler les objets volés au centre de la table.

« Nous allons être obligées de les ramener à leur place » dit-elle. « Letitia, vous devez me dire où vous les avez pris. »

London se saisit du petit livre volé – une collection de photographies des statues de Györ.

« Je rapporte celui-ci à la bibliothèque » dit-elle.

Letitia se redressa dans son lit, poussant un léger cri.

« Oh… j'ai oublié une chose » dit-elle.

Elle ouvrit un tiroir, fouilla parmi des vêtements et en sortit un presse-papiers en verre qu'elle tendit à Amy. London comprit que c'était justement celui que Bob l'avait quasiment surprise à voler le jour de son arrivée. Elle était manifestement retournée là-bas pour s'en emparer quand plus personne ne regardait.

« C'était sur le comptoir à l'accueil » dit Letitia en le donnant à Amy.

« Très bien. À présent, dites-moi d'où viennent les autres objets – et comment nous pouvons les y remettre » dit Amy.

Letitia, toute honteuse, commença à détailler l'emplacement des objets volés à Amy tandis que London quittait la pièce en emportant le livre. Sans surprise, plusieurs personnes étaient encore attroupées dans la coursive, inquiets au sujet du cri qu'ils avaient entendu un peu plus tôt, et évidemment curieux d'avoir vu Bob quitter soudainement la cabine.

« Que s'est-il passé là-dedans ? » demanda une femme au moment où London refermait la porte derrière elle. « L'agent de sécurité n'a rien voulu nous dire. »

Un instant, London ne sut absolument pas quoi répondre. Bob était apparemment parvenu à passer sans faire de commentaires. Mais London devait veiller à la satisfaction des passagers.

« Euh, rien » finit-elle par dire.

« Rien ! » s'exclama un homme. « On ne dirait pas. »

« J'ai entendu un cri » dit une autre femme.

« On aurait dit Amy Blassingame, la réceptionniste » ajouta un homme.

« *C'était* bel et bien Amy » dit la première femme. « Je l'ai vue entrer il y a quelques minutes. Et je ne crois pas qu'elle soit ressortie. Elle doit toujours être à l'intérieur. »

« Que lui est-il donc arrivé ? » demanda le premier homme.

« Elle va bien ? » demanda la deuxième femme.

« Amy va bien » dit London, soulagée de pouvoir dire une chose de vraie. « Elle a juste eu une petite frayeur, rien de plus. »

« Qu'est-ce qui lui a fait peur ? » demanda un passager.

« Un cafard ? » suggéra une autre personne.

« Ou une souris ? » dit l'un.

« Ça doit être ça ! » s'écria la première femme. « Les souris, voilà la seule chose qui pourrait *me* faire hurler de cette façon ! Il doit y avoir des souris à bord ! »

London dut parler plus fort pour se faire entendre des passagers de plus en plus alarmés.

« Il n'y a pas de souris sur le *Nachtmusik* » dit-elle. « Ni de cafards d'ailleurs. L'équipage prend grand soin de les tenir éloignés. Et Amy va bien. Juste un léger malentendu, c'est tout. Je vous en prie, il est inutile de vous inquiéter. »

Les passagers se contentèrent de la dévisager, visiblement toujours insatisfaits.

London se détourna pour se rendre à la bibliothèque du *Nachtmusik* et y replacer le livre volé. Elle sentit qu'on la suivait des yeux avec soupçon tandis qu'elle s'éloignait. Mais étant donné qu'elle venait tout juste de demander à Bob et Amy de garder le secret au sujet des larcins de Letitia, elle n'avait pas le droit de révéler ce qui s'était passé dans la cabine.

Ces regards scrutateurs la déstabilisèrent néanmoins.

Ils ne me font pas confiance, réalisa-t-elle.

Comment pourrait-elle faire son travail si les passagers ne croyaient pas à ce qu'elle disait ?

Et pour ne rien arranger…

Le Polizeidirektor Tanneberger ne m'a toujours pas éliminée de sa liste des suspects.

181

CHAPITRE VINGT-NEUF

Sans doute était-ce faire preuve de cachotterie mais London espérait à moitié ne pas trouver Emil dans la bibliothèque. Le petit livre de reproductions d'œuvres d'art portait clairement l'inscription 'APPARTIENT À LA BIBLIOTHÈQUE DU NACHTMUSIK', et London n'avait nulle envie d'expliquer à Emil pourquoi elle l'avait en sa possession. Elle n'était pas prête à répandre la nouvelle que Letitia Hartzer avait volé le livre en plus d'une poignée d'autres choses.

Parvenue sur le pont Menuetto, elle se rendit directement à la bibliothèque et fut surprise d'y trouver porte close. La bibliothèque était habituellement en libre accès sauf quand Emil donnait une conférence mais elle savait que rien de ce genre n'était prévu à cette heure.

Elle entendit alors de la musique à l'intérieur. Emil devait être là.

Elle frappa à la porte. Pas de réponse. Elle frappa à nouveau et l'appela par son nom.

Elle entendit la voix d'Emil répondre, « Entrez. »

London ouvrit la porte et pénétra à l'intérieur. Emil était là, adossé sur une chaise pivotante. Il avait rassemblé l'extrémité de ses dix doigts et avait les yeux fermés. Il paraissait immergé dans la musique – au point de sembler indifférent à la présence de London.

Celle-ci reconnut aussitôt la musique. Une soprano d'opéra chantait l'aria de la Reine de la Nuit de *La Flûte Enchantée* de Mozart – celle-là même que Letitia n'avait pas réussi à chanter pendant qu'Olaf Moritz l'accompagnait sur le clavicorde ancien dans la maison natale du compositeur.

« Emil… » commença London.

Il lui fit signe de se taire d'un geste de la main. Gardant les yeux fermés, il hocha la tête de plaisir tandis que la voix de la soprano s'élevait de plus en plus aigüe.

Comme de toute évidence, il n'avait nulle envie de sa compagnie, London pensa brièvement qu'elle allait juste remettre le livre sur la table et s'en aller.

« Ces arpèges, de véritables échelles célestes » murmura-t-il. « Cette chanteuse les gravit avec une telle aisance, une telle intrépidité !

La manière dont elle atteint ce rare et complexe Fa aigu encore et encore, comme si c'était aussi simple que respirer ! »

London s'assit sur une chaise à côté et écouta, se mettant à son tour à apprécier l'aria. Lorsque celle-ci s'acheva, Emil rouvrit les yeux et éteignit l'appareil, toujours sans regarder London. Il parla doucement, comme s'il s'adressait à lui-même.

« J'ai écouté cette aria à de multiples reprises depuis hier – *'Der Hölle Rache kocht in meinem Herzen.'*

La vengeance de l'Enfer brûle dans mon cœur, se dit London, traduisant le titre dans sa tête.

« J'ai ressenti le besoin de l'écouter plusieurs fois, » dit Emil, « juste pour me sortir l'horrible voix de cette femme de la tête. Pour dire la vérité, j'ai été soulagée qu'elle ne parvienne pas à aller au bout. Le supplice d'entendre une musique aussi magnifique être profanée nous a été épargné. »

London fut quelque peu surprise par la manière calme et intense avec laquelle Emil proféra ces paroles. Elle ne s'était pas rendue compte de son animosité lorsque Letitia avait échoué à chanter cette aria.

« Elle a dit qu'elle était capable de l'interpréter à l'université » fit remarquer London.

« Plus probablement, elle était capable d'en faire une parodie » dit Emil en ricanant. « On est née pour jouer ce rôle ou on ne l'est pas. Une chanteuse a ça dans le sang ou bien elle ne l'a pas. Cette femme est trop… *ordinaire* pour seulement essayer. »

Ce n'était pas la première fois au cours de ces derniers jours que London était choquée par son ton snob et accusateur. Elle se souvint de la façon dont il s'en était pris à Bob un peu plus tôt aujourd'hui.

« Vous n'avez rien contre moi, espèce de sale fouineur. »

Mais là au moins, il avait eu une raison d'être fâché contre Bob qui s'était comporté avec lui comme s'il le soupçonnait du meurtre. Son hostilité envers des personnes comme Letitia était d'une nature différente – comme s'il se jugeait supérieur à tous ceux autour de lui.

Se rappelant pourquoi elle était venue ici, London posa le petit livre sur les statues de Györ sur la table devant lui.

« Je ramène ça » dit-elle, espérant ne pas avoir à donner plus d'explications.

Il fronça les sourcils devant le livre puis vers elle.

« J'ai remarqué hier qu'il avait disparu. L'aviez-vous… emprunté ? »

London déglutit légèrement.

« Pas tout à fait » dit-elle.

« Où était-il alors ? » demanda Emil.

London hésita.

« Un passager… l'avait emprunté » dit-elle.

Elle débita ce mensonge avant même de s'en être aperçue. Il était clair que Letitia avait eu l'intention de conserver le livre en souvenir.

Mais qu'étais-je censée répondre ? se demanda-t-elle.

Un léger sourire se dessina sur les lèvres d'Emil.

« *Emprunté*, hein ? » dit-il. « Sur un bateau où de petites poupées musiciennes disparaissent mystérieusement ? Je me permets d'avoir quelques doutes. »

London sentit sa propre colère monter.

« Je ne vous dois aucune explication » lui dit-elle. « Mais peut-être que vous *m'en* devez une. »

« Comment cela ? » dit Emil en inclinant la tête.

« La façon dont vous vous comportez ces derniers temps – vous… »

« Je quoi ? Je ne suis pas comme d'habitude ? Et comment pouvez-vous savoir ça ? Cela ne fait pas longtemps que nous nous connaissons, après tout. »

London le regarda, incapable de parler pendant un instant.

« Je ne vous connais peut-être pas très bien, » dit-elle lentement, « mais je sais qu'il y a plusieurs choses que j'apprécie chez vous. Votre intelligence aigüe, vos connaissances sur tant de sujets, la façon généreuse dont vous partagez votre savoir avec les autres. J'aime votre professionnalise et… eh bien, vos manières, votre allure sophistiquée, votre élégance. Votre manière de danser. J'aime la façon dont vous avez contribué à résoudre le meurtre de Mme Klimowski. Et la plupart du temps, j'apprécie votre manière de vous comporter avec les gens. »

« Mais pas toujours ? » dit Emil.

London eut l'impression qu'elle en avait trop dit.

Sans compter qu'elle se sentait dangereusement prête à avouer qu'elle était un peu amoureuse de lui.

« Je ferais mieux d'y aller » dit-elle en faisant mine de se lever de sa chaise.

« Non, pas encore » dit Emil. « Il faut que nous… 'mettions les choses au clair'. Je crois que c'est ainsi que vous dite en anglais. Nous allons travailler ensemble pendant le reste du voyage. Si vous estimez que j'ai plusieurs défauts de caractère, c'est le moment de me le dire. »

Des défauts de caractère ?

London jugea l'utilisation de ces termes un peu bizarre et austère. Elle faillit se tourner et partir sans ajouter un mot. Mais elle devait admettre qu'Emil avait raison. Le moment était venu pour elle de faire preuve de franchise.

« Vous prenez les choses trop personnellement » dit-elle. « Pourquoi cela vous préoccupe-t-il tant que la pauvre Letitia réussisse ou non à chanter cette aria de Mozart ? Pourquoi devez-vous encore ruminer à ce sujet plus d'un jour après ? »

« Je pense m'en être expliqué tout à l'heure. Je déteste lorsqu'on dégrade des œuvres de génie. »

« Non, il ne s'agit pas uniquement de ça. »

La bouche d'Emil esquissa un mince sourire.

« Par vanité, peut-être ? » dit-il.

London inspira profondément avant de se lancer.

« Oui, vanité est le mot approprié. Quand nous étions à Vienne, je vous ai vu bouillir de colère quand Cyrus Bannister a expliqué la vérité au sujet du prétendu assassinat de Mozart par Salieri. Vous avez eu l'impression d'être relégué au second plan. Vous n'aimez pas partager la vedette. »

Emil semblait presque goûter ce qu'il entendait.

« Continuez » dit-il.

« Vous vous êtes également fâché contre Olaf et Cyrus quand ils vous ont contredit au sujet de savoir si Mozart avait composé ou non l'hymne national autrichien… »

« J'ai fait quelques recherches depuis » dit Emil. « Il semblerait que ce point puisse donner matière à un débat universitaire. Mais il est hautement possible – peut-être même probable – que j'aie raison. »

« Là n'est pas la question » dit London.

« Alors de quoi s'agit-il ? »

London s'aperçut qu'Emil paraissait sincèrement dérouté.

Mais qu'est-ce que j'essaie de dire exactement ?

Elle réfléchit, fouillant dans ses souvenirs récents.

« J'ai été surprise que vous soyez pris d'une telle colère quand vous avez appris qu'une autre personne mènerait la visite guidée aujourd'hui » dit-elle.

« Vous voulez parlez d'Olaf Moritz » dit Emil.

« C'est ça. Et même après l'avoir rencontré et que la visite a commencé, vous avez continué à lui en vouloir. Comme si toute cette situation était de sa faute, comme si c'est lui qui avait eu l'idée de mener la visite à votre place. Votre rancune à son égard était… »

« Palpable ? » dit Emil.

« Oui. Même après sa mort, vous avez apparemment continué à penser du mal de lui. »

Emil laissa échapper un petit rire sarcastique.

« Je ne peux pas dire avoir jamais partagé cette idée selon laquelle les morts méritent une considération particulière, une immunité face aux critiques. Comment la mort pourrait-elle modifier qui ils étaient et la façon dont nous devrions penser à eux ? Voilà qui m'échappe complètement. »

Il se pencha à l'avant de sa chaise, ses yeux sombres intensément fixés sur elle.

« Venons en au fait et abordons ce qui vous préoccupe réellement. Vous vous demandez si j'ai tué Olaf Moritz. »

London réprima un léger cri.

« Je n'ai pas dit ça » dit-elle.

« Mais démentez-vous que c'est ce que vous pensez ? Pourquoi ne le penseriez-vous pas ? Je sais que des soupçons similaires vous ont traversé l'esprit quand Mme Klimowski a été assassinée. Et concernant Olaf Moritz, vous ne seriez pas la seule à vous méfier de moi. Ce *Polizeidirektor* m'a à l'œil du moins. De même que notre crétin d'agent de sécurité, Bob Turner. Dites-moi si je me trompe. »

London resta sans voix.

Elle avait envie de dire à Emil qu'elle ne nourrissait aucun soupçon de cette sorte.

Mais est-ce que ce serait la vérité ? se demanda-t-elle.

Emil fronça les sourcils devant elle d'un air sombre.

« Je connais donc la vérité à présent. Vous pensez que je suis… ou que je pourrais être… un meurtrier. »

« Emil… »

« Je pense que notre petite conversation ferait mieux de s'arrêter là. Si vous voulez bien me laisser tranquille. »

186

Emil appuya sur un bouton de son lecteur de musique et l'aria recommença à jouer. Il se rassit en rassemblant ses dix doigts, les yeux fermés.

London sentit un frisson la parcourir.

Sa tête débordait d'incertitudes mais une chose ne faisait aucun doute pour elle.

Emil a raison.

Nous n'avons plus rien à nous dire.

Elle sortit de la bibliothèque en refermant la porte derrière elle. Elle s'appuya contre la porte un instant, se sentant un peu prise de vertiges, le souffle court à cause de l'anxiété. Que devait-elle penser du comportement d'Emil ? Était-il envisageable que… ?

Non, tout simplement impossible, décida-t-elle.

Emil n'était pas un meurtrier. Elle ne pouvait pas croire ça de lui. C'était uniquement un homme compliqué qui laissait sa froideur et sa vanité prendre le pas sur son charme. Elle se sentait plus que disposée à l'oublier et apprécia donc de pouvoir se plonger dans son travail.

Elle s'activa ici et là, s'assurant du bon déroulement des activités du soir – un cours d'improvisation théâtrale, la réunion d'un groupe d'écriture créative, une autre représentation de la chorale ainsi qu'un jeu de charades. Puis elle regagna sa cabine pour la nuit.

Elle y trouva Sir Reggie qui l'attendait.

« Ça fait un petit moment que je ne t'ai pas vu, mon vieux » dit-elle en lui donnant à manger et à boire. « J'espère que ta journée s'est mieux passée que la mienne. »

Pendant que Sir Reggie se mettait à dévorer avec appétit, London remarqua, « Maintenant que j'y pense, je n'ai moi-même rien pris depuis le petit déjeuner. Je pense que je vais commander un sandwich. Ça te dirait que je demande quelques unes des friandises pour chiens de Bryce par la même occasion ? »

Sir Reggie émit un joyeux aboiement. London passa la commande par SMS aux cuisines. Elle alla ensuite à la salle de bain pour prendre une longue douche bien chaude.

Son plat l'attendait quand elle ressortit. Même si le sandwich était excellent, London se sentit trop fatiguée pour l'apprécier vraiment. Sir Reggie, lui, parut adorer ses friandises.

Elle finit par aller se coucher. Sir Reggie se faufila à côté d'elle et poussa un petit couinement interrogateur.

« Tu veux savoir comment s'est passé le reste de ma journée ? » dit London.

Sir Reggie aboya pour acquiescer.

« D'accord, je vais te raconter... »

Comme d'habitude, Sir Reggie se révéla un interlocuteur attentif. Et puis ça faisait du bien d'essayer de tirer les choses au clair avec lui. Cela l'aidait à mettre de l'ordre dans ses pensées mais la ramenait également aux mystères toujours en cours - les poupées musiciennes disparues, le meurtre non élucidé et...

Où Maman se trouve-t-elle donc ?

CHAPITRE TRENTE

Le lendemain matin, London était levée et avait un peu de mal à se préparer pour la nouvelle journée qui s'annonçait quand son portable sonna. Elle chassa de son esprit les dernières bribes de rêves dont elle ne parvenait guère à se rappeler et tâtonna à sa recherche.

Elle entendit ensuite la voix du Capitaine Hays qui semblait légèrement confuse.

« Euh, London, je me demandais si vous pouviez venir immédiatement dans mon bureau. »

London consulta sa montre. Comme d'habitude, elle s'était levée très tôt et était quelque peu surprise que le capitaine la convoque à cette heure.

« Bien sûr, Capitaine Hays » dit-elle. « Puis-je vous demander pourquoi ? »

Le capitaine ne dit rien pendant un instant. À l'autre bout du fil, London entendit une voix familière parler assez bruyamment, visiblement à une troisième personne.

Bob Turner. Que faisait-il à cette heure dans le bureau du capitaine ?

Celui-ci expliqua. « Eh bien, le *Polizeidirektor* Tanneberger est arrivé aux aurores pour discuter du meurtre. Bob Turner nous a mis au courant des progrès de sa propre, euh, enquête.

Enquête ? se dit London.

Elle éprouvait quelques difficultés à considérer les agissements de Bob comme le fruit d'une véritable enquête. Et d'après le ton du capitaine, elle se douta qu'il ressentait la même chose. London n'imaginait qu'à grand peine ce que Bob avait bien pu raconter ni ce que le *Polizeidirektor* en avait tiré comme conclusion.

Le Capitaine Hays poursuivit, « Le *Polizeidirektor* Tanneberger dit qu'il souhaite également vous voir. »

« J'arrive tout de suite » dit London. Elle pensa qu'elle ferait mieux de se rendre là-bas avant que Bob Turner n'épuise la patience de Tanneberger ou pire encore, que l'enquête pour meurtre ne prenne une direction peu souhaitable à cause de lui.

Totalement éveillée à présent, elle enfila un uniforme propre et alla jeter un dernier coup d'œil à son reflet dans le miroir de la salle de bain. Avec un soupir, elle humidifia un peigne et essaya de discipliner ses cheveux auburn ébouriffés.

« Ça fera l'affaire » dit-elle à Sir Reggie. « Allons-y. »

London se hâta de descendre la coursive, passant devant l'ascenseur et l'escalier pour se rendre au bureau du capitaine, le petit terrier trottinant à ses côtés. La porte était ouverte et quand elle entra avec Sir Reggie, London trouva le Capitaine Hays assis à son bureau, l'air assez perplexe.

Arborant un air similaire, le *Polizeidirektor* Tanneberger était assis sur une chaise adjacente. Bob marchait de long en large devant lui, ses lunettes de soleil sur le nez, parlant et gesticulant avec animation. Il semblait clore ce qu'il était en train de dire.

La conversation se déroulait bien entendu en anglais. L'agent de sécurité n'était visiblement pas capable de converser dans une autre langue.

« Donc comme vous pouvez le voir, j'ai démêlé entièrement l'affaire. Il ne vous reste plus qu'à procéder à une arrestation. »

Tout le monde resta muet un instant. London s'assit et Sir Reggie grimpa sur ses genoux.

Tanneberger caressa sa moustache blanche puis finit par dire.

« Donc vous affirmez que cette femme, Letitia… »

« Letitia Hartzer » dit Bob.

« C'est ça, Letitia Hartzer – vous dites donc qu'elle avait un mobile pour tuer Olaf Moritz… »

« J'affirme même qu'elle *l'a* tué » répondit Bob, tout excité. « Ça ne fait aucun doute dans mon esprit. »

London frémit de le voir aussi sûr de lui.

Tanneberger doit penser qu'il a perdu la tête, songea-t-elle.

Le *Polizeidirektor* se pencha légèrement d'un côté.

« Et selon vous, c'est parce que… Herr Moritz l'a surprise à voler un stylo dans la maison natale de Mozart. »

« Exactement. Elle a craint qu'il n'appelle la police. Sans compter qu'il y a aussi la question des poupées musiciennes… »

Tanneberger l'interrompit d'un geste de la main. De toute évidence, Bob lui en avait déjà parlé et il n'avait pas du tout d'entendre ce sujet à nouveau.

« Vous avez déjà évoqué cela » dit Tanneberger. « Mais pour dire la vérité… j'ai un peu de mal à percevoir le rapport entre les poupées et… eh bien, tout le reste, en fait. »

Bob rit avec assurance.

« Je ne dis pas qu'il ne reste pas encore certains détails à mettre au clair. Mais tout est connecté. C'est toujours le cas. En tant que policier expérimenté, je suis sûr que vous savez cela aussi bien que moi. »

À en juger par son expression, London sentit que Tanneberger ne 'savait' rien de tout cela. Mais il paraissait trop poli pour le dire.

London éprouva le besoin de prendre part à la conversation.

« *Polizeidirektor* Tanneberger, » dit-elle, « je suis désolée du vol de ce stylo. Nous avons réglé cet incident avec notre passagère et l'objet sera rapporté très bientôt à la maison de Mozart, si ça n'a pas déjà été fait. »

Tanneberger acquiesça. Il paraissait soulagé qu'au moins une partie de l'histoire de Bob Turner ait été résolue.

Il dit ensuite à Bob, « Herr Turner, votre hypothèse est… intéressante. Mais comme vous dites, il reste quelques… détails à éclaircir et je ne peux pas affirmer que je suis prêt à arrêter la femme dont vous m'avez parlé. Vous pourriez peut-être continuer à chercher des indices. »

London était pratiquement persuadée que Tanneberger ne croyait pas une seule seconde à la culpabilité de Letitia Hartzer. Mais si Bob Turner restait occupé à jouer au détective sur le *Nachtmusik*, le *Polizeidirektor* devait sans doute penser que cela le tiendrait au moins éloigné de sa propre enquête. Bien entendu, Bob continuerait de semer le trouble à bord, ce qui n'arrangerait en rien la situation pour London.

« Vous pouvez compter sur moi, Monsieur » acquiesça Bob avec enthousiasme.

Tanneberger tourna alors son attention vers London.

« Fräulein Rose, hier vous m'avez dit que vous vous trouviez dans un café près de la Maison de Mozart à peu près au moment où Herr Moritz a été tué. Je crois que vous avez également mentionné l'existence d'une personne pouvant confirmer où vous étiez. »

« C'est juste » dit London. « Je venais de m'attabler pour déjeuner sur le pouce avec un jeune couple, Tina et Rudy Fiore. Mais avant que j'aie eu l'occasion de commander, Tina s'est aperçue qu'elle n'avait plus son portable. Je suis donc retournée à la Maison de Mozart pour le chercher. »

Tanneberger la fixa des yeux un instant.

L'immobilité de son regard la glaça. Elle sentit qu'il la soupçonnait encore plus qu'avant.

Si ça se trouve, je suis sa seule véritable suspecte, réalisa-t-elle.

Mais pourquoi ? Détenait-il une quelconque preuve erronée dont elle ignorait l'existence ? Elle supposa que ce ne devait sans doute pas être le cas. Mais si lui et son équipe n'avaient trouvé ni piste ni suspect à terre, il avait évidemment aussitôt reporté tous ses soupçons sur elle.

Elle eut envie de lui demander s'il avait d'autres suspects sérieux en vue mais elle jugea rapidement qu'il valait mieux ne pas se montrer trop indiscrète.

Tanneberger finit par dire, « Je souhaiterais parler avec ce couple, les Fiore, avant mon départ. »

Le Capitaine Hays prit son téléphone et dit, « Je les appelle pour leur dire que vous voulez les voir. »

Tanneberger dit à London, « Je ne doute pas que vos amis confirmeront où vous étiez. Cependant, il reste encore la question de l'heure exacte du décès. À moins que vous ne puissiez confirmer que vous n'étiez pas dans le théâtre au moment exact de l'assassinat d'Olaf Moritz... »

« J'aimerais être en mesure de le confirmer, Monsieur » dit London.

« Si vous repensez à quoi que ce soit ayant trait à cela, veuillez m'en informer. »

« Je n'y manquerai pas, Monsieur. »

London ravala sa salive puis ajouta, « Monsieur, je... je n'avais vraiment aucune raison de tuer Monsieur Moritz. »

Le visage de Tanneberger s'assombrit un peu plus.

« C'est vous qui le dites » répliqua-t-il.

London faillit insister qu'elle disait la vérité.

Non, ça ne ferait qu'empirer les choses.

Dans l'intervalle, le capitaine avait fini de téléphoner. Il s'adressa à Tanneberger.

« Je viens de parler à Tina Fiore. Son mari et elle vous attendent maintenant dans leur cabine, qui se trouve juste sur ce pont. Je vais vous y accompagner et vous les présenter. »

« *Danke*, Capitaine » dit Tanneberger. « Après m'être entretenu avec eux, j'aimerais être autorisé à rester à bord du *Nachtmusik* afin de parler aux gens chaque fois que je l'estimerai nécessaire. »

« Bien entendu » dit le capitaine.

Tout le monde quitta le bureau. Le Capitaine Hays conduisit le *Polizeidirektor* le long de la coursive jusqu'aux cabines des passagers tandis que Bob, London et Sir Reggie faisaient halte dans le petit vestibule en face de l'ascenseur.

« Où allons-nous maintenant ? » demanda Bob à London.

« Au restaurant, prendre mon petit déjeuner » dit-elle. « Et vous ? »

Bob émit ce qui de toute évidence était censé ressembler à un rire énigmatique.

« C'est l'éternelle question, n'est-ce pas ? » dit Bob. « Où je vais ? Qu'est-ce que j'ai l'intention de faire ? Certaines personnes à bord de ce bateau adoreraient connaître la réponse à cette question. Ça c'est sûr. »

Il baissa les yeux vers Sir Reggie et agita un doigt devant lui.

« Quant à toi, mon vieux, reste toujours vigilant ! C'est là le vrai secret des meilleurs chiens détectives ! La vigilance ! »

L'ascenseur arriva et Bob fila à l'intérieur. London resta dans le vestibule et lui fit signe de continuer de son côté. Les portes se refermèrent. London secoua la tête, perplexe. Bob avait peut-être voulu se donner l'air insondable et mystérieux mais elle se moquait bien de ce l'endroit où il allait ou de ce qu'il comptait faire…

Tant qu'il ne cause pas de réels problèmes.

Le *Polizeidirektor* Tanneberger, c'était une autre histoire. Elle ne savait pas à quoi s'attendre avec lui.

London et Sir Reggie commençaient à monter les escaliers quand son téléphone sonna.

Elle décrocha et n'entendit rien d'autre qu'un bruit sonore et rythmé, une sorte de grondement tonitruant.

CHAPITRE TRENTE-ET-UN

London essaya de hausser la voix par-dessus le bruit qui résonnait depuis son téléphone. « Allô ? »

Personne ne répondit dans l'immédiat. Elle s'efforça d'identifier les sons étranges qu'elle entendait.

Une espèce de musique ?

Elle entendit alors une voix parler bruyamment par-dessus le bruit.

« Mademoiselle Rose, Carol Weaver à l'appareil. »

London se rappela que Carol et Steve Weaver était le couple d'âge mur qui avait acheté deux poupées musiciennes.

« Oh » dit London. « Tout va bien ? »

Quand Carol répondit, London perçut de l'agitation et de l'inquiétude dans la voix de la femme mais réussit à peine à comprendre ce qu'elle disait par-dessus le bruit.

Elle ne put que distinguer ces deux mots : « S'il vous plaît, au secours ! »

L'appel fut coupé brusquement.

London consulta le registre des passagers sur son téléphone. Le couple était dans la cabine 206 qui se trouvait sur le pont Romanze. Sir Reggie et elle étaient déjà presque arrivés en prenant par les escaliers.

Elle se dépêcha de gravir les dernières marches et pénétra dans la coursive, où elle entendit de nouveau le bruit. Elle courut vers leur porte, Sir Reggie à ses côtés, et frappa.

Carol vint ouvrir.

Le bruit était si tonitruant à présent que London comprit ce que c'était.

Une chanson de heavy metal jouée à un volume presque assourdissant.

« Vous pouvez nous aider à éteindre ce truc ? » cria Carol.

London aperçut Steve, le mari de Carol, qui appuyait désespérément sur la console musicale à côté de leur lit. Elle s'avança vers lui.

« J'ai juste cogné dedans avec mon dos » dit-il tout haut. « Je n'arrive pas à l'arrêter. »

194

London regarda l'appareil et vit que le bouton que Steve pressait avec frénésie était un peu tordu. London tenta de le redresser. Il était coincé mais après avoir un peu appuyé dessus tout en le faisant tourner, il se remit en place.

Par bonheur, la musique s'arrêta enfin.

« Oh merci mon Dieu ! » s'exclama Carol.

London soupira de soulagement.

Elle sourit, satisfaite d'avoir été capable de résoudre ce problème aussi simplement.

« Quel type de musique préféreriez-vous écouter ? » demanda-t-elle.

Carol répondit, « Avant cet incident, nous étions en train d'écouter du Vivaldi, c'était très agréable. »

London pressa les boutons jusqu'à avoir la chaîne correspondante à un niveau sonore inférieur. Une plaisante musique baroque se mit alors à jouer.

Les oreilles de London bourdonnaient toujours quand Carol et Steve la remercièrent de son intervention.

« Je suis là pour ça » dit-elle. « Souhaitez-vous que je fasse venir quelqu'un pour réparer ce bouton ? »

Steve eut l'air embarrassé. « Je pourrais le réparer moi-même si ça recommence. Je pense que nous avons tous deux paniqué. »

« Appelez-moi si vous avez besoin de quoi que ce soit » dit London en quittant la cabine.

Tout en regagnant l'avant du bateau, London s'aperçut que le simple fait d'avoir remédié à ce petit problème pour les Weaver lui faisait du bien. Voilà en quoi était censé constituer son travail– œuvrer à la satisfaction des passagers.

« Donc pourquoi tu continues à te soucier de ce meurtre à la place ? » se demanda-t-elle.

Après tout, elle avait toujours beaucoup de travail à faire et elle aimait la plupart de ses tâches.

Si seulement le bateau n'était pas retenu à quai, se dit-elle.

Si seulement je n'étais pas soupçonnée.

Dans ces circonstances, il ne lui restait pas d'autre choix que de s'intéresser au meurtre. Elle décida tout de même d'aller prendre un rapide petit déjeuner puis de vaquer à ses occupations journalières à bord.

Elle remarqua que Sir Reggie n'était plus avec elle et supposa qu'il avait préféré échapper au bruit à cause de son ouïe canine extrêmement fine et sensible.

Eh bien, il peut aller où il veut sur le bateau, songea-t-elle. *J'imagine qu'il ne se joindra pas à moi pour le petit déjeuner.*

Elle se rendit au restaurant Habsbourg et prit place à une table vacante. Tout comme la veille, elle s'aperçut que certains passagers la regardaient avec suspicion. Et était-ce de la paranoïa ou ne venait-elle pas de remarquer un jeune couple se murmurer l'un à l'autre tout en la dévisageant ?

London comprit à nouveau qu'elle était en train de perdre la confiance des gens dont elle était justement chargée d'assurer la satisfaction, sa mission la plus importante. Elle se rappela aussi que Tanneberger avait demandé au Capitaine Hays la permission de rester à bord du *Nachtmusik* et d'interroger librement les passagers.

Sans aucun doute à mon sujet, pensa London.

Si des rumeurs commençaient à circuler à son propos, qu'est-ce que les gens allaient bien pouvoir lui raconter ?

Sa situation, d'abord préoccupante, devenait complètement désastreuse.

Mais que pouvait-elle y faire ?

Et comment cela allait-il affecter sa capacité à exécuter son travail, qu'elle adorait ?

Elle jeta un œil vers les cuisines et vit Bryce lui sourire et agiter la main vers elle depuis la fenêtre du guichet. Il était visiblement trop occupé pour venir bavarder avec elle. Elle trouva néanmoins agréable qu'une personne la regarde sans éprouver aucune sorte de soupçon.

De plus, elle avait encore l'impression d'avoir les oreilles qui bourdonnaient. Il n'y avait pas que la musique de heavy metal devenue incontrôlable qui résonnait dans sa tête. C'était aussi l'échange troublant qu'elle avait eu avec le *Polizeidirektor*.

Il lui avait dit qu'il avait l'intention de demander confirmation à Tina et Rudy Fiore qu'elle était bien avec eux au café au moment de l'assassinat d'Olaf Moritz.

Mais même ainsi, Tanneberger lui avait clairement fait comprendre qu'il était peu probable que cela suffirait à le satisfaire.

« À moins que vous ne puissiez confirmer que vous n'étiez pas dans le théâtre au moment exact de l'assassinat d'Olaf Moritz... »

Mais comment London pourrait-elle jamais faire ça ?

Le serveur arriva et elle demanda du café avant de commander la suite. Mais ses yeux avaient du mal à se concentrer sur la carte. Son esprit errait dans toutes sortes de directions inquiétantes. Par exemple, elle se souvint du comportement et des paroles préoccupantes d'Emil lors de leur conversation de la veille.

« *Je connais donc la vérité à présent. Vous pensez que je suis... ou que je pourrais être... un meurtrier* » avait-il dit.

Depuis lors, elle n'avait cessé d'essayer de se convaincre qu'elle ne pensait nullement une telle chose. Mais était-ce la vérité ? Et si elle soupçonnait bel et bien Emil, ne devait-elle pas en faire part au *Polizeidirektor* Tanneberger ?

Non, décida-t-elle, elle ne devait pas se laisser emporter par ses soupçons. Emil était sûrement incapable de tuer juste parce qu'il était jaloux qu'un autre ait mené la visite guidée ou pour une histoire aussi insignifiante que d'avoir été corrigé au sujet de l'auteur ayant composé l'hymne national autrichien.

Il restait toujours à London une question importante à régler...

Qu'importe à quel point elle le souhaitait, était-elle réellement en mesure d'arrêter de penser au meurtre et de reprendre tranquillement son travail quotidien ?

La veille, elle était persuadée qu'aucune personne de son groupe n'avait tué Olaf. Elle l'était encore plus aujourd'hui. Et cependant Tanneberger était ici, sur le *Nachtmusik*, à chercher des indices qui n'existaient pas devant prouver la culpabilité de London.

Donc à perdre un temps précieux, songea-t-elle.

Tant que London ne serait pas parvenue à établir son innocence, le tueur serait toujours en fuite – et potentiellement dangereux.

Elle soupira. Elle n'avait pas encore le droit de reprendre sa routine habituelle.

Je dois faire quelque chose. Mais par où commencer ?

Eh bien, il y avait une piste à laquelle elle n'avait pas donné suite.

London sortit de la poche de sa veste le papier plié en deux que Selma Hahn lui avait donné la veille. Il contenait le nom de Greta Mayr avec son numéro de téléphone. La jeune agente d'entretien qui se trouvait dans le bâtiment quand London avait découvert le corps d'Olaf Moritz.

London se souvint à quel point Greta avait paru bouleversée par le décès du guide, ce qui n'était guère surprenant puisqu'elle paraissait avoir bien connu le jeune homme.

Elle se rappela aussi de l'insistance de Greta à répéter, « *Je ne sais rien du tout* ».

London ne l'avait pas entièrement crue et n'était pas certaine d'avoir changé d'avis depuis. Mais quelle importance son opinion pouvait-elle bien avoir ? La police commençait à interroger Greta Mayr quand elle était retournée au *Nachtmusik* avec Emil et Tanneberger. À présent elle devait sûrement connaître tout ce que savait Greta.

Mais était-ce bien le cas ?

London prit son portable et composa le numéro.

Quand elle obtint Greta au bout du fil, elle dit en allemand, « Je m'appelle London Rose. Nous nous sommes rencontrées hier… lors de ces circonstances dramatiques. »

« Oh… je vois » dit Greta. « Oui ça a été… horrible. »

« Je me demandais… »

London hésita.

« Greta, ce qui est arrivé à Olaf Moritz me préoccupe énormément. La police m'a déjà interrogée et je sais qu'ils vous ont aussi posé des questions… »

« Comme vous dites » dit Greta avec un lourd soupir.

« Mais si ce n'est pas trop vous demander… eh bien, je me demandais si nous pourrions nous rencontrer pour en parler. »

« Je ne pense pas, non » dit Greta.

Évidemment, songea London.

La femme était encore sous le choc. London ne voulait pas la forcer. Néanmoins elle avait désespérément besoin d'obtenir des réponses. Elle décida rapidement d'être honnête et de parler sans détour.

« Greta, il semble que la police me considère comme suspecte. »

Elle entendit Greta s'exclamer.

« Oh… mais ils ont tort, j'en suis sûre » dit-elle.

London sentit qu'elle respirait un peu plus facilement même si elle savait que cela n'aurait pas dû la surprendre. Greta avait vu London aussitôt après que celle-ci avait découvert le corps. Naturellement, Greta avait été témoin d'une chose que Tanneberger ignorait – elle avait vu à quel point London était sous le choc, que c'était sincère, que cela ne ressemblait pas au comportement d'un assassin.

« Je suis heureuse de vous entendre dire ça » dit London. « Mais vous devez sûrement comprendre le problème que cela entraîne pour moi. Je travaille sur un bateau de croisière et notre voyage est retardé en conséquence. C'est donc également problématique pour l'entreprise qui m'emploie. Mais plus que tout… je ne veux pas que la police gâche son temps et son énergie. »

Un silence tomba.

London se demanda si Greta était en train de réfléchir sérieusement à sa requête ou si elle essayait de trouver une manière polie de l'envoyer promener.

« Irez-vous à la Maison de Mozart aujourd'hui ? » demanda London.

« Non. Frau Hahn – la directrice – m'a donné ma journée. »

London posa la carte du restaurant qu'elle n'était pas arrivée à lire par manque de concentration.

« Je n'ai pas encore pris mon petit déjeuner et vous ? »

« Moi non plus. »

« Il y a un petit café très agréable juste à côté de la Maison de Mozart. Vous le connaissez ? »

« Le *Altstadtcafé*, oui. »

« Pourriez-vous me retrouver là-bas dans pas longtemps ? »

London retint son souffle un instant en attendant la réponse.

« D'accord » dit Greta.

Elle raccrocha ensuite brusquement.

London resta assise à fixer son téléphone un moment. Quelque chose dans la voix de Greta lui disait que la jeune agente d'entretien en savait plus qu'elle ne l'avait dit à la police.

Et je dois découvrir ce que c'est, réfléchit-elle.

Ignorant les regards inquisiteurs des autres passagers, London reposa le menu et sortit en hâte du restaurant Habsbourg.

CHAPITRE TRENTE-DEUX

La perspective de rencontrer Greta Mayr redonna de l'énergie à London en même temps qu'un objectif.

Je parviendrais peut-être à élucider ce meurtre une fois pour toutes, songea-t-elle tout en allant à l'ascenseur. Elle résista à la tentation de s'éclipser sans avertir personne et se dépêcha de taper consciencieusement un SMS à Amy en lui demandant de tout gérer à sa place un moment.

Amy ne va pas être contente, réalisa London.

Mais bien entendu, il était rare qu'Amy soit ravie de quoi que ce soit ces derniers temps.

L'ascenseur s'arrêta au pont Allegro et London se précipita vers sa cabine. Elle y trouva Sir Reggie en train de boire dans son bol.

Le petit terrier aboya amicalement pour l'accueillir.

« C'est donc *ici* que tu étais » dit London. « Je me demandais où tu avais filé. »

Elle prit son sac à main et retourna vers la porte. Sir Reggie fonça alors vers le placard resté ouvert.

« Qu'est-ce que tu fais ? » demanda London.

Sir Reggie réapparut tenant une de ses laisses dans sa gueule.

London rit.

« Je suppose que tu as deviné que je vais à terre » dit-elle. « Mais je ne serai pas longue. »

Quand London voulut sortir à nouveau, le chien accourut et se plaça entre la porte et London. Il s'assit là en la regardant avec expectative, la laisse toujours dans sa gueule.

London ne put s'empêcher de rire.

« Je ne sais pas trop » le taquina-t-elle. « Tu sembles beaucoup t'amuser tout seul maintenant que tu peux aller et venir à ta guise sur le bateau. C'est à peine si tu te soucies de moi. Je ne voudrais pas t'embêter... »

Sir Reggie poussa un petit grognement de protestation.

« D'accord, si tu insistes » dit London.

Elle se baissa et attacha la laisse à son collier. Quand ils quittèrent la cabine, elle s'arrêta un instant devant la porte de Monsieur Tedrow.

Elle était sûre qu'il se trouvait toujours à l'intérieur, vêtu de son pyjama et tapant son roman sur son ordinateur. Il n'avait évidemment aucune idée de tous les événements énigmatiques qui avaient lieu autour de lui. Il était joyeusement indifférent à tout sauf au propre mystère sorti de son imagination.

Voilà qui doit être agréable, songea-t-elle avec envie.

Elle aurait voulu que le mystère qu'elle s'efforçait de résoudre ne soit pas si affreusement réel.

Sir Reggie et elle prirent l'ascenseur pour monter d'un niveau puis descendirent la passerelle pour quitter le bateau et se rendre dans Salzbourg. Ils empruntèrent le chemin désormais familier qui passait devant la *Mozarts Geburtshaus* et qui menait à la Maison de Mozart.

Le petit café en terrasse où elle s'était brièvement rendue la veille en compagnie de Tina et Rudy Fiore se trouvait juste en face de la large esplanade pavée à l'extérieur du théâtre. Même si Greta Mayr avait accepté de rencontrer London à cet endroit aujourd'hui, elle n'était à aucune des tables.

J'espère qu'elle va venir, se dit London, se souvenant de la nervosité de Greta au téléphone.

Elle s'assit à une petite table sous un large parasol. Sir Reggie bondit sur ses genoux mais elle le posa sur l'une des chaises adjacentes sur laquelle il se coucha avec satisfaction. Quand le serveur vint à sa table, elle commanda un *Wiener Frühstück* – un simple 'petit déjeuner viennois', du café, des petits pains, de la confiture, du beurre et un jus d'orange.

En attendant Greta et sa commande, London profita du spectacle agréable constitué par la rue piétonne bordée de petites échoppes et d'étals multicolores. On y proposait des vêtements, de la nourriture, des fleurs, de l'artisanat et un tas d'autres choses, visiblement pour le plus grand plaisir tant des habitants du coin que des touristes qui tous faisaient leurs emplettes.

Une pensée mélancolique traversa alors l'esprit de London.

Maman était récemment ici, à Salzbourg.

Non seulement ça, mais elle était restée suffisamment de temps pour se faire des amis – tout du moins Selma Hahn et sa famille. Mais elle leur manquait tout autant qu'à London désormais et eux aussi se demandaient où elle était partie.

Le petit déjeuner commandé par London arriva. Elle hésita avant de commencer mais selon toute apparence, Greta Mayr ne viendrait pas.

Autant profiter de mon petit déjeuner, décida London.

Elle prit une gorgée du délicieux café noir, ouvrit en deux un petit pain moelleux en forme de tube appelé *semmel*.

Sir Reggie, toujours sur sa chaise, lorgnait son assiette. Elle lui donna un bout de pain beurré. Puis elle se tartina un autre morceau avec de la confiture de fraises. Le pain tendre encore tout chaud, la saveur sucrée et acidulée de la confiture et l'onctuosité du beurre formaient une parfaite combinaison. Ce petit déjeuner était exquis.

Elle se demanda ensuite si sa mère n'était pas venue manger au même café pendant son séjour à Salzbourg ? N'était-il pas possible qu'elle se soit assise justement à cette table, sous ce même parasol ?

Où est-elle à présent ?

Elle avait dit à Selma qu'elle partait en Allemagne.

Mais où exactement ?

Et pourquoi n'était-elle pas restée en contact avec Selma et sa famille ?

London se rappela ce que Selma lui avait dit la veille.

« Elle paraissait très heureuse ici, à Salzbourg. J'ai eu l'impression qu'elle songeait à s'établir ici définitivement. »

En regardant la rue joyeuse et animée tout autour d'elle, London comprenait parfaitement pourquoi. Elle aurait tant voulu que sa mère et elle passent de bons moments ensemble dans cette jolie petite ville.

Elle fut interrompue dans ses pensées à la vue d'une jeune femme qui s'avançait vers la terrasse du café. Même si elle portait une robe colorée au lieu de son uniforme d'agente d'entretien et que ses cheveux étaient coiffés plus librement, London crut reconnaître Greta Mayr.

La femme aperçut également London. Elle s'arrêta puis regarda nerveusement tout autour d'elle. Elle eut l'air de se raviser, comme prête à s'en aller.

« Greta ! » appela London en allemand. « Je vous en prie, venez me rejoindre. »

Greta Mayr arriva d'une démarche hésitante et s'assit sur une chaise à une table en face de celle de London. Elle sourit en voyant Sir Reggie et se pencha pour le caresser.

« J'ai déjà commandé » dit London. « Prenez quelque chose également, je vous en prie. Je vous invite. »

Greta Mayr prit le menu et dit, « Merci, *Fräulein*... comment vous appelez-vous déjà ? »

« Rose. London Rose. S'il vous plaît, appelez-moi juste London. »

Greta acquiesça et examina le menu mais London sentit qu'elle était trop agitée pour le lire réellement.

Quand le serveur arriva, Greta dit, « Je n'ai pas encore décidé. »

Greta se pencha à nouveau pour caresser Sir Reggie qui semblait s'être assoupi sur sa chaise.

Puis elle parla d'une voix si basse que ce fut presque comme si elle s'adressait à elle-même.

« Je n'ai toujours pas bien compris pourquoi vous souhaitez me voir. »

London déglutit péniblement.

« Je vous en ai parlé au téléphone – je veux aider la police à m'éliminer de sa liste de suspects. Pas uniquement pour moi mais aussi pour que l'enquête se déroule à nouveau comme il faut. Je veux être sûre que les efforts de la police tendent vers la bonne direction. »

« Que puis-je faire pour vous aider, à votre avis ? » demanda Greta avec un regard inquiet.

C'était une bonne question. London ne savait pas exactement pourquoi elle était d'avis que Greta était peut-être en mesure de répondre aux questions lancinantes qu'elle se posait. Elle n'était même pas sûre de ce qu'étaient ces questions. Mais elle se rappelait de son épouvantable détresse quand elle avait vu le corps d'Olaf, de ses pleurs, de la façon dont elle ne cessait de répéter son nom.

« *Olaf ! Olaf ! Olaf !* »

Contrairement à London, elle-même sous le choc, la réaction de Greta semblait avoir eu une déchirante résonnance personnelle.

« Que pouvez-vous me dire sur Olaf ? » demanda London.

Un sourire fugace, tendre et aimant, se dessina sur le visage de Greta.

« Oh, il était très gentil, joyeux. Drôle également. »

London se souvint que Selma Hahn l'avait décrit exactement de la même façon.

Ce devait être quelqu'un d'extrêmement sympathique, se dit London.

Greta devait sûrement connaître beaucoup de choses à son sujet. Mais sa réticence à parler était évidente. London se demanda comment elle pourrait la faire sortir de sa réserve.

« J'ai seulement fait sa connaissance hier, » dit London « mais il a été un merveilleux guide. Il connaissait toutes sortes de choses. Il devait sûrement être très intelligent. Et très érudit. Particulièrement sur Mozart. »

Greta sembla légèrement baisser sa garde.

« Oh oui, il adorait Mozart. Et aussi vivre dans la ville où celui-ci était né. Il voulait que le monde entier aime Salzbourg autant que lui. C'est pour ça qu'il travaillait comme guide. Et il adorait la musique. »

« Je l'ai constaté » dit London. « Et il était doué. Je l'ai entendu jouer une musique de Mozart sur le propre clavicorde de ce dernier dans sa maison natale. »

Le sourire de Greta s'élargit.

Elle dit, « Il était si fier d'être autorisé à jouer dessus. Il éprouvait un tel plaisir rien qu'à en effleurer les touches. »

Greta ajouta, « Il composait également. »

« Vraiment ? » demanda London. »

« Oui. Je n'y connais pas grand chose en musique mais j'aimais vraiment les morceaux qu'il me jouait. Il a même écrit une partition... »

Greta hésita.

« Poursuivez » la pressa London. « Je vous en prie, dites-moi. »

« Il... m'a dédié l'un de ses morceaux. Une sonate pour piano. Je l'ai trouvée magnifique. Je ne crois pas qu'il l'aie jamais interprété pour personne d'autre, c'est tellement dommage. Je lui avais suggéré de la montrer à Wolfram Poehler, le pianiste qui devait donner un récital à la Maison de Mozart hier soir, afin de voir s'il aimerait la jouer. »

« Et l'a-t-il fait ? » demanda London.

« Il a dit que oui. Mais apparemment, Herr Poehler n'était pas intéressé. Je pense qu'Olaf a dû en être très blessé. »

London sentit son intérêt s'accroître.

« Olaf devait beaucoup tenir à vous » dit-elle.

Greta regarda London d'un air effrayé comme si elle en avait dit plus que prévu, peut-être même davantage qu'elle ne pensait le devoir. London sentit qu'elle venait de parvenir à un point important. Elle voulait que Greta continue de parler.

« Pouvez-vous me parler de la relation que vous aviez avec lui ? » dit London.

« Il n'y a pas grand chose à dire » dit Greta. « Nous nous appréciions et étions amis mais il m'avait dit qu'il ressentait... et moi aussi... enfin, j'imagine que nous serions devenus plus que ça s'il ne s'était pas passé... »

Les yeux de Greta s'emplirent de larmes. London comprit qu'elle ferait mieux de ne pas être trop indiscrète. En plus, d'autres questions commençaient à lui venir à l'esprit.

« Greta, si je ne me trompe pas, vous étiez la seule employée à travailler dans la Maison de Mozart lorsque c'est arrivé. »

« C'est exact. »

« Ce qui signifie qu'il n'y avait que vous et moi dans le bâtiment à ce moment-là. »

London vit Greta se raidir légèrement, comme si elle était accusée.

« La police m'a interrogée » dit-elle. « Je leur ai dit la vérité. Ils m'ont cru quand j'ai dit que je n'avais pas tué Olaf. Je n'aurais jamais pu faire ça. »

London ne doutait pas que c'était là la vérité. Greta était une femme petite qui paraissait tout à fait douce et aimable. London ne pouvait l'imaginer commettant un quelconque acte violent. Les officiers de police l'ayant interrogée l'avaient sûrement compris également. Peut-être même la connaissaient-ils personnellement.

Je suis une suspecte largement plus plausible, reconnut-elle en son for intérieur.

Elle se pencha vers Greta en travers de la table.

« Ce que je vous demande, c'est... était-ce habituel pour vous d'être seule à travailler dans le bâtiment ? N'êtes-vous pas avec un ou une collège normalement ? »

Greta haussa légèrement les épaules.

« Oui, généralement je travaille avec mon responsable, le chef de la maintenance. »

« Mais il était absent à ce moment-là ? »

« Non. »

« Où était-il ? »

Greta sembla encore plus mal à l'aise.

« Je l'ai dit hier à la police » dit-elle.

« Que leur avez-vous dit ? » voulut savoir London.

« Qu'il avait quitté le bâtiment un peu plus tôt. »

« A-t-il dit où il allait ? »

« Il a dit… qu'il ne se sentait pas bien. Il voulait juste rentrer chez lui. »

London ressentit un léger frisson.

Pour la première fois, elle eut l'impression que Greta mentait.

« Comment s'appelle votre responsable ? » demanda-t-elle.

« Quelle importance. »

« J'aimerais que vous me le disiez… »

Greta se leva tout d'un coup.

« Je suis désolée » dit-elle. « Tout cela était une erreur. Il faut que j'y aille. »

London se leva à son tour et s'intercala.

« Greta, je vous en prie… »

« Non, navrée de vous avoir fait perdre votre temps. »

Greta quitta le café en hâte et disparut rapidement parmi les passants.

London se rassit, déconcertée. Elle regarda Sir Reggie toujours assis et qui fixait l'assiette de London. Elle lui donna un autre morceau de pain et lui confia, « Cette jeune femme semble complètement terrorisée. »

Mais pourquoi ? se demanda-t-elle tandis que Sir Reggie mordait joyeusement dans sa friandise.

London n'avait pas appris grand chose de Greta – si ce n'est qu'Olaf et elle avaient éprouvé de l'attirance l'un pour l'autre et que la jeune femme avait profondément peur d'une chose dont elle ne voulait même pas parler. London resta assise à se demander quoi faire désormais pour percer le mystère du meurtre d'Olaf Moritz.

« Greta m'a quand même appris une chose importante » fit-elle remarquer à Sir Reggie. « Quelqu'un d'autre travaillait dans la Maison de Mozart le jour où Olaf est mort. »

Sir Reggie avait englouti son morceau de pain et avait les yeux fixés sur l'assiette de London, encore à moitié remplie.

Penchant la tête de côté, il avait l'air de demander silencieusement, *« Si tu ne comptes pas manger ça, est-ce que moi je peux ? »*

« Désolée, Sir Reggie » dit London en lui tapotant la tête. « Nous devons aller quelque part. »

London n'avait plus faim désormais, trop concentrée qu'elle était sur ce qu'elle avait appris. Greta avait dit que son responsable, le chef de la maintenance, était présent ce jour-là. Mais lorsqu'elle lui avait demandé son nom…

« *Quelle importance* » avait répondu Greta. Puis elle était partie brusquement.

Mais cela avait de l'importance, bien au contraire.

Et il fallait que London découvre pourquoi.

CHAPITRE TRENTE-TROIS

London aurait voulu savoir si le responsable de Greta travaillait aujourd'hui. Si oui, elle avait vraiment envie de lui poser quelques questions. Elle paya l'addition tout en laissant un bon pourboire puis quitta le café avec Reggie, traversant l'esplanade pavée jusqu'à la Maison de Mozart. Au moment où ils pénétrèrent dans l'étincelant hall d'entrée, le bâtiment paraissait étrangement calme.

Selma doit être en haut dans son bureau, se dit London.

La directrice accepterait probablement de lui parler du chef de la maintenance. Mais avant qu'ils ne commencent à gravir l'escalier vers la galerie, elle sursauta en entendant un bruit.

De la musique en provenance de l'auditorium.

London s'avança de quelques pas en direction de la musique avant de se figer sur place.

Un pianiste jouait le joyeux dernier mouvement de *Eine Kleine Nachtmusik* de Mozart. Le rondo, gai et léger, donnait toujours à London l'impression d'être une exquise pâtisserie viennoise. C'était, bien entendu, le morceau de musique dont était tiré le nom du bateau. Mais il détenait également une signification émotionnelle beaucoup plus importante pour London.

Est-ce Maman en train de jouer ? ne put-elle s'empêcher de s'interroger.

Sa mère avait l'habitude de jouer exactement ce morceau à la maison, son visage rayonnant de plaisir à chaque note. Elle savait que sa mère était à Salzbourg il y a tout juste quelques mois. Se pouvait-il qu'elle soit là à présent, à profiter du piano, toute seule dans l'une des plus belles salles de concert du monde ?

Toujours accompagnée de Reggie, London entra dans le couloir et se tint devant l'une des entrées de l'auditorium.

Oserait-elle passer la porte ?

Les jambes en coton, elle poussa la porte et tous deux pénétrèrent dans l'espace caverneux.

Son cœur se serra.

Ce n'était pas sa mère qui jouait mais Wolfram Poehler, le pianiste de la veille, toujours habillé de façon aussi décontractée.

Évidemment, se dit-elle. *C'était stupide d'imaginer autre chose.*

Se rappelant qu'il avait écourté ses répétitions la veille à l'arrivée des visiteurs, elle pensa qu'elle ferait mieux de partir. Mais la musique la charmait trop.

Sir Reggie et elle restèrent dans l'aile en silence jusqu'à ce que Wolfram Poehler joue les derniers accords du rondo avec une emphase triomphante. London ne put alors s'empêcher de l'applaudir bien fort. Reggie poussa un aboiement plein d'enthousiasme.

Le pianiste tourna vers eux son visage juvénile et leur sourit. Il ne paraissait ni ennuyé ni surpris de voir London et son chien.

« Il semble y avoir deux mélomanes dans la salle » dit-il en allemand. « Content que ça vous ait plu à tous deux. »

« Oh, c'était magnifique » dit London. Elle descendit l'allée et s'assit sur un siège de la rangée à l'avant. Sir Reggie bondit sur ses genoux.

« Mais je suis surpris de vous voir répéter aujourd'hui » dit-elle. « Je croyais que votre récital devait avoir lieu hier soir. »

« C'était le cas… mais il a été annulé bien entendu » dit Poehler en soupirant. « Affreux qu'une telle chose se soit produite dans une salle de concert si merveilleuse. Je prends le train pour Bonn ce soir. »

« Bonn – la ville natale de Beethoven » fit remarquer London.

« Exact » dit Poehler. « Je dois jouer le *Hammerklavier* dans la *Beethovenhalle* demain soir. Ça va vraiment être un grand moment pour moi. »

« Ainsi que pour votre public, j'en suis sûre » dit London en souriant. « Je vous ai brièvement entendu répéter ce morceau hier. C'était magnifique. J'aurais aimé pouvoir assister à votre récital ici. »

« Et j'aurais aimé pouvoir le jouer » dit Poehler avec un nouveau soupir. « Je n'ai pas pu m'empêcher de faire un saut ici ce matin, juste pour profiter de l'atmosphère splendide du hall d'entrée – ainsi que de cet excellent piano Steinway. »

Sans effort, avec désinvolture, il se remit à jouer.

London sourit à nouveau en reconnaissant le morceau.

C'était le *Rondo alla Turca* de Mozart – cette marche turque si irrésistiblement enjouée et lumineuse. Mais la musique se modifia alors, adoptant une rythmique jazz et des accords de blues inattendus.

London rit, charmée d'entendre autant de surprises musicales les unes à la suite des autres.

Il acheva le morceau avec le même aplomb qu'auparavant. Une nouvelle fois, London applaudit à tout rompre tandis que Sir Reggie poussait de nombreux aboiements.

« Pas trop impertinent pour vous deux ? » demanda-t-il en riant.

« Absolument pas » dit London. « Je suis sûre que Mozart lui-même aurait adoré. »

« C'est ce que je me plais à penser. Lui-même pouvait être très irrévérencieux. »

« Ces variations sont-elles de votre invention ? »

« Oh non » dit Poehler. « J'ai entendu le grand Yuha Wang les exécuter ici même, dans cet auditorium. Elles me sont… eh bien, restées en tête. »

« Vous semblez extrêmement jeune pour quelqu'un qui joue aussi brillamment » dit London. « Avez-vous été un prodige musical ou quelque chose de ce genre ? »

« En fait, je suis plutôt un débutant tardif » répondit Poehler. « Ma carrière de pianiste de concert ne fait que commencer. Mais il semble que je sois capable d'apprendre sans trop de difficulté des sonorités et des techniques nouvelles. »

« Vous deviendrez célèbre, je n'en doute pas » dit London.

« C'est ce qu'on me dit » répliqua Poehler avec une note de mélancolie dans la voix. « Je ne sais trop quoi en penser. C'est déjà assez étrange de commencer à attirer l'attention du public. Étrange et un peu effrayant. J'aime les choses comme elles sont actuellement – à voyager simplement un peu partout en donnant des récitals dans des salles de concert tout à fait particulières, le tout sans éclat ni publicité. En restant en dehors du 'feu des projecteurs', comme vous dites aux États-Unis – en jouant uniquement pour ceux qui veulent m'écouter jouer. Voilà mon but dans la vie. »

London était impressionnée par son état d'esprit, qui semblait à la fois rare et original. Elle se demanda combien de musiciens talentueux éprouvaient la même réticence à devenir célèbres.

Poehler se détourna du clavier pour lui faire face.

« Mais je suppose que vous n'êtes pas venue ici pour m'entendre répéter » dit-il.

London eut un faible sursaut en l'entendant faire cette remarque judicieuse.

« Non, en effet » dut-elle admettre.

Il sourit d'un air entendu.

« Il me semble vous reconnaître » dit-il. « Vous étiez avec le groupe de touristes hier. Et si je puis me permettre d'hasarder une hypothèse… c'est vous qui avez découvert le corps d'Olaf. »

London frissonna légèrement.

« C'est vrai » dit-il.

« Et vous cherchez à en savoir plus sur son assassinat » ajouta Poehler.

« C'est exact » dit London.

Poehler secoua tristement la tête.

« J'aimerais beaucoup avoir des réponses moi aussi » dit-il. « Toute cette affaire m'intrigue. Pauvre Olaf. »

« Vous dites son nom comme si vous le connaissiez » dit London.

« Oh très peu » dit Poehler. « Je suis arrivé ici quelques jours en avance pour mon récital. J'adore Salzbourg et si je peux l'exprimer ainsi, je suis une sorte d'aficionado de la nature humaine. J'aime apprendre à connaître les gens où que j'aille et apparemment, je suis plutôt doué pour leur donner envie de parler. »

London sentit son intérêt s'éveiller.

« Que pouvez-vous me dire sur Olaf ? » demanda-t-elle.

« C'était un homme très gentil, intelligent, il était très intéressant de parler avec lui. Malheureusement… »

Poehler secoua la tête tristement.

« Il se targuait d'être compositeur. Avant-hier après-midi, alors que je répétais ici même sur scène, il est venu et m'a montré sa partition pour une sonate de piano. Il voulait savoir si je désirais jouer le morceau qu'il avait écrit. »

« La sonate qu'il a dédiée à Greta » dit London.

« C'est ça, Greta… cette charmante agente d'entretien. Il était assez amoureux d'elle. Et il était persuadé qu'elle éprouvait la même chose à son égard. »

Poehler rit avec compassion.

« Eh bien, je me suis assis au piano et ai déchiffré entièrement sa sonate, dont je lui ai joué les quatre mouvements. Ce n'était pas très bon malheureusement. Il n'avait aucun talent pour la composition musicale. »

Poehler haussa les épaules.

« Je ne le lui ai pas dit comme ça, évidemment. Je l'ai félicité d'avoir travaillé aussi dur et lui ai rendu sa partition. »

Un blanc s'immisça dans la conversation. London était naturellement contente d'avoir quelqu'un avec qui parler aussi ouvertement de ce qui était arrivé. Elle essaya de réfléchir à ce qu'elle venait d'entendre.

London pointa du doigt en l'air et dit, « Il est tombé – ou plutôt a été poussé – du balcon là-haut. Cela ne vous paraît pas étrange ? Pourquoi se trouvait-il là à cette heure ? »

« Oh, je crois pouvoir répondre à cette question » dit Poehler. « Il m'a raconté qu'il aimait s'asseoir là quand il avait du temps libre, qu'il appréciait de voir, de sentir cet espace si vaste et merveilleux. »

Poehler regarda le hall tout autour de lui avec une expression pleine de ravissement.

« Je lui ai dit que j'éprouvais la même chose » ajouta-t-il. « Même le *silence* possède une qualité toute particulière dans un auditorium comme celui-ci. En fait, je compte passer encore quelques heures aujourd'hui à hanter cet endroit – ou plutôt à le laisser *me* hanter, m'ensorceler. »

Il haussa encore les épaules en jouant nonchalamment quelques notes au piano.

« Enfin, quiconque le connaissait aurait su qu'on pouvait le trouver sur ce balcon, détendu et sans méfiance. »

Ils se turent un instant. L'auditorium paraissait presque étrangement tranquille.

London finit par reprendre prudemment la parole.

« Herr Poehler, avez-vous la moindre idée de qui aurait pu tuer Olaf ? »

Poehler prit une longue et profonde inspiration.

« Bien sûr la police m'a interrogé » dit-il. « Je n'étais évidemment pas là quand c'est arrivé. Après ma répétition, j'étais sorti faire une longue promenade, fort agréable, le long de la *Sigmund-Haffner-Gasse.* Je n'ai appris ce qui s'était passé qu'à mon retour, quand j'ai trouvé la police ici. Je leur ai dit le peu que je savais. Mais à présent… eh bien, je me demande si je n'aurais pas mieux fait de garder mes soupçons pour moi. »

London retint son souffle.

Ses soupçons ? se demanda-t-elle.

Poehler poursuivit, « Olaf m'a raconté qu'il avait finalement trouvé le courage d'avouer ses sentiments à Fräulein Greta Mayr et qu'elle avait dit éprouver la même chose envers lui. Il disait se sentir étourdi de bonheur comme un collégien. Le seul problème, c'est… »

La voix de Poehler s'éteignit.

« Je ferais peut-être mieux de ne rien dire » dit-il.

« Je vous en prie. Je veux savoir. »

« Il a dit qu'elle avait peur. »

« Peur de quoi ? »

« De son responsable, le chef de la maintenance – il s'appelle Gunther Raab »

London ressentit un frisson d'excitation.

Exactement l'homme que je suis venue voir, songea-t-elle.

Poehler continua, « Olaf m'a dit que Raab était très épris de Greta – qu'elle l'obsédait vraiment, au point de l'espionner. Elle n'éprouvait pas d'attirance pour lui, pour employer un euphémisme. Elle a dit à Olaf que Gunther était extrêmement jaloux – et même dangereux, selon elle. Elle n'osait pas entamer une relation avec Olaf à cause de Raab. »

« Donc vous penser que le tueur est Gunther Raab ? » demanda London.

« Je ne sais pas mais… »

Il se tut de nouveau.

« J'ai parlé un peu avec Gunther avant-hier. L'expérience n'a guère été agréable. Je venais de finir de répéter et lui de terminer son travail de la journée, nous avons donc quitté le bâtiment au même moment. Il se trouve qu'il habite dans un appartement au quatrième étage d'un immeuble situé au coin de la *Prinzenstrasse* et de la *Nibelungenstrasse* et que l'hôtel où je loge se trouve dans la même direction, nous avons donc marché et bavardé ensemble. »

Poehler frissonna.

« Pendant tout le chemin, il n'a cessé de me harceler au sujet de Greta, à me demander si *j'étais* attiré par elle, si elle l'était par moi, et à quel point ce serait mauvais pour nous deux. Bien entendu, il n'existait rien de ce genre entre Greta et moi, ce que je lui ai dit, mais je ne suis pas certain de l'avoir convaincu. J'ai été soulagé quand nous nous sommes séparés. »

London se sentit de nouveau frissonner.

Elle demanda, « Savez-vous si Gunther Raab travaille ici aujourd'hui ? »

« Je suis heureux de dire que non apparemment. Je parlais avec Frau Hahn, la directrice du théâtre il y a un instant. Elle était ennuyée parce que Raab a laissé un message sur son répondeur pour annoncer sa démission. Il ne lui a pas donné d'explications. »

La respiration de London s'accéléra, de même que son pouls. Elle se rappela la frayeur de Greta à la seule mention de son responsable. Gunther Raab avait l'air d'un homme louche et même menaçant – peut-être, pensa London, était-il véritablement dangereux.

« J'ai été très heureuse de vous parler, Herr Poehler » dit-elle d'une voix un peu tremblante après ce qu'elle venait d'entendre. « Il faut que je parte maintenant. »

Sir Reggie bondit de ses genoux quand elle se leva de sa chaise.

« Fräulein Rose, attendez ! » dit Poehler, brusquement inquiet. « Vous semblez vraiment nerveuse. »

« Oh, je vais bien, Herr Poehler » dit-elle. « Profitez de la fin de votre journée à Salzbourg. Je suis sûre que vous donnerez un magnifique récital à Bonn. »

Poehler la regarda d'un air préoccupé.

« Rassurez-moi, vous n'allez rien faire d'imprudent. »

« Ne vous inquiétez pas » dit London.

Elle quitta l'auditorium avec Sir Reggie puis ils sortirent du bâtiment. London se mit à réfléchir…

Herr Poehler est vraiment un fin observateur.

Elle réalisa qu'il avait peut-être raison de s'inquiéter qu'elle commette quelque chose d'imprudent.

CHAPITRE TRENTE-QUATRE

J'espère que je sais dans quoi je m'embarque, songea London tandis qu'elle et Sir Reggie traversaient l'esplanade pavée devant la Maison de Mozart.

Elle soupira rien qu'à cette pensée.

Évidemment qu'elle ignorait dans quoi elle s'embarquait. Elle n'en avait aucune idée. Pour dire la vérité, elle se sentait de plus en plus nerveuse et inquiète à chaque instant.

Accompagnée de Sir Reggie qui trottinait à côté d'elle, London sortit son portable pour consulter une carte de Salzbourg. Elle ne tarda pas à trouver l'endroit où Poehler avait dit que Gunther Raab habitait, au coin de *Prinzenstrasse* et *Nibelungenstrasse*. Cela ne semblait pas être très loin – à dix minutes de marche tout au plus.

Tout en prenant cette direction, elle se rappela des paroles de Monsieur Lapham au cours de leur dernière conversation téléphonique.

Je ne veux plus que vous jouiez les détectives amateurs, vous m'avez compris ?

Et voilà qu'elle était là, en train de désobéir aux ordres de son patron.

Désolée, Monsieur Lapham.

Je ne peux pas m'en empêcher, semble-t-il.

Elle se dit que le moins qu'elle pouvait faire était de faire preuve d'un peu de bon sens. Elle ferait vraiment mieux d'avertir le *Polizeidirektor* Tanneberger de ce qu'elle s'apprêtait à faire. Elle trouva la carte que celui-ci lui avait donnée un peu plus tôt et composa son numéro sur son portable. Elle tomba aussitôt sur son répondeur. Elle parla après avoir entendu le bip enregistré.

« Herr Tanneberger, je crois qu'il faut que je vous dise… »

Elle s'arrêta pour se demander – que *pensait-elle* devoir lui dire ?

La vérité bien sûr, songea-t-elle.

« Je suis descendue à terre » dit-elle. « J'ai discuté avec deux ou trois personnes du meurtre d'Olaf Moritz. Vous vous êtes peut-être déjà renseigné sur lui mais je pense que le responsable de la maintenance du théâtre, Gunther Raab, avait peut-être un mobile pour tuer Herr Moritz.

Je me suis dit que j'allais lui poser quelques questions et je suis actuellement en chemin vers son appartement. »

Elle s'arrêta, se demandant ce qu'elle devait dire d'autre au *Polizeidirektor*. Elle ne trouva rien.

« Je vous rappelle bientôt » dit-elle en raccrochant.

Tandis que Sir Reggie et elle continuaient d'avancer, London se demanda comment Tanneberger allait probablement réagir à son message. Au cours de ses expériences des derniers jours, elle avait appris que les policiers européens n'appréciaient guère quand des civils – en particulier étrangers – se mêlaient d'enquêter de leur côté.

Tanneberger serait-il furieux à son encontre ?

Était-elle en train d'aggraver une situation déjà préoccupante ?

Peut-être que non, se dit-elle. Ce matin, Tanneberger l'avait même encouragée à lui fournir tout type d'information pouvant la disculper. N'était-ce pas ce qu'elle essayait de faire en ce moment ?

Elle espérait qu'il comprendrait.

L'itinéraire emprunté par London et Sir Reggie les fit passer par un agréable quartier résidentiel avec des appartements de standing aux balcons ornés de fleurs et d'un joli mobilier pour terrasse. Cela devenait moins élégant un peu plus loin dans la rue étroite, où les immeubles étaient plus simples et moins bien entretenus.

Elle parvint enfin à celui qu'elle cherchait – un immeuble ordinaire de quatre étages dont la peinture bleue aurait bien eu besoin d'une nouvelle couche.

Que faire à présent ? se demanda-t-elle en s'avançant vers le perron.

Elle examina la liste des résidents affichée à côté de la porte et y trouva le nom de Raab ainsi que le numéro de son appartement. Mais quand elle essaya d'ouvrir la porte d'entrée, elle s'aperçut qu'elle était verrouillée. Bien sûr, comprit-elle, l'entrée était fermée par mesure de sécurité. Mais Raab la laisserait-il entrer si elle sonnait chez lui ?

Et si oui, avait-elle vraiment envie de le rencontrer ?

Je suis venue pour ça, se rappela-t-elle.

Elle rassembla tout son courage, pressa la sonnette de son appartement et entendit une voix grommeler.

« *Hallo ?* »

« Herr Raab ? » dit London en allemand.

« Qui êtes-vous ? »

« Je m'appelle London Rose. »

« Qu'est-ce que vous vendez ? »

« Rien du tout. »

« Vous avez l'air d'être Américaine d'après votre voix. »

« Je le suis. Je voudrais juste vous parler au sujet de… »

London hésita. Si elle lui disait la vérité, il refuserait peut-être de s'entretenir avec elle. Mais elle ne trouva aucun autre moyen de l'aborder.

« Je souhaite vous parler de ce qui est arrivé à Olaf Moritz » dit-elle.

« J'ai dit tout ce que je savais à la police. Qu'avez-vous à faire avec tout ça ? »

« C'est moi qui ai découvert le corps » dit London.

Un silence tomba.

« Entrez » dit son interlocuteur.

London déglutit péniblement. Elle regretta presque d'avoir dit cela. Si elle n'avait rien dit, cela lui aurait donné une excuse pour s'en aller et essayer de tout oublier le concernant.

Un fort bourdonnement retentit alors et London put ouvrir la porte. Elle pénétra dans le bâtiment avec Sir Reggie où ils tombèrent sur un étroit escalier aux marches usées qui les attendait.

Elle dit au chien, « D'après le numéro de son appartement, il doit être au dernier étage. Il n'y a pas d'ascenseur. Tu es prêt pour une dure grimpée ? »

Sir Reggie poussa un aboiement affirmatif.

Mais au bout d'une seule volée de marches, elle vit que le petit animal éprouvait quelques difficultés à sauter d'une marche à l'autre, celles-ci étant trop hautes pour lui.

London s'arrêta et baissa la tête vers lui.

« Ça vaut peut-être mieux » dit-elle. « Je ne veux pas t'attirer des problèmes. Tu devrais rester ici jusqu'à mon retour. »

Sir Reggie protesta en grognant. Il avait visiblement l'intention d'essayer de la suivre, peu importe si la montée s'avérait compliquée.

« Bon d'accord, viens » dit London en le prenant dans ses bras. « Mais si ça tourne mal, n'essaie pas de faire preuve d'héroïsme. Rappelle-toi ce qui s'est passé la dernière fois où je t'ai fourré dans le pétrin ? Tu as failli te noyer. Tiens-toi tranquille et sois prudent. »

Le petit chien dans ses bras, elle grimpa le raide escalier jusqu'au quatrième étage. London était un peu hors d'haleine lorsqu'ils

217

arrivèrent sur le dernier palier. Mais elle se douta que c'était probablement plus par peur qu'à cause de la grimpée.

London trouva le bon appartement. Elle hésita avec anxiété puis frappa à la porte.

Une voix s'exclama, « Entrez, c'est ouvert. »

Elle ouvrit la porte et entra à l'intérieur en portant Sir Reggie. Elle se retrouva dans un studio encombré avec du mobilier en mauvais état, une pile de vaisselle sale dans la kitchenette et un lit une place contre un mur.

Un homme d'âge moyen, grand, bedonnant et qui portait un jean et un tee-shirt déchiré faisait sa valise sur le lit. Ses bras aux biceps proéminents étaient couverts de tatouages. Il s'arrêta d'emballer ses affaires et se tourna vers London.

« Vous ne m'aviez pas dit que vous avez un chien » dit-il.

« Veuillez m'excuser. Il peut attendre dans le couloir. »

« Non, j'aime les chiens. Asseyez-vous. »

À en juger par son ton de voix bourru et l'air nerveux qu'il avait en regardant Sir Reggie, London soupçonna qu'il ne devait nullement apprécier les chiens. Mais il ne voulait pas faire preuve de faiblesse en l'admettant, encore moins devant une femme. London s'assit devant la table en Formica de la cuisine, Reggie sur ses genoux.

Elle fit un geste vers la valise.

« Vous partez en voyage ? » demanda-t-elle.

« Oui, je prends des vacances bien méritées. En fait, je démissionne. J'aurais dû partir depuis longtemps. Je me suis dit que j'allais voyager un peu pour fêter ma liberté avant d'être enchaîné à un nouveau boulot. »

Raab s'assit au bord du lit.

« Donc c'est vous qui avez découvert le corps d'Olaf, hein ? » dit-il.

« Oui » dit London.

« Et vous voulez m'en parlez. »

« C'est exact. »

« Eh bien, ça ne me dérange pas, j'imagine. Je n'ai pas eu l'occasion de voir le corps. Comment était-il ? »

London fut un peu surprise.

« Que voulez-vous dire, comment était-il ? » demanda-t-elle.

« Je veux dire, quand vous l'avez trouvé. Avait-il l'air d'être mort sur le coup ? Ou semblait-il avoir souffert ? »

London fut un peu déroutée par le côté direct et morbide de ses questions. Elle réprima un frisson tout en se rappelant l'instant où elle avait aperçu ces yeux fixes et immobiles dans le théâtre obscurci.

« Je ne sais pas » dit-elle.

Elle disait la vérité naturellement. Elle ignorait totalement si la mort d'Olaf avait été instantanée ou si elle s'était prolongée. Mais Raab s'esclaffa, l'air de ne pas la croire.

« Vous ne savez pas, hein ? » dit-il. « Eh bien, à mon avis, il n'est pas mort tout de suite s'il est tombé du balcon supérieur pour atterrir sur une rangée de sièges en bas. Ça a dû prendre quelques minutes. Je pense qu'il a dû beaucoup souffrir. »

London se sentit choquée par la jubilation sadique perceptible dans la voix de ce gros bonhomme. Elle aurait voulu partir, s'en aller sur le champ. Mais elle se rappela pourquoi elle était venue.

« Connaissiez-vous Olaf personnellement, Herr Raab ? » demanda-t-elle.

« Oui, tout le monde connaissait Olaf. Ce bon vieil Olaf. Tout le monde l'aimait sauf moi. Je le détestais. Et j'avais raison. Je me demande pourquoi les autres ne le détestaient pas eux aussi. C'était un vantard, un miteux et un hypocrite. »

London ressentit un frisson en entendant toute l'animosité qu'il y avait dans sa voix.

« Que voulez-vous dire ? » demanda-t-elle.

« À votre *avis* ? Il prenait tout le monde de haut, comme s'il en savait plus que n'importe qui à propos de tout. S'il travaillait comme guide touristique, c'est uniquement parce qu'il pouvait frimer devant les autres. Il n'était pas si intelligent que ça en réalité. »

Il émit un petit rire sinistre.

« Il se prenait pour un musicien, pour un grand pianiste. Je l'ai entendu jouer, je ne l'ai pas trouvé tellement doué. Oh, et il s'imaginait qu'il deviendrait un grand compositeur, comme Beethoven ou Mozart. Ou du moins c'est ce qu'il pensait jusqu'à avant-hier. »

« Que s'est-il passé ? » demanda London.

« Il a montré une partition qu'il avait composée à Wolfram Poehler, ce pianiste dont tout le monde parle en ce moment. J'étais dans les coulisses en train de nettoyer le sol à cette heure-là. Poehler essayait de répéter pour son récital et Olaf ne cessait de le déranger, de tenter de lui donner sa partition, de l'implorer d'en jouer au moins quelques notes. »

Raab rit avant d'ajouter, « Poehler y a jeté un seul coup d'œil et l'a rendue à Olaf. Celui-ci a encore essayé de la lui tendre mais il n'en a toujours pas voulu. Olaf a essayé une dernière fois alors Poehler l'a froissée en boule et l'a jetée par terre. À voir Olaf, on aurait dit qu'on venait de tuer sa mère. Il a ramassé la partition et est parti. »

London essaya de trouver du sens à ce qu'elle venait d'entendre.

Wolfram Poehler ne lui avait absolument pas décrit l'incident de cette façon.

Raab ment, se dit-elle. *Mais pourquoi ?*

Il continua, « Ça a carrément remis Olaf à sa place. Il a compris une fois pour toutes qu'il ne vaudrait jamais rien comme compositeur. Je l'ai même entendu le dire, 'Maintenant je sais', voilà ce qu'il a murmuré en sortant du théâtre. »

Raab haussa les épaules en ricanant.

« Enfin, je suppose que quelqu'un d'autre le détestait également. Suffisamment pour le tuer. Mais ce n'est pas moi. Je n'étais pas là. Je buvais une bière avec quelques potes au Hopla Bar, qui se trouve à quelques pas du théâtre. Les flics ont vérifié mon alibi et mes amis se sont portés garants pour moi. Je ne suis pas soupçonné. Mais je serrerais volontiers la main de la personne qui a liquidé ce type inutile. »

Ainsi la police ne le soupçonne pas, songea London.

Si tel était le cas, elle n'avait sûrement aucune raison de le faire non plus. Mais cet homme paraissait si redoutable que sa seule présence suffisait à l'effrayer.

Elle se mit à penser à ce que Greta lui avait dit concernant la raison pour laquelle Raab avait brusquement quitté son travail cet après-midi.

« *Il a dit... qu'il ne se sentait pas bien. Il voulait juste rentrer chez lui.* »

Elle avait cru que Greta mentait sur le moment mais elle n'en était plus certaine à présent.

London plissa les yeux vers Raab avec curiosité.

« Donc vous preniez un verre dans un bar avec des amis quand Olaf a été tué » fit-elle remarquer d'un ton prudent.

« C'est bien ça. »

« Vous avez quitté le théâtre plus tôt que d'habitude pour aller là-bas. »

« Exactement, j'ai débauché en avance. »

« Pourquoi êtes-vous parti à cette heure-là ? »

Raab renversa sa tête en arrière et se mit à rire.

« Eh bien, si vous voulez tout savoir, je m'étais disputé avec ma petite amie. »

Sa petite amie ! se dit London.

« Voulez-vous parler de Greta Mayr ? » dit-elle.

« D'elle en effet. Mon *ex*-petite amie, devrais-je dire. Je venais tout juste de rompre avec elle. Elle ne l'a pas bien pris. »

London ignorait s'il mentait effrontément ou s'il était lui-même en train de s'illusionner d'une façon stupéfiante. La seule chose dont elle était certaine, c'est que Greta n'était pas sa 'petite amie' – qu'elle ne l'avait jamais été et ne le serait jamais.

« Pourquoi avoir rompu avec elle ? » demanda London.

« Parce que c'est une allumeuse, voilà pourquoi » dit Raab d'un ton amer. « Elle est trop jolie pour son propre bien, les hommes lui courent toujours après et ça lui *plaît*. Elle aime la manière dont les hommes la regardent, elle apprécie d'attirer leur attention. Elle était incapable de profiter des aspects positifs qu'il y avait à être avec moi. Je lui ai répété de nombreuses fois qu'elle devait arrêter de flirter mais elle ne voulait pas m'écouter. Finalement j'en ai eu assez. Je lui ai dit que c'était fini entre nous. »

London avait presque la tête qui lui tournait devant les mensonges éhontés de Raab. Il n'avait évidemment pas rompu avec Greta puisqu'ils n'avaient jamais été en couple pour commencer. Mais London était sûre d'une chose – tous deux s'étaient réellement disputés avant qu'il ne quitte le théâtre ce jour-là. Et elle était également persuadée d'en connaître la raison.

« Vous étiez jaloux d'Olaf » dit-elle.

Le petit sourire en coin s'effaça des lèvres de Raab et ses yeux s'assombrirent.

« Vous ne savez pas ce que vous dites » dit-il.

London avait de plus en plus peur. Elle devait lutter contre elle-même pour ne pas fuir à toutes jambes.

Concentre-toi, se dit-elle. *Garde ton calme.*

« Je pense que si » dit-elle. « Greta vous a dit qu'Olaf était attiré par elle et que c'était réciproque. Et aussi qu'elle voulait que vous les laissiez tous les deux en paix afin qu'ils puissent être ensemble. Qu'avez-vous ressenti à ce moment-là ? »

London fut stupéfaite par le rugissement soudain qui jaillit de la gorge de Raab.

Il bondit du lit et la renversa de sa chaise pour la mettre à terre. Sir Reggie gémit lorsqu'il fut jeté à bas de ses genoux.

London essaya de se relever, la terreur se propageant dans chaque parcelle de son corps, mais c'est alors qu'une main énorme et vigoureuse l'agrippa à la gorge pour la faire tomber à nouveau.

« Vous posez vraiment beaucoup de questions » gronda Gunther Raab.

CHAPITRE TRENTE-CINQ

London essaya de crier mais elle n'arrivait même plus à respirer. Elle ne pouvait pas non plus bouger. L'homme qui la maintenait à terre était beaucoup trop grand et fort pour qu'elle réussisse à se libérer de son étreinte.

Raab poussa alors un hurlement de douleur et la pression sur la gorge de London se desserra. Toujours étendue sur le dos parmi ce qui restait de la chaise où elle s'était assise peu auparavant, elle se redressa sur ses coudes pour voir ce qui se passait.

Raab sautillait sur un pied, une main devant la bouche. À sa grande surprise, elle s'aperçut qu'il avait la main en sang.

C'est alors qu'elle entendit de furieux et féroces aboiements et comprit que le coriace petit Yorkshire Terrier avait mordu son agresseur, perforant l'un de ses doigts rouges de ses crocs pointus.

« Sir Reggie, non » s'exclama London, terrifiée que l'homme en colère ne blesse à tout instant le petit chien. Mais à son grand étonnement, Raab recula et grimpa sur une chaise, l'air complètement terrorisé.

Pendant que Sir Reggie bondissait tout autour de lui en aboyant, en jappant et en grondant, London se rappela avoir deviné lors de son arrivée que Raab ne devait pas beaucoup apprécier les chiens. Elle voyait désormais qu'il ne les aimait *vraiment* pas. Pas même ceux de petite taille.

« Éloignez-le de moi ! » cria Raab. « Éloignez-le de moi ! »

London ne se sentait disposée à rien de ce genre. L'homme semblait réellement apeuré, une situation qui valait nettement mieux que celle où Raab enserrait sa gorge de ses mains.

Mais pendant combien de temps Sir Reggie pourrait-il ainsi le tenir en respect ?

On frappa tout à coup à la porte.

« Police ! » s'exclama une voix familière. « Ouvrez la porte ! »

Raab lui-même parut soulagée en l'entendant.

« À l'aide ! Police ! On m'attaque ! »

London roula sur elle-même et parvint à se relever puis tituba pour aller ouvrir la porte. Le *Polizeidirektor* Tanneberger franchit le seuil à grands pas, suivi par deux officiers de police.

Raab hurla en direction de Tanneberger, « Aidez-moi ! Éloignez cet animal ! »

Tanneberger croisa les bras en observant la scène. Il n'esquissa pas le moindre sourire, même si London fut sûre de l'avoir vu reprendre son souffle comme pour contenir son amusement. Le *Polizeidirektor* se tourna alors vers London et la fixa avec sévérité.

« *Fräulein*, auriez-vous l'obligeance de sauver ce gentleman de cette… bête féroce ? » dit-il, pince-sans-rire.

London ramassa la laisse qui était tombée au sol et traînait désormais derrière Reggie.

« Ça suffit, Sir Reggie » dit-elle en tirant sur la laisse. « Il ne peut plus me faire mal à présent. »

Avec un dernier grognement menaçant, le chien se tut et alla se mettre à côté d'elle, l'air plutôt content de lui.

Tanneberger examina la chaise cassée où London était assise au moment de son agression.

« Peut-être quelqu'un accepterait-il de me renseigner sur ce qui se passe ici » demanda-t-il.

Raab descendit de sa chaise et s'assit dessus, tout essoufflé.

« Cette femme a fait irruption dans mon appartement il y a tout juste un instant » dit-il en pointant un doigt sur London. « Elle a lancé son chien sur moi sans aucune raison. Il m'a carrément mordu ! »

Il tendit son doigt blessé, qui avait arrêté de saigner.

« Regardez ce que m'a fait cet animal ! » dit-il.

« Je vois » dit Tanneberger. « Donc l'accident est entièrement de la faute de la *Fräulein* ? »

« Tout à fait » dit Raab.

« Pourquoi est-ce que j'ai un peu de mal à vous croire ? » dit Tanneberger.

London se sentait désormais mieux disposée à parler.

« Vous savez pourquoi je suis venue ici, Monsieur » dit-elle à Tanneberger. « Je vous ai laissé un message à ce sujet. Herr Raab m'a fait entrer dans son appartement et je lui ai posé quelques questions puis il m'a soudainement saisie à la gorge, m'a fait tomber par terre en renversant cette chaise. J'ai cru qu'il allait m'étrangler. »

London entrouvrit son col pour montrer à Tanneberger les marques rouges toutes récentes que Raab lui avait faites au cou. Tanneberger sortit son portable et en prit quelques photos. Il photographia ensuite la chaise cassée ainsi que la valise ouverte sur le lit.

« Arrêtez cet homme » dit-il à ses collègues.

Gunther Raab grogna et lutta au moment où les deux policiers lui passaient les menottes. London eut peur qu'il ne réussisse à leur échapper et s'enfuie par les escaliers. Mais à eux deux, les policiers étaient suffisamment forts pour le maîtriser et ils parvinrent à le conduire hors de l'appartement.

Tanneberger regarda London en silence pendant un moment.

Il n'est pas content de moi, réalisa-t-elle.

« Je suppose que je vous dois une explication » dit-elle.

« Oh, je pense connaître une partie des faits » dit Tanneberger, toujours sans la moindre trace de sourire. « Ainsi que vous l'avez déjà prouvé à Györ, me semble-t-il, vous avez totalement perdu la tête. Vous n'arrivez tout simplement pas à vous mêler de vos propres affaires et vous vous attirez toujours des ennuis de la plus improbable des façons. Ai-je raison jusque-là ? »

« Je crains que oui » dit London, baissant la tête d'un air penaud.

Tanneberger se mit à faire quelques pas de long en large.

Il poursuivit, « Votre petite enquête extrêmement peu judicieuse vous a amené à croire que Gunther Raab avait tué Olaf Moritz. En l'occurrence, mes collègues et moi étions sur le point de parvenir à la même conclusion. Seulement nous n'avions aucune preuve de sa culpabilité – en tout cas pas suffisamment pour procéder à une arrestation. J'ai donc laissé croire à Raab qu'il était lavé de tout soupçon afin de l'apaiser, de lui procurer un faux sentiment de sécurité. Je me disais qu'ainsi nous ne tarderions pas à le prendre au piège. »

Il s'arrêta de marcher et lui lança à nouveau un regard noir.

« Puis j'ai reçu votre message au téléphone. Il n'a guère été difficile de deviner dans quelle sorte de danger vous alliez vous fourrer. Mes hommes et moi sommes arrivés tout de suite. »

« J'espère ne pas avoir ruiné votre plan » dit London.

Tanneberger soupira à contrecœur.

« Cela m'embête de l'admettre mais pour dire la vérité, c'est sans doute exactement le contraire. » Il pointa du doigt la valise restée ouverte et continua, « Il semble que le risque que Raab prenne la fuite ait été plus élevé que nous ne l'avions supposé. Si vous et votre chien n'aviez pas fourré votre nez là où vous n'auriez pas dû, il aurait fort bien pu nous glisser entre les doigts avant que nous n'ayons rassemblé assez de preuves pour l'arrêter. »

Il tapota son téléphone et ajouta, « Chose qui ne devrait plus poser problème maintenant que je dispose des preuves photographiques qu'il vous a agressée. Nous allons le garder en détention pendant que nous réunissons les preuves qui montrent que c'est bien lui l'assassin. Je pense que nous serons en mesure de faire ça d'ici très peu de temps. En attendant, je dois prendre votre déposition concernant ce qui vient de se passer ici. »

Le *Polizeidirektor* prit son téléphone pour enregistrer la déclaration de London. Il ne cessa de hocher la tête tout le temps qu'elle parla.

« Oui, tout ce que vous dites concorde avec les hypothèses que j'avais déjà commencé à formuler » dit-il ensuite. « Raab a tué Olaf Moritz parce qu'il le considérait comme son rival pour gagner l'amour de Greta Mayr. Espérons que nous ne serons bientôt capables de déterminer si le meurtre était prémédité ou s'il s'est vraiment agi d'un crime passionnel. En attendant… »

Il se gratta le menton tout en regardant London.

« C'est à vous de décider si vous souhaitez porter plainte contre Raab pour agression. Je préfèrerais que vous vous en absteniez. Toute cette histoire risque de devenir un incident d'envergure internationale, l'Ambassade américaine sera impliquée et vous seriez obligée de rester à Salzbourg pendant un long moment. J'espère que vous ne le prenez pas mal, *Fräulein* Rose mais… »

Il se tut un instant.

« J'aimerais vraiment ne plus avoir affaire à vous aussi tôt que possible » dit-il.

Agitant un doigt vers Sir Reggie, Tanneberger ajouta, « Et cela vaut également pour ce chien d'attaque. »

Sir Reggie poussa un aboiement approbateur.

London ne put s'empêcher de rire légèrement.

« C'est tout à fait réciproque, Monsieur » dit London.

« Parfait » dit Tanneberger.

*

Tanneberger téléphona au Capitaine Hays pour lui dire que le *Nachtmusik* était libre de lever l'ancre dès qu'il serait prêt. Puis le

226

Landespolizeidirektor ramena London et Sir Reggie au bateau dans une voiture de police.

London était de bonne humeur au moment où elle et Sir Reggie traversèrent la barge pour regagner la passerelle jusqu'au bateau. Malgré les marques rouges sur son cou, elle n'avait pas été sérieusement blessée et à présent l'homme qui avait tué Olaf Moritz se trouvait en garde à vue. Mieux encore, leur voyage pouvait désormais se poursuivre.

Elle entra dans l'espace de réception et fut heureuse d'y voir trois visages familiers – Cyrus Bannister, Amy Blassingame et Bob Turner.

« J'ai de bonnes nouvelles » s'empressa-t-elle de leur dire. « L'assassin a été arrêté. Nous pouvons partir pour Ratisbonne dès que le bateau sera prêt et que tout le monde est revenu à bord. »

« Nous sommes déjà au courant » dit Cyrus.

« Le capitaine vient de nous l'annoncer » ajouta Amy.

London se demanda pourquoi ils affichaient tous une expression sinistre.

« Nous aussi nous avons des nouvelles » dit Bob à London. « Nous avons découvert qui a volé les poupées musiciennes. »

London s'écria.

« Qui est-ce ? » demanda-t-elle.

Un instant, Bob, Amy et Cyrus se contentèrent de la regarder.

« Vous » finit par dire Bob.

CHAPITRE TRENTE-SIX

London regarda tour à tour Bob Turner et Amy Blassingame. Tous deux avaient l'air parfaitement sérieux. Elle se tourna ensuite vers Cyrus Bannister. Comme d'habitude, il semblait sinistrement amusé par toute la situation.

Finalement, elle ne put s'empêcher de rire.

« C'est une blague, c'est ça ? » bredouilla-t-elle.

Fixant London d'un air de reproche, Amy dit, « Si ça l'est, elle n'est pas très drôle. »

« Eh bien, je suis curieuse de savoir comment vous êtes parvenus à une conclusion aussi ridicule » dit London.

« J'aurais préféré qu'elle le soit » dit Amy. « Vous auriez peut-être pu vous en tirer sans la présence de notre agent de sécurité qui s'est montré très perspicace. Je suis vraiment heureuse que Monsieur Lapham ait décidé de l'engager à bord. Voilà qui a été très judicieux de sa part. »

Bob rit avec satisfaction.

« Je vous l'avais bien dit, Mademoiselle – personne ne peut m'embobiner. »

Se tapotant le front, il ajouta, « Y en a là-dedans, moi je vous le dis. »

London, de plus en plus agacée, commençait à s'impatienter.

« Je pense que l'un de vous ferait mieux de m'expliquer de quoi il retourne » dit-elle.

« C'est vous qui devriez nous donner des explications » dit Amy. « Franchement, London, je n'aurais jamais cru ça de vous. »

London regarda Bob droit dans les yeux et dit, « J'aimerais vraiment savoir comment une idée aussi absurde a pu vous traverser la tête. »

Bob pointa un doigt vers elle.

« Allez-vous nier que vous vous êtes rendue dans la cabine des Weaver ce matin ? »

Mais quel rapport ? se demanda London.

« Il se trouve que oui, j'y suis allée » dit London. « Steve et Carol ont eu une petite urgence musicale. C'était plutôt comique en réalité.

Le système audio dans leur cabine s'était bloqué et ne voulait plus jouer que du heavy metal. J'ai remis de la musique baroque ainsi qu'ils le voulaient. »

Bob acquiesça et dit, « Et allez-vous nier que vous êtes la seule personne à être venue dans cette cabine aujourd'hui en dehors des Weaver ? »

London s'efforça un instant de comprendre la question.

« Déjà, comment puis-je *savoir* ça ? » demanda-t-elle. « Ce n'est pas comme si j'avais passé mon temps à surveiller qui entrait et sortait de là. »

Bob rit à nouveau.

« Une réponse astucieuse » dit-il. « Très astucieuse. Mais Steve et Carol Weaver m'ont dit la vérité – que vous êtes la seule personne à être venue dans leur cabine aujourd'hui. Personne, pas même le personnel de ménage n'est entré à part vous. »

« Steve et Carol vous ont dit… ? » commença London.

« Ils sont venus me trouver pour signaler le vol d'une de leurs poupées musiciennes » dit Bob.

« Le petit clarinettiste » ajouta Amy.

« Et la première chose que je leur ai demandée, c'est qui d'autre était venu dans leur cabine » dit Bob. « Dites-vous bien, ma petite, que je vous avais à l'œil depuis un certain temps. Tout dans votre comportement suggère des tendances criminelles – par exemple, la façon dont vous évitez de me regarder dans les yeux. »

London, furieuse, regarda son propre reflet dans ses lunettes.

« Comment quiconque peut-il vous regarder dans les yeux tant que vous portez ces lunettes réfléchissantes ? » demanda-t-elle.

« Encore une réponse astucieuse » répondit Bob.

London resta bouche bée.

« Donc vous croyez que c'est moi qui ai volé la poupée ? » demanda-t-elle avec incrédulité, essayant toujours de comprendre ce qui se passait.

« Monsieur Turner le pense en tout cas » dit Cyrus Bannister avec un sourire narquois.

Un petit groupe de passagers commençaient à se rassembler autour d'eux, intrigués par la tournure agitée que prenait leur conversation.

Super, pensa London. *Comme si je n'avais pas déjà assez de mal à obtenir la confiance des passagers.*

« Évidemment que je n'ai *rien* volé » dit London. « Je n'ai fait que remettre en marche la musique qu'ils voulaient. Je n'ai même pas pris le temps de jeter un œil à leur cabine. Je n'ai pas remarqué où ils avaient mis leurs poupées musiciennes. Je ne les ai même pas vues. »

Bob se redressa crânement.

« Impossible d'échapper à la pure logique déductive, ma petite » dit-il. « J'ai découvert la vérité grâce à un système de raisonnement que les gens qui ne sont pas versés dans l'art de l'investigation sont incapables de saisir. C'est forcément vous qui avez dérobé les objets en question. Autrement, seuls Steve ou Carol auraient pu le faire. Et comme ces objets leur appartiennent, cela est parfaitement impossible. »

Les passagers qui écoutaient murmurèrent, l'air impressionné par le raisonnement de Bob.

London, quant à elle, ne l'était pas du tout.

De son côté, Bob semblait se délecter d'avoir un public devant lequel se mettre en scène.

Cyrus Bannister paraissait prendre un grand plaisir à ce conflit.

« Comme l'a dit le grand Sherlock Holmes » leur dit Bannister. « Lorsque vous avez éliminé l'impossible, ce qui reste, si improbable soit-il, est nécessairement la vérité. »

Bob acquiesça vigoureusement.

« Ce Sherlock Holmes était un type vraiment futé » dit-il.

London regarda Cyrus d'un air furieux. Elle était sûre qu'il se moquait complètement de qui avait ou non volé les poupées. Il était juste là pour son propre divertissement. London eut envie de lui intimer de s'en aller et de se mêler de ses affaires.

Bob poursuivit, « Malgré tout, je n'ai pas encore tout à fait élucidé 'L'Affaire des Musiciens Disparus'. Je dois encore parvenir à la *pièce de résistance,* au *coup de grâce.* Je dois encore retrouver l'arme du crime. »

« Vous voulez dire les objets volés » dit London.

« Exactement. »

« Eh bien, bonne chance dans votre quête » dit London. « Pour ma part, je n'ai aucune idée de l'endroit où chercher. Que comptez-vous faire, me fouiller ici et maintenant ? »

Bob agita un doigt vers elle.

« Excellente suggestion » dit-il. « Qu'on ne dise jamais que j'ai sous-estimé votre intelligence. Vous êtes beaucoup trop rusée pour conserver sur vous les articles volés. Non, j'ai ma petite idée sur l'endroit où vous gardez les poupées – une idée *générale* du moins. »

Il fallut à London quelques secondes pour qu'elle comprenne où Bob voulait en venir.

« Vous pensez qu'elles sont cachées dans ma cabine ? » dit-elle.

Bob acquiesça.

« Vous n'avez pas l'intention de fouiller… » commença London.

« Pourquoi pas ? » l'interrompit Amy. « Si vous n'avez rien volé, vous n'avez rien à cacher. Et ça ne vous a pas gênée de fouiller… »

« La cabine de quelqu'un d'autre » dit London, terminant à sa place. Elle ne voulait pas qu'Amy divulgue le nom de Letitia devant l'ensemble du groupe. Elle n'avait pas non plus envie que soit évoquée la détermination de Bob à fouiller la cabine de Letitia avec ou sans son accord, ni la part qu'elle avait prise aux recherches en tentant d'éviter que les choses ne dégénèrent.

Elle s'aperçut alors que tout le monde la regardait d'un œil méfiant – excepté Cyrus Bannister qui continuait simplement d'avoir l'air amusé par la scène ridicule en train de se déployer.

London était encore indécise sur ce qu'elle devait faire.

Elle pouvait sûrement refuser le droit à Bob et Amy d'entrer dans sa cabine.

Mais elle serait alors la proie des soupçons, peut-être même jusqu'à la fin du voyage.

C'est alors qu'une autre idée lui traversa l'esprit.

J'ai failli me faire étrangler tout à l'heure.

Voilà qui rendait le problème actuel plutôt insignifiant, même si sa cabine devait être fouillée.

Réprimant un soupir agacé, elle dit, « D'accord, descendons dans ma cabine. Essayez juste de ne pas trop mettre le bazar. »

Laissant derrière eux des passagers bouche bée d'avoir assisté à cette scène, London, Sir Reggie, Amy, Bob et Cyrus Bannister prirent l'ascenseur pour descendre au pont Allegro. Ils allèrent tout droit à la cabine de London et pénétrèrent à l'intérieur.

« Laissez-moi vous faire faire le tour » dit London, espérant garder le contrôle en menant elle-même les fouilles.

Elle alla à son placard et l'ouvrit.

« Vous ne voyez rien de suspect là-dedans, pas vrai ? » dit-elle.

Amy regarda l'intérieur d'un air peu convaincu.

231

« Nous devrions peut-être inspecter toutes les poches. Et l'intérieur des chaussures. »

« Oh, Amy » dit London en levant les yeux au ciel.

Elle entendit brusquement la voix de Bob.

« Oh, oh, oh. Qu'avons-nous ici ? »

London et Amy se retournèrent et virent Bob accroupi à côté du lit. Il se releva triomphalement en tenant dans sa main le clarinettiste disparu.

London s'écria. Elle ne pouvait en croire ses yeux. Comment expliquer ce qu'elle était en train de voir ? Bob avait-il lui-même transporté la poupée jusqu'ici ? L'avait-il fourrée sous le lit pour la piéger ?

Tout ça n'a aucun sens.

Vraiment aucun sens.

Sir Reggie accourut vers Bob et regarda la poupée en poussant un aboiement plein d'enthousiasme.

Le petit chien plongea sous le lit et en ressortit avec le chef d'orchestre manquant dans sa gueule. Il le posa soigneusement aux pieds de Bob.

Sir Reggie disparut à nouveau sous le lit, cette fois pour en émerger avec le joueur de batterie. Il le déposa à côté du chef d'orchestre.

Il se tourna ensuite vers Bob en agitant la queue. Ce dernier avait l'air complètement abasourdi.

Avant que London ne puisse trouver la moindre logique à tout ceci, elle entendit un mugissement tonitruant. Elle se retourna et vit Cyrus Bannister, d'habitude si taciturne, secoué de rires convulsifs.

« Ne comprenez-vous pas ce qu'il est en train de faire ? » s'exclama Cyrus. « Il met au point son propre groupe de musique. »

Cyrus fit un pas vers Bob et lui prit le clarinettiste des mains. Il le posa par terre, dans l'alignement des autres musiciens.

Sir Reggie agita la queue avec enthousiasme et s'accroupit à côté des poupées.

« Voilà votre soi-disant voleur » rit Cyrus en désignant Sir Reggie.

« Je... je ne comprends pas » balbutia Bob.

Mais tout commençait à s'éclaircir pour London. La première poupée volée l'avait été dans la cabine de Kirby Oswinkle. Sir Reggie et elle s'y trouvaient quand Oswinkle s'était plaint de son thermostat. La seconde avait été dérobée dans le salon Amadeus, où Sir Reggie y avait facilement accès. Et bien entendu, il l'accompagnait quand elle s'était rendue dans la cabine des Weaver ce matin. De plus, Sir Reggie était parti avant elle, probablement avec la petite poupée dans sa gueule.

« C'est toi qui les a toutes prises » dit London au chien avec consternation.

Bob semblait sidéré.

« Mon collègue canin ? » dit-il. « Un kleptomane ? »

« Oh, pas du tout » dit Cyrus en continuant de rire. « Juste un petit animal d'une intelligence exceptionnelle – apparemment beaucoup plus que l'ensemble des personnes ici présentes, moi-même y compris peut-être. Suffisamment intelligent pour très vite s'ennuyer. Cette pauvre petite créature aurait vraiment besoin de quelques jouets avec lesquels s'amuser. »

London regarda Cyrus. Elle se rappela qu'une des premières choses qu'il lui avait dite à son sujet concernait sa connaissance des chiens.

« Des jouets » murmura-t-elle d'un air coupable.

Il n'y avait aucun jouet parmi les affaires pour chien détenues par son ancienne propriétaire. Pendant la courte période où elle s'était occupée de Sir Reggie, London n'avait pas pensé à lui en acheter. Mais pour sa défense, quand aurait-elle trouvé le temps de faire de telles emplettes ?

Cyrus riait toujours en quittant la cabine de London. Amy rassembla les poupées pour les rendre à leurs propriétaires puis s'en alla à son tour. Bob les suivit en se grattant la tête avec perplexité, laissant London et Sir Reggie tout seuls.

London s'assit sur le lit et Sir Reggie bondit à ses côtés.

« Je suis désolée, mon vieux » dit-elle en le caressant. « J'aurais dû me douter que tu t'ennuyais. Mais ce n'était pas assez enthousiasmant pour toi de m'aider à attraper des voleurs et des assassins ? »

Sir Reggie roula sur son dos afin que London puisse lui caresser le ventre.

« Tu n'as pas le droit d'aller et venir pour prendre ce qui ne t'appartient pas. Tu comprends ça ? »

Sir Reggie couina faiblement.

Le téléphone de London sonna à ce moment-là. C'était le Capitaine Hays.

« Bonjour London Rose. Le *Polizeidirektor* m'a téléphoné pour me dire que l'assassin a été arrêté, ce que j'ai annoncé aux passagers. Il m'a dit que vous l'aviez aidé à interpeller le coupable. Mais il a ensuite ajouté une chose étrange. 'Veillez à ce qu'elle ne refasse pas la même chose'. Que voulait-il dire par-là ? »

London rit.

« Je crois qu'on pourrait dire que Herr Tanneberger et moi nous sommes séparés… eh bien, sur une note ambivalente. »

« Quoi qu'il en soit, voilà d'excellentes nouvelles. Le *Nachtmusik* va pouvoir appareiller dès que nous serons sûrs que tous les passagers sont bien rentrés. Beaucoup d'entre eux sont encore à terre en train de visiter Salzbourg mais je suis certain qu'ils ne vont pas tarder. Nous serons repartis d'ici quelques heures. Comme toujours, je vous remercie d'avoir aidé à résoudre cette malheureuse affaire. »

« Je suis toujours heureuse de faire tout mon possible » dit London.

Dès qu'ils eurent raccroché, Sir Reggie sauta à bas du lit et se dirigea vers sa trappe.

« Sir Reggie… » l'appela London.

Il se retourna, l'air impatient.

« Ne vole rien, d'accord ? » dit-elle.

Il jappa et – London ne fit-elle que l'imaginer ou bien hocha-t-il la tête ?

Tandis qu'il filait à travers la trappe, London poussa le long soupir qu'elle n'avait cessé de réprimer. Elle se sentait épuisée après cette longue et difficile journée mais malgré tout…

J'ai une course à faire…

CHAPITRE TRENTE-SEPT

Même s'il ne restait plus beaucoup de temps avant que le *Nachtmusik* ne quitte Salzbourg, London savait qu'elle devait retourner une dernière fois en ville.

Elle se sentait coupable au sujet de cette histoire de jouets pour chien.

Pourquoi, se demandait-elle, n'y en avait-il aucun parmi toutes les affaires que Mme Klimowski gardait pour lui ?

Quand London avait récupéré les affaires de Sir Reggie dans la cabine de sa précédente propriétaire, elle avait trouvé plusieurs laisses et colliers, dont certains incrustés de pierreries qui, à son avis, étaient peut-être véritables. Il y avait des pulls et des vestes pour chien. De petits rubans dont Sir Reggie n'avait désormais plus besoin puisque ses poils avaient été coupés courts pour plus de confort. Il y avait même un système très pratique de toilettes pour chien qui se révélait fort utile.

Mais pas la moindre trace de jouets. Selon London, la seule raison capable d'expliquer ce manque était que Mme Klimowski avait dû considérer Sir Reginald comme un jouet plutôt que comme une créature vivante. Enfant, London n'avait guère possédé d'animaux domestiques à cause de sa famille qui voyageait si souvent mais elle éprouvait de la gêne en constatant qu'elle n'avait pas pensé que son nouvel ami aurait besoin de joujoux.

Nul besoin qu'ils soient spécifiquement destinés aux chiens, décida-t-elle. Il fallait simplement qu'un animal apprécie de s'amuser avec. Elle se rappela que certaines échoppes sur le chemin menant à la Maison de Mozart vendaient des jouets pour enfants. Elle y trouverait sûrement son bonheur.

London sortit de sa cabine et prit son portable pour envoyer un nouveau SMS à Amy, l'avertissant qu'elle quittait le bateau mais qu'elle n'en avait pas pour longtemps.

« Assurez-vous que tout le monde est bien revenu à bord » écrivit-elle.

London quitta le bateau et commença à marcher dans les rues désormais familières de Salzbourg, entre le port et la Maison de Mozart. Les événements de cette étrange journée continuaient à hanter son esprit. Même si le problème des poupées volées avait été source d'inquiétude, ce n'était rien à côté de l'agression subie un peu plus tôt par le violent Gunther Raab.

Elle se remémora cet affreux épisode. Elle n'avait pas réellement accusé Raab de meurtre. Elle avait uniquement suggéré que Greta lui avait dit la vérité au sujet de l'affection réciproque entre Olaf et elle.

« Qu'avez-vous éprouvé à ce moment-là ? » lui avait-elle demandé.

Cette simple question avait, semble-t-il, provoqué chez lui une rage incontrôlable. Il était clair que cet homme était d'une jalousie maladive et enclin à la violence – sans doute encore plus à l'égard des femmes. Voilà pourquoi Greta l'avait repoussé, cela expliquait aussi pourquoi elle avait peur de lui.

A-t-il vraiment essayé de me tuer ? se demanda-t-elle.

London n'était sûre que d'une chose, c'est qu'elle était reconnaissante à Sir Reggie et au *Polizeidirektor* Tanneberger d'être venus à son aide.

Parvenue dans le quartier où se trouvaient les magasins et autres échoppes, elle fut surprise en voyant une silhouette familière parcourir un étal vendant de petite babioles et souvenirs bon marché.

« Bonjour Bob » dit-elle. « Quelle surprise de vous trouver ici. »

L'agent de sécurité du bateau se retourna vers elle, l'air assez étonné à son tour.

« Salut London. Comment allez-vous ? »

« Je vais bien. Nous allons partir pour Ratisbonne d'ici très peu de temps, vous êtes au courant. Vous feriez mieux de retourner vite au bateau. »

« Oh, je ne reste pas à terre très longtemps » répondit Bob.

Il baissa les yeux en passant gauchement d'un pied sur l'autre.

« Je suppose que je vous dois des excuses » dit-il.

London faillit répliquer que cela n'était nullement nécessaire.

Mais c'était le cas bien sûr et elle se dit que des excuses leur feraient sans doute du bien à tous les deux.

Bob poursuivit, « Je vous ai mal jugée en croyant que vous aviez volé ces poupées. En vérité, je ne sais absolument pas comment j'ai pu me tromper à ce point. Tout ça m'a paru si limpide sur le moment. J'espère que mon brillant talent pour l'investigation n'est pas en train de décliner avec l'âge. »

Au grand étonnement de London, il enleva alors ces lunettes de soleil et la fixa tout droit. L'expression dans ses yeux marron foncé était des plus sincères.

Bob lui tendit une main. « Dans tous les cas, je suis vraiment désolé. »

London se sentait vraiment touchée à présent. Bob lui montrait une facette de sa personnalité qu'elle n'avait pas vue jusque-là.

Peut-être même que cet homme pourrait commencer à me plaire, songea-t-elle.

« J'accepte vos excuses » dit London en lui serrant la main. « Mais que faites-vous à terre ? »

Bob remit ses lunettes et manipula certains des articles devant lui.

« Je me suis dit que ce serait une bonne idée de trouver quelques jouets pour mon ami canin. Je l'ai mal jugé lui aussi, du moins à un certain moment. Ce n'est pas un kleptomane, c'est juste qu'il s'ennuyait et on ne peut pas tolérer ça. »

London sourit en réalisant que Bob et elle étaient partis faire une course similaire.

Il continua, « Sur le bateau, j'ai demandé à deux ou trois passagers où je pourrais trouver des choses capables d'amuser un chien et ils m'ont suggéré ces échoppes. »

Il prit une balle en plastique sur laquelle était estampillé *Wilkommen in Salzburg.*

« Les chiens aiment jouer à la balle, non ? » dit-il.

« À ce qu'il parait » acquiesça London. « Je suis sûre que c'est exactement ce qu'il faut à Sir Reggie. »

« Je vais l'acheter alors » dit Bob avec enthousiasme. « J'en prends deux. »

« C'est gentil de votre part » lui dit London.

« Merci. Et que faites-*vous* à terre ? »

« Il se trouve que je venais aussi acheter des jouets pour chien. »

« Eh bien, inutile de vous embêter avec ça, je m'en charge. Je pense que je vais déambuler un peu ici et là et voir si je repère d'autres choses. On se retrouve au bateau. »

Tandis que Bob payait ses achats, London se dit qu'elle allait suivre son conseil et retourner tout bonnement au *Nachtmusik*. Mais lorsqu'elle jeta un dernier regard tout autour du quartier historique, ses yeux se posèrent sur la Maison de Mozart juste de l'autre côté de la place où ils faisaient leurs emplettes.

Elle se souvint de ce que Wolfram Poehler lui avait dit un peu plus tôt.

« Je compte passer encore quelques heures aujourd'hui à hanter cet endroit – ou plutôt à le laisser me hanter, m'ensorceler. »

Le virtuose du piano était peut-être encore là-bas et elle ressentit soudain le besoin de le voir brièvement une dernière fois.

« Je vous laisse poursuivre vos achats » dit London à Bob. « Je pense que je vais m'arrêter quelques minutes à la Maison de Mozart. »

« Amusez-vous bien » répondit Bob en examinant encore d'autres jouets.

Tandis qu'elle s'éloignait, il agita sévèrement un doigt vers elle et ajouta, « Mais faites en sorte de rentrer vite à bord. »

« Vous aussi » répondit London en se dirigeant vers le théâtre.

Cela n'avait apparemment aucun rapport mais elle repensa tout à coup à ce que Raab avait dit concernant la manière dont Wolfram Poehler avait rejeté la sonate du malheureux Olaf. Selon Raab, Poehler avait repoussé la partition à plusieurs reprises avant de la froisser et la jeter par terre.

Mais Poehler avait décrit l'événement d'une façon tout à fait différente.

« Je me suis assis au piano et ai déchiffré entièrement sa sonate, dont je lui ai joué les quatre mouvements. »

Les deux versions ne coïncidaient en rien. L'un des deux, Raab ou Poehler, était un menteur. London avait peu de doutes qu'il devait s'agir de Raab.

Mais pour quelle raison ?

Elle traversa la place et entra par l'entrée étincelante du théâtre. Lorsqu'elle parvint à l'auditorium et en ouvrit la porte, elle entendit qu'on jouait un passage familier de la sonate *Hammerklavier* de Beethoven.

Il est encore là, se dit-elle, pleine d'espoir.

Mais quand elle pénétra dans l'auditorium faiblement éclairé, elle s'étonna en voyant que non seulement la scène était plongée dans l'obscurité mais qu'elle était également vide. Le piano à queue était là mais personne n'y jouait, le couvercle étant refermé sur les touches.

Qu'est-ce qui se passe ? se demanda London.

À présent qu'elle écoutait plus attentivement, elle s'aperçut que la musique était assourdie et étouffée, discontinue. Elle semblait venir de partout et nulle part à la fois.

Elle demanda en allemand, « Y a-t-il quelqu'un ici ? »

London faillit sursauter de frayeur en entendant un cliquetis sonore et retentissant accompagné d'un brusque éclair lumineux. On venait d'allumer un unique projecteur pour éclairer le piano à queue, lui donnant l'allure qu'il devait avoir au cours d'un récital.

Elle entendit ensuite une voix joyeuse l'appeler sans qu'elle puisse repérer sa provenance.

« London Rose ! Quelle surprise ! Je ne m'attendais pas à vous revoir ! »

London resta abasourdie un instant. Puis elle se rendit compte que les rideaux étaient tirés plus largement que d'habitude, révélant une espèce d'infrastructure des deux côtés de la scène. Elle aperçut une silhouette dans l'ombre qui la regardait du haut de l'une d'elles.

« Herr Poehler ? » demanda-t-elle en tendant le cou pour essayer de le voir mieux.

« Oui, je suis là-haut » dit-il d'une voix chaleureuse. « Montez me rejoindre. Vous allez adorer la vue. »

Il ajouta ensuite avec un rire, « À moins que vous n'ayez le vertige. »

« Pas du tout » dit London, amusée.

Elle grimpa sur la scène et aperçut mieux la haute infrastructure qui ressemblait à un escalier de secours anti-incendie. Chaque niveau semblait être une sorte de cabine de contrôle complexe sans parois.

Poehler était perché au niveau le plus haut de la tour, à la droite de London.

Une échelle appuyée contre un mur permettait d'atteindre la plateforme. London hésita un instant. Même si elle n'avait pas le vertige, elle n'était pas habituée à grimper quelque chose d'aussi raide et pentue, surtout quand on n'y voyait aussi peu clair. Mais elle rassembla son courage et commença à monter.

Ce sera sûrement très intéressant, se dit-elle. *Une nouvelle expérience.*

Tandis qu'elle grimpait, elle entendit le dernier mouvement de la sonate *Hammerklavier* de Beethoven. Sans qu'elle sache pourquoi, les premières notes hésitantes du morceau la remplirent d'un sombre pressentiment.

CHAPITRE TRENTE-HUIT

Parvenue au quatrième niveau de la tour, London y retrouva Wolfram Poehler appuyé contre la rambarde en train de regarder la scène en bas. Sur la plateforme juste à côté de lui, un lecteur de musique portable passait toujours le dernier mouvement de la *Hammerklavier*, une fugue aux notes complexes. Un boîtier électrique ouvert révélait de quoi Poehler s'était servi pour illuminer le brillant projecteur sur le piano à queue.

Il sourit et pointa un doigt en bas.

« Ne vous l'avais-je pas dit pour la vue ? » dit-il.

London s'avança au bord de la plateforme et se tint à ses côtés, prenant appui à la rambarde. Loin en-dessous d'eux, le piano à queue semblait étonnamment petit, comme plaqué au sol sous l'éclatant rayon lumineux. Le théâtre tout entier semblait quasiment irréel, une sorte de miniature enchantée, minutieusement détaillée.

« J'adore » dit London à voix basse.

« Moi aussi » répondit Poehler. « Enfin, le reste du théâtre est tout aussi merveilleux. Je peux passer des heures à en explorer chaque coin et recoin. Mais en me tenant ici tout en haut, j'ai l'impression… d'avoir un tout autre point de vue, j'imagine. »

Il rit d'un air modeste.

« Vous savez, devenir une star montante de la musique classique peut vous donner la grosse tête. Les critiques vous encensent, le public vous ovationne à tout rompre et vous commencez à avoir de grandioses idées sur vous-même. Mais quand je regarde ce piano, là en bas, je m'imagine y être assis et je me vois si petit, tellement insignifiant. Cela m'empêche de… »

Il se tut un instant puis recommença à rire.

« Je suis gêné de le dire, mais cela me permet de rester humble. »

« Je suis sûre que c'est une bonne chose » dit London.

« Oh oui. C'est très bien. Je pense même que cela fait de moi un meilleur musicien. »

London et Poehler se tinrent ensemble sans rien dire au-dessus du théâtre tandis que l'enregistrement de la majestueuse sonate de

Beethoven touchait à sa fin. Le théâtre devint ensuite étrangement silencieux.

« Je ne suis pas sorti d'ici depuis que je vous ai vue » finit par dire Poehler. « Quand je traverse l'une de mes périodes d'isolement, je perds contact avec la réalité quotidienne, j'en ai peur. Peut-être pourriez-vous m'informer de ce qui s'est passé depuis notre dernière rencontre. »

London inspira lentement et profondément.

Par où commencer ? se demanda-t-elle.

Elle se dit qu'elle ferait tout aussi bien d'aller droit à l'essentiel.

« L'assassin a été arrêté » lui dit-elle.

Poehler parut surpris.

« Heureux de l'apprendre » dit-il. « Qui était-ce ? »

« Vos soupçons au sujet de Gunther Raab se sont avérés justes. »

« Ainsi donc, il a tué le pauvre Olaf parce qu'il était jaloux à cause de Greta » soupira Poehler.

« C'est ça. »

« Comme c'est tragique. Pouvez-vous me raconter comment ça s'est passé ? »

London hésita à l'idée de devoir expliquer toute l'histoire, surtout le moment terrifiant où elle avait pris part à la capture de Raab.

« Je pense que… je préfère ne pas trop en parler, si ça ne vous dérange pas » dit-elle.

« Je comprends » répondit Poehler.

Un autre silence tomba entre eux tandis que plusieurs questions impromptues surgissaient soudain dans l'esprit de London – des questions auxquelles seul Wolfram Poehler était capable de répondre, songea-t-elle.

« Herr Poehler… »

« Appelez-moi Wolfram, je vous prie. »

« Wolfram, pourriez-vous me répéter ce qui s'est passé quand Olaf a essayé de vous montrer sa sonate ? »

Wolfram haussa les épaules.

« Eh bien, il n'y a pas grand chose à dire. Comme je l'ai déjà dit, j'ai déchiffré spontanément les quatre mouvements. J'aimerais pouvoir dire que j'ai aimé le morceau. Malheureusement ce n'était pas très bon. J'ai essayé d'être honnête à son propos sans me montrer trop dur. »

London sentit une angoisse grandissante s'insinuer en elle.

« Gunther Raab m'a raconté… » commença-t-elle.

Elle hésita. Avait-elle réellement envie de développer ? Cela avait-il même de l'importance ?

Au plus profond d'elle-même, London sentait que *oui*, même si elle ignorait pourquoi.

« Gunther Raab m'a dit qu'il était présent à ce moment-là. »

Elle entendit Wolfram inspirer fortement.

« Il vous a dit ça, hein ? » dit Wolfram en baissant légèrement la voix. « Que s'est-il passé, d'après lui ? »

« Qu'Olaf est venu vous voir au moment où vous répétiez ici, dans l'auditorium, et qu'il a essayé de vous donner sa partition. Il raconte que vous l'avez repoussée à deux reprises, puis que vous l'avez finalement froissée en boule avant de la jeter par terre. Ce que je n'arrive pas à comprendre, c'est… »

London déglutit péniblement.

« Pourquoi Gunther dirait une chose pareille ? » interrogea-t-elle.

Wolfram se tourna vers London en la regardant droit dans les yeux.

« Qu'est-ce que Gunther vous a dit d'autre ? » demanda Wolfram.

La mâchoire de London se crispa d'anxiété. Elle aurait brusquement préféré ne pas avoir abordé ce sujet.

« Rien » dit-elle.

Mais elle savait que son mensonge n'était pas du tout convainquant.

« Que vous a-t-il dit d'autre ? » répéta Poehler.

London inspira profondément.

« Il dit qu'il a entendu Olaf murmurer quelque chose au moment de quitter le théâtre. 'Maintenant je sais' aurait-il dit. »

Wolfram plissa les yeux. Il se pencha vers London avec une expression sombre et menaçante.

« Gunther a-t-il parlé de tout cela à la police ? » demanda-t-il.

London ne put s'empêcher de rester bouche bée. Cette question la prit totalement au dépourvu.

« Je ne sais pas du tout ce qu'il leur a raconté. »

Ce qui, bien sûr, était l'absolue vérité. Mais Wolfram s'avança d'un pas vers elle tandis qu'elle essayait de reculer. La plateforme parut soudain beaucoup plus petite et exigüe qu'auparavant.

« Mon bateau ne va pas tarder à repartir » dit London en s'efforçant de paraître plus calme qu'en réalité. « Je ferais mieux d'y aller. »

Mais Wolfram s'interposa entre elle et l'échelle qui permettait de redescendre sur la scène.

« Je crois que vous feriez mieux de m'en dire davantage » dit-il.

« À quel sujet ? » demanda London.

« Sur ce que sait Gordon. Et vous. »

Que sais-je, au juste ? s'interrogea-t-elle.

« Je ferais mieux d'y aller » répéta-t-elle.

Mais Wolfram se profilait de façon encore plus menaçante au-dessus d'elle, ne montrant aucun signe qu'il avait l'intention de la laisser passer. London eut la chair de poule rien qu'à l'idée d'essayer de foncer pour le dépasser et dégringoler l'échelle.

Si elle glissait... ou s'il la poussait...

La chute serait très haute jusqu'en bas de la scène.

Son esprit tournait à plein régime, essayant de comprendre ce qui se passait, de maintenir au moins la conversation.

Elle se rappela subitement du petit récital improvisé qu'il lui avait offert un peu plus tôt ce jour-là – en particulier ses variations jazz au piano de *Rondo alla Turca* de Mozart. Elle se souvint de sa réponse lorsqu'elle lui avait demandé si celles-ci étaient de sa propre invention.

« *J'ai entendu le grand Yuha Wang les exécuter ici même* » avait-il dit.

Il avait ensuite ajouté...

« *Elles me sont... eh bien, restées en tête.* »

London comprit brusquement une chose.

Il a appris ces variations à l'oreille.

Rien qu'en écoutant Yuha Wang exécuter ces variations, il avait été capable de les rejouer à la perfection, note après note, sans partition.

Mais quelle importance ? Qu'est-ce que cette aptitude disait de lui, à part qu'il était un musicien exceptionnellement doué, doté d'une incroyable oreille musicale, d'un esprit vif et habile ainsi que de doigts prodigieusement agiles et talentueux ?

La vérité éclata soudain dans l'esprit de London, tel un raz-de-marée.

« Vous ne savez pas lire la musique » murmura-t-elle, le souffle court.

Wolfram hocha lentement la tête.

« Je ne pouvais pas laisser Olaf aller raconter ça à tout le monde » dit-il. « Et je ne peux pas vous laisser faire ça non plus. »

London avait désormais conscience d'être sérieusement en danger. Elle n'osait toujours pas se risquer à passer à côté de Wolfram pour atteindre l'échelle. Et si elle criait ? Elle avait l'impression que plus personne n'était là pour l'entendre.

London osait à peine respirer désormais mais elle devait continuer de parler.

« Je ne comprends pas quelle importance cela peut avoir » dit-elle à Wolfram. « Votre secret, je veux dire. Pourquoi le cachez-vous ? Pourquoi ne pas partager la vérité avec le reste du monde ? Je suis d'avis que vous possédez là un don merveilleux. »

« Vous n'imaginez pas à quoi a ressemblé ma vie » grommela Wolfram. « J'ai grandi en étant pauvre et orphelin. Je me suis enfui de mon dernier foyer d'accueil quand j'avais quatorze ans et je me suis débrouillé tout seul depuis lors. »

« Vous avez dû être… extrêmement courageux » dit London.

« Pas courageux. Rusé, c'est tout. Je n'ai jamais eu la chance, le luxe de bénéficier de la moindre éducation, encore moins musicale. Sauf qu'un jour, alors que j'étais ado, je me suis glissé furtivement dans une salle où l'on donnait un récital de piano et j'ai écouté un véritable virtuose interpréter une sonate de Beethoven – l'*Appassionata*. Après cela, j'ai traîné dans le coin jusqu'à ce que l'auditorium soit vide, je me suis assis au piano et… »

Il haussa les épaules.

« J'ai joué l'*Appassionata* note après note. Ce n'est qu'à ce moment-là que j'ai pris conscience de mon don si particulier – et de l'avenir qui pouvait en découler. J'ai écouté des centaines de concerts, de disques, j'ai exercé mes mains et mes bras, j'ai appris tout seul à jouer chef-d'œuvre sur chef-d'œuvre. Et ni vous ni personne n'allez venir tout gâcher pour moi. »

« Mais... si cela a autant d'importance, ne pouvez-vous apprendre… ? » balbutia London.

« À lire la musique ? Jouer à partir d'une partition ? J'ai essayé. Je n'y arrive pas. En me donnant cette étrange capacité à jouer de cette façon, la providence m'a également condamné à rester ignare dans ce domaine. On dirait une sorte de mauvaise blague. Chaque fois que je regarde une partition, tout ce que je vois ce sont des lignes, des points et des lettres. »

« Des lignes, des points et des lettres » répéta London. « Voilà tout ce que vous avez vu quand Olaf a essayé de vous faire jouer sa sonate. C'est là que vous avez compris qu'il avait découvert votre secret... »

« Personne ne doit jamais le savoir » répondit-il d'une voix rendue rauque par la fureur.

« Mais pourquoi ? » demanda London.

« Vous ne comprenez donc pas ? Ça détruirait ma vie. On se moquerait de moi, on me raillerait, je serais considéré comme une sorte de bête de foire à la place de l'artiste talentueux que je sais être. Les grandes salles de concert européennes me fermeraient leurs portes. Je serais obligé de jouer dans des clubs et des tripots comme un animal de cirque sous les yeux goguenards de spectateurs qui ne connaissent rien au grand art. Je ne laisserai jamais ça arriver. Je préférerais encore retourner à la rue, comme quand j'étais gamin. »

London ressentit une brusque pitié pour lui.

« Je ne le dirai à personne » dit-elle, se sentant sincère sur le moment.

« Vraiment ? » demanda Wolfram avec un rictus cynique. « Vous n'avez pas du tout l'intention de dire ce que vous savez à la police – que j'ai tué Olaf Moritz ? Bizarrement j'ai beaucoup de mal à y croire. »

London frissonna en comprenant qu'il avait entièrement raison.

Il était désormais impossible qu'elle garde son secret.

Sans rien ajouter, Wolfram la saisit par les deux poignets et la poussa en arrière contre la rambarde. En tant que pianiste de concert, sa poigne était ferme et ses mains étaient semblables à deux étaux de fer. London battit désespérément des pieds mais il les évita habilement.

Elle était sur le point d'être projetée par-dessus la rambarde et de s'écraser tout en bas sur la scène sans rien pouvoir y faire.

C'est alors qu'une voix masculine retentit, « Hé ! Que se passe-t-il là-haut ? »

Wolfram lâcha les poignets de London et fit un bond en arrière pour s'éloigner d'elle.

Elle se tourna et regarda en bas. L'éclairage scénique reflétait une paire de lunettes de soleil.

« Bob ! » cria-t-elle. « Un homme essaie de me tuer ! »

Bob s'exclama, « Qui que vous soyez, mon gars, je m'abstiendrais si j'étais vous. Je suis un représentant de la loi. Et vous êtes en état d'arrestation. »

London jugea ces paroles assez ridicules. Après tout, Bob était un policier new-yorkais à la retraite, qui n'exerçait plus nulle part et encore moins à Salzbourg. Son arrivée venait peut-être néanmoins de lui sauver la vie.

Elle entendit Bob crier, « Tenez bon, j'arrive. Je vais régler tout ça. »

« Il y a un témoin » dit London à Wolfram qui restait debout sur place, l'air figé d'horreur. « Vous ne vous en tirerez jamais. »

Wolfram écarquilla les yeux comme s'il venait brusquement de prendre conscience que London avait raison. Avec un rugissement désespéré, il fit volte-face et commença à descendre l'échelle, visiblement avec l'intention de fuir.

London se dit au même moment, *Bob est en train de grimper par-là !*

Elle tituba vers le sommet et regarda en bas. Wolfram dévalait chaque échelon avec la vitesse et la dextérité d'une bête traquée. Évidemment, il percuta Bob arrivé presque à la fin. Les deux hommes tombèrent en tas sur le sol.

« Bob ! » hurla London.

Elle retourna précipitamment près de la rambarde pour voir ce qui se passait.

Wolfram s'était relevé mais Bob avait réussi à le plaquer de nouveau par terre avec une agilité surprenante. Tandis que Wolfram essayait de se remettre debout, Bob lui assena un coup de poing en pleine mâchoire.

Le musicien assassin s'effondra sur la scène en gémissant.

London descendit l'échelle à son tour aussi vite que possible. Au moment d'arriver en bas, Bob était penché au-dessus de Wolfram qui gémissait à moitié inconscient sur la scène. L'ancien policier attacha les poignets du tueur avec sa ceinture.

« Je pense que je devrais recommencer à garder une paire de menottes sur moi » dit Bob.

Il ajouta en riant, « J'espère juste que mon pantalon tiendra ! »

Immensément soulagée, London prit son portable.

« J'appelle la police » dit-elle.

« Bonne idée » répondit Bob. « Mais il n'y a pas d'urgence. Ce type ne va aller nulle part. » Il dit ensuite en souriant timidement, « J'étais venu ici pour vous montrer quelque chose. Regardez ce qu'il y a dans le sac là-bas. »

London aperçut un sac en papier par terre, là où Bob devait l'avoir laissé tomber.

Elle le ramassa, mit sa main à l'intérieur et sentit quelque chose de doux et moelleux.

Elle sortit l'objet et vit qu'il s'agissait d'un mignon petit ours en peluche habillé d'un tee-shirt avec 'Salzburg' écrit dessus.

Bob, se tenant toujours au-dessus de son prisonnier, se mit à sourire.

« J'ai acheté un ours en peluche à Sir Reggie ! » dit-il avec fierté.

CHAPITRE TRENTE-NEUF

Assise à une petite table dans le salon Amadeus en compagnie de Bryce Yeaton, London commençait enfin à décompresser après cette drôle de journée. Siroter l'un des excellents Manhattan d'Elsie devait certainement y contribuer.

Le *Nachtmusik* était parti à présent, laissant Salzbourg derrière lui pour retourner sur le Danube et poursuivre le voyage. La police avait mis Wolfram Poehler sous les verrous et même si l'infortuné Tanneberger avait été stupéfait d'apprendre qu'il avait arrêté la mauvaise personne un peu plus tôt ce jour-là, il avait assuré London qu'il règlerait toute cette histoire.

Le *Polizeidirektor* avait paru plus pressé que jamais de cesser une bonne fois pour toutes de voir London Rose et celle-ci éprouvait exactement la même chose à son sujet.

J'ai eu mon compte d'aventures pour le moment, songea-t-elle.

Elle regarda Bryce et vit qu'il était amusé par l'activité qui avait lieu à une table de l'autre côté de la salle. Il observait Cyrus Bannister jouer avec Sir Reggie, le premier se servant d'une des balles que Bob avait achetées à Salzbourg, qu'il lui lançait afin que le chien coure la rattraper. L'ours en peluche de Bob était posé sur une chaise à côté de Cyrus. Le plus surprenant était de voir cet homme habituellement si sarcastique rire et s'amuser de cette façon.

Une voix familière provenant d'un groupe de personnes toutes proches retint l'attention de London. Elle sourit en saisissant des bribes du récit que faisait Bob Turner sur la façon dont il avait à lui seul procédé à l'arrestation de l'assassin d'Olaf Moritz et pour ainsi dire sauvé la situation. Vu sa manière de raconter, c'était grâce à lui que le *Nachtmusik* voguait à nouveau, remontant les étroites rivières Inn et Salzach pour regagner le Danube. Grâce à lui, l'itinéraire du *Nachtmusik* jusqu'à Ratisbonne ne subirait plus d'autres contretemps.

« Oh, j'ai de la cervelle, c'est exact » était-il en train de dire. « Mais voyez-vous, ce n'est pas seulement une question d'intelligence. La logique à elle seule ne suffit pas toujours, loin de là. C'est aussi une question d'instinct. Et il arrive parfois qu'un détective chevronné s'étonne lui-même de sa propre intuition. Il n'arrive pas à verbaliser la façon dont il est parvenu à certaines conclusions. Et pourtant, il est sûr de ce qu'il sait… »

Bob siégeait à une large table où se trouvaient également le Capitaine Hays, Letitia Hartzer, Kirby Oswinkle, Steve et Carol Weaver, Rudy et Tina Fiore. Son auditoire l'écoutait, captivé. Tous étaient évidemment curieux d'apprendre comment Bob avait pu traquer un assassin qu'il n'avait jamais vu, dans une ville où il n'avait jamais mis les pieds auparavant, dans un pays dont il ne parlait pas la langue – et tout cela juste à temps pour sauver London d'une chute mortelle.

Ce que London réussissait à entendre s'avérait des plus fantaisistes. Selon Bob, il n'avait fait que suivre son flair, comptant sur sa pure et simple intuition – un parfait sixième sens qui l'avait conduit tout droit au meurtrier.

« On dirait que Bob est en train de broder un conte à dormir debout là-bas » dit Bryce à London. « Vous avez une idée de ce qu'il y a de vrai dans son histoire ? »

London se mit à rire de bon cœur.

« Qu'y a-t-il de si drôle ? » dit Bryce.

« Peu importe » répondit London.

« Eh bien, vous ne voulez rien me dire ? »

« Qu'est-ce qui vous fait penser que je suis au courant de ce qui est vrai ou non ? » demanda London avec un sourire espiègle.

Bryce secoua la tête en souriant à son tour.

« Alors vous ne me direz pas ce qui s'est passé exactement, n'est-ce pas ? » dit-il.

« Aucune chance » répliqua London.

Elle savait très bien que Bob n'essayait pas de résoudre le mystère quand il était venu dans la Maison de Mozart. Heureusement que London lui avait dit où elle se rendait car s'il s'y était rendu, c'était dans le seul but de lui montrer l'ours en peluche qu'il venait d'acheter pour Sir Reggie.

Mais elle ne pouvait réellement accuser Bob de mensonge. Il était visible qu'il croyait chacun des mots qu'il prononçait.

En plus, quelle importance, songea-t-elle.

Car il n'en restait pas moins vrai que Bob lui avait bel et bien sauvé la vie. Il n'avait peut-être pas l'air d'un homme très costaud mais son entraînement de policier s'était révélé fort utile puisque c'est avec succès qu'il était parvenu à affronter puis maîtriser Wolfram Poehler. Cela ne dérangeait nullement London que Bob s'attribue le mérite d'avoir attrapé l'assassin. Elle savait qu'il avait déjà téléphoné à Jeremy Lapham pour lui donner sa version de l'histoire. Monsieur Lapham devait donc certainement se féliciter d'avoir fait un excellent choix en engageant l'ancien policier pour travailler comme 'expert en sécurité'.

Tout allait donc pour le mieux d'après London. Si Monsieur Lapham avait la moindre idée de ce que London avait fait et des dangers qu'elle avait encourus ce jour-là, il la réprimanderait sans doute sévèrement d'avoir continué à jouer à 'Alice Détective'.

Détournant les yeux de la petite comédie jouée par Bob, London vit Amy et Emil assis seuls à une table, à l'écart des autres passagers. Elle ne pouvait entendre leur conversation mais constata que seul Emil parlait – sans doute était-il en train de pontifier sur ses vastes connaissances en Histoire européenne. Amy l'écoutait avec une expression captivée.

Y aurait-il de la romance dans l'air ? se demanda London.

Elle ne savait trop quoi penser de cette éventualité. Sa récente altercation avec Emil avait refroidi l'attirance qu'elle éprouvait à son égard, elle était donc loin d'éprouver une quelconque jalousie.

London fut interrompue dans ses pensées par l'arrivée d'un serveur qui, elle le reconnut, travaillait au restaurant du bateau. Il déposa devant elle une petite assiette contenant un compotier en argent puis en souleva le couvercle, dévoilant un strudel aux pommes à l'arôme délicieux et à l'esthétique parfaite.

« Avec les compliments du chef » dit le serveur en faisant un clin d'œil à Bryce.

London rit.

« Comme c'est gentil à lui de penser à moi » dit-elle. « Ne manquez surtout pas de le remercier de ma part. »

Le serveur dit à Bryce, « La jeune dame vous remercie pour le dessert. »

« Heureux qu'elle soit contente » dit Bryce.

London prit une bouchée du strudel qu'elle trouva savoureux de façon presque incommensurable.

« C'est plus que parfait » dit-elle à Bryce.

« Merci de me dire ça » répondit-il.

London dut fermement se rappeler sa décision de ne s'engager dans aucune relation sentimentale, ni avec Emil, ni avec Bryce, peu importe leur degré de charme à tous les deux.

À cet instant, elle s'étonna en voyant un visage bien connu faire irruption dans le salon. Il s'agissait de Stanley Tedrow en personne, le mystérieux et solitaire écrivain. Au lieu de son habituel pyjama, le vieux monsieur était vêtu avec une certaine élégance d'une veste de costume avec nœud papillon. Il marchait désormais d'un pas alerte et joyeux. London ne l'avait jamais vu en dehors de sa chambre depuis son embarquement à bord du *Nachtmusik* quand ils étaient à Budapest.

« Monsieur Tedrow ! » l'appela London.

Il se tourna et, l'apercevant, sourit et vint à la table où elle était assise avec Bryce.

London fit les présentations.

« Bryce, Monsieur Tedrow est romancier ainsi que mon voisin le plus proche. Monsieur Tedrow, voici Bryce Yeaton, qui est notre chef cuisinier en même temps que le secouriste à bord. »

Les deux hommes échangèrent une cordiale poignée de mains.

« Qu'est-ce qui vous amène donc à quitter votre cabine ? » voulut savoir London.

« J'ai terminé mon roman ! » s'exclama Monsieur Tedrow. « Je suis venu fêter ça en prenant un verre ! »

« Vous ne devez pas célébrer ça tout seul » dit Bryce. « Asseyez-vous donc avec nous. Je vous l'offre, ce verre. »

Monsieur Tedrow le remercia, s'assit et commanda un double bourbon.

« Donc » lui dit Bryce, « parlez-nous du livre que vous venez de terminer. »

« Oh non, je ne peux pas faire ça » dit Monsieur Tedrow avec espièglerie. « L'histoire doit rester secrète jusqu'à sa publication. Je ne veux pas gâcher le plaisir de mes futurs lecteurs. Vous n'arriverez pas à me faire changer d'avis. »

« Bien sûr, je comprends parfaitement » dit Bryce.

Monsieur Tedrow s'exclama alors, « Enfin, puisque vous insistez – mon histoire se passe à bord d'un bateau à vapeur sur le Mississipi au cours du dix-neuvième siècle. Lorsqu'un moussaillon est abattu, les soupçons se portent sur un groupe de passagers noirs… »

London sourit tout en écoutant avec intérêt. Elle vit que Bryce appréciait également le récit.

J'espère juste qu'il n'est pas en train de dévoiler la fin, songea-t-elle. *C'est sans doute plus excitant quand on ne sait pas ce qui arrive ensuite.*

251

Mais qu'allait-il se passer ensuite ?

Qu'est-ce que l'avenir lui réservait ?

À présent que le *Nachtmusik* était en route vers l'Allemagne, elle se demanda s'il existait la moindre chance pour qu'elle retrouve sa mère ? Cela semblait peu probable. London était réaliste, elle se doutait que sa mère était partie volontairement et définitivement il y a de cela toutes ces années et qu'elle n'avait aucune envie d'être retrouvée.

Je dois vivre avec, voilà tout, se dit London.

Mais en était-elle capable ?

Où es-tu Maman ? songea-t-elle.

Pourquoi es-tu partie ?

Dans son cœur, elle savait que jamais elle ne pourrait oublier toutes ces interrogations avant d'avoir revu sa mère à nouveau.

MAINTENANT DISPONIBLE !

CRIME (ET BIÈRE)
Un voyage européen – Livre 3

"Blake Pierce au summum de son art grâce à son nouveau chef-d'œuvre, un thriller des plus mystérieux ! Un ouvrage foisonnant et riche en rebondissements, à la fin surprenante. Un must-have dans la bibliothèque des fans de thrillers savamment construits."
--Books and Movie Reviews (*Presque Disparue*)

CRIME (ET BIÈRE) est le troisième tome de la toute nouvelle série policière de Blake Pierce, dont le bestseller, Portée Disparue, compte déjà plus de 1 500 commentaires cinq étoiles. Le premier tome s'intitule MEURTRE (ET BAKLAVA).

London Rose, 33 ans, réalise, lorsque son petit ami de longue date la demande en mariage, qu'un avenir des plus prévisible, qu'une vie dénuée de passion et digne d'un long fleuve tranquille l'attend. Elle perd les pédales et s'enfuit - accepte un emploi outre Atlantique, guide touristique sur un bateau de croisière européen haut de gamme, avec escales quotidiennes dans un pays différent. London rêve d'une vie plus romantique, authentique et passionnante, ailleurs, quelque part.

London est aux anges : en Europe, les villes fluviales sont à taille humaine, chargées d'histoire et charmantes. Elle découvre un nouveau port chaque soir, une gastronomie riche en saveurs, rencontre des gens ô combien intéressants. Le rêve de tout voyageur, adieu la routine.

Tome 3 - CRIME (ET BIÈRE)
La croisière les conduit en Allemagne, au gré de ses villes chargées d'histoire et sa légendaire fête de la bière. Le doute s'abat sur les passagers lorsqu'un participant - un habitant, grande gueule et vulgaire - est retrouvé mort après avoir abusé de bière. La mort est

rapidement requalifiée en meurtre, London réalise que son avenir - et celui du navire - dépend de ses aptitudes à élucider le crime.

Hilarant, romantique, attachant, nouveaux horizons, nouvelles cultures et gastronomie, CRIME (ET BIÈRE) vous entraîne dans un voyage amusant et à suspense au cœur de l'Europe, un mystère palpitant qui tient en haleine jusqu'à la dernière page.

Le tome 3, CRIME (ET BIÈRE) déjà disponible.

Blake Pierce

Blake Pierce a été couronné meilleur auteur d'après USA Today pour son bestseller Les Enquêtes de RILEY PAIGE – dix-sept tomes (à suivre). Blake Pierce est également l'auteur de la Série Mystère MACKENZIE WHITE - quatorze tomes ; Les Enquêtes d'AVERY BLACK - six tomes ; Les Enquêtes de KERI LOCKE - cinq tomes ; la Série Mystère LES ORIGINES DE RILEY PAIGE - six tomes ; la Série Mystère KATE WISE - sept tomes ; la Série Thriller Psychologique CHLOE FINE - six tomes ; la Série Thriller Psychologique JESSIE HUNT - quatorze tomes (à suivre) ; la Série Thriller Psychologique FILLE AU PAIR - trois tomes ; la Série Mystère Les Enquêtes de ZOE PRIME - quatre tomes (à suivre) ; la nouvelle Série Mystère ADÈLE SHARP - six tomes (à suivre) ; la nouvelle Série Cozy Mystery UN VOYAGE EUROPÉEN - six tomes (à suivre) et son tout nouveau thriller à suspense LAURA FROST FBI.

Lecteur passionné, fan de thrillers et romans à suspense depuis son plus jeune âge, Blake adore vous lire, rendez-vous sur www.blakepierceauthor.com – Restons en contact !

LE RÉVEIL (Tome 14)
BANNI (Tome 15)
MANQUE (Tome 16)
CHOISI (Tome 17)

UNE NOUVELLE DE LA SÉRIE RILEY PAIGE
RÉSOLU

SÉRIE MYSTÈRE MACKENZIE WHITE
AVANT QU'IL NE TUE (Volume 1)
AVANT QU'IL NE VOIE (Volume 2)
AVANT QU'IL NE CONVOITE (Volume 3)
AVANT QU'IL NE PRENNE (Volume 4)
AVANT QU'IL N'AIT BESOIN (Volume 5)
AVANT QU'IL NE RESSENTE (Volume 6)
AVANT QU'IL NE PÈCHE (Volume 7)
AVANT QU'IL NE CHASSE (Volume 8)
AVANT QU'IL NE TRAQUE (Volume 9)
AVANT QU'IL NE LANGUISSE (Volume 10)
AVANT QU'IL NE FAILLISSE (Volume 11)
AVANT QU'IL NE JALOUSE (Volume 12)
AVANT QU'IL NE HARCÈLE (Volume 13)
AVANT QU'IL NE BLESSE (Volume 14)

LES ENQUÊTES D'AVERY BLACK
RAISON DE TUER (Tome 1)
RAISON DE COURIR (Tome2)
RAISON DE SE CACHER (Tome 3)
RAISON DE CRAINDRE (Tome 4)
RAISON DE SAUVER (Tome 5)
RAISON DE REDOUTER (Tome 6)

LES ENQUETES DE KERI LOCKE
UN MAUVAIS PRESSENTIMENT (Tome 1)
DE MAUVAIS AUGURE (Tome 2)
L'OMBRE DU MAL (Tome 3)
JEUX MACABRES (Tome 4)
LUEUR D'ESPOIR (Tome 5)